U0140506

中国社会科学院中国边疆史地研究中心　**厉声　主编**

当代中国边疆·民族地区典型百村调查：**云南卷（第二辑）**

分卷主编：**方　铁　翟国强**

马崩村喀斯特地貌之一（2008年2月19日李和摄）

马崩村喀斯特地貌之二：芭蕉托村冬春季节干涸的露天水池（2010年1月29日杨永福摄）

马崩赶街时的热闹情景（2008年2月19日田景春摄）

马崩街上的现代元素之一——中国移动通信服务站（2010年1月29日杨永福摄）

目前马崩苗族青年妇女服饰（2010年1月29日杨永福摄）

马崩苗族中老年妇女传统服饰（正面）（2010年1月29日杨永福摄）

马崩边民互市点全景（2008年2月19日田景春摄）

马崩村小学（山脚四层楼房及操场处）（2008年2月19日田景春摄）

中国社会科学院中国边疆史地研究中心 厉声 主编

当代中国边疆·民族地区典型百村调查·云南卷（第二辑）

开放视野下的边境苗寨

——云南麻栗坡县董干镇马崩村调查报告

杨永福 田景春 黄 梅 ◎著

社会科学文献出版社
SOCIAL SCIENCES ACADEMIC PRESS (CHINA)

"当代中国边疆·民族地区典型百村调查"

总 序

深入实际、开展国情调研，是中国社会科学院肩负的重要科研任务，也是中国社会科学院履行好党中央、国务院赋予的"思想库"、"智囊团"职能的重要方式。中国边疆省区占国土面积的60%以上，边疆区情及当地的民族社会调研（边疆调研）是中国国情调研的重要组成部分。正如一位边疆工作者所说：不了解少数民族，就不了解中华民族；不了解边疆，就不了解中国。1983年中国社会科学院中国边疆史地研究中心建立后，特别是1990年以来，一直将边疆调研作为学科研究的重点之一。

2004年，中国边疆史地研究中心承担国家社科基金特别项目"新疆历史与现状综合研究"（简称"新疆项目"）。2006年，中国边疆史地研究中心牵头，立项开展"当代中国边疆·民族地区典型百村调查"（简称"百村调查"），作为此特别项目的子课题。"百村调查"以新疆为重点，在全国新疆、西藏、内蒙古、宁夏、广西五个民族自治区和云南、吉林、黑龙江三省基层地区同时开展，共调查100个边疆基层村落。调查工作在"新疆项目"领导小组和专家委员会指导下，由"百村调查"

专家委员会暨编委会组织实施。在中国边疆史地研究中心主持拟定的调查大纲框架下，发挥每个省区的优势，体现各自的特色。

本项目的实施得到了边疆地区各级地方党政部门的支持。首先，调查工作注意与地方党政部门的相关工作衔接、听取意见，在实施调查之前，主动向各级党政部门汇报情况，听取指示和意见。其次，调查组主动让各级党政部门了解调研的全过程，在调研过程中出现问题时及时向相关党政部门请示。再次，调研阶段成果和最终成果的副本同时提供地方党政部门参考。

"百村调查"的调研主题是：改革开放30年来中国边疆基层村落的民族社会和经济发展的历史与现状。具体内容包括：乡村概况、基层组织、经济发展、社会生活、民族、宗教、文教卫生、民俗风情等。项目调研的时间是：2007～2008年（资料下限至2007年底或适当延长）。

"百村调查"的调研对象为：100个具有典型意义与特色的中国边疆基层村落。课题以基层乡、村两级为调查基点，大致每个省区选择2个地州，每个地州选择1～2个县，每个县选择2个乡，每个乡选择2个村。新疆共调查22个村，其他地区均为13个村（辽宁、吉林、黑龙江以东北边疆为单元，共调查13个村）。调查点的选择要求：

（1）本地区社会稳定与经济发展中具有典型意义的基层乡和村。

（2）存在边疆现实政治、社会或经济发展的热点、难点问题。

（3）与 20 世纪 50 年代全国边疆民族调查能有一定的衔接。

"百村调查"采取学术调查与现实政治相结合的方法，以社会人类学入村入户调研方法为主，同时关注现实政治、社会与经济发展中的热点、难点问题；一般共性调查与专题专访调查相结合，在一般综合性调查的基础上，选择好专访或专题调研的"切入点"——总结经验与完善不足相结合，在总结各项工作经验的同时，善于发现问题和提出解决问题的对策与建议。调研注重入户访谈和小范围座谈的专访调查。在一般性问卷和统计资料收集的基础上，注重对基层干部、群众典型、教师、宗教人士等特定人员的专题访谈，倾听和收集他们对基层社会稳定与经济发展的看法、意见和建议，形成能说明问题的专访或专题调研报告。

"百村调查"的成果形式分为调查综合报告与专题报告两大类。

（1）调查综合报告：依据大纲规定，撰写有关乡村经济社会等发展状况的综合报告，课题结项后分期公开出版。专题报告及调查资料可以公开发表的，在篇幅允许的情况下，作为附录附在综合报告末尾。

（2）专题报告：内容较敏感、不适宜公开出版的专题报告，集成《专题报告集》，内部刊印。

"百村调查"总主编　厉声　谨识

2009 年 8 月 25 日

目　录
CONTENTS

1

图目录
FIGURE CONTENTS

表目录
TABLE CONTENTS

序 言
FOREWORD

一

　　云南地处祖国西南边陲，全省东西横贯 864.9 公里，南北纵跨 990 公里，总面积 38.3 万多平方公里，居全国第八位。境内绝大部分是山地，矿藏丰富，有 25 种矿产资源保有储量居全国前三位。不仅动植物资源呈多样性，而且少数民族文化也是复杂多样的。云南是个多民族的省份，有 52 个少数民族，其中 5000 人以上的世居少数民族有 25 个，是全国边疆少数民族种类最多的省区。云南历史悠久，公元前五六世纪，滇池地区已出现创造了灿烂青铜文化的滇国，两汉时云南正式进入中央王朝的版图。

　　19 世纪后期，英法殖民者以缅甸、越南为基地，把侵略矛头指向云南。传教士进入云南传教，随后开埠通商和修筑滇越铁路，蒙自、河口、思茅与腾越是最早设立的商埠。英法殖民者大量掠取锡等矿藏资源，云南封闭的状况也逐渐改变。

　　1950 年云南和平解放。1952 年至 1956 年，中央政府在少数民族地区进行民主改革。在白族、回族、纳西族和壮族聚居的地区，采取政策略宽于汉族地区的土改方式；在处于封建领主制和奴隶制阶段的傣族、藏族、哈尼族、普

1

米族以及一部分纳西族、彝族的地区，采取和平协商土改的方式；在保留原始公社制度残余的傈僳族、景颇族、佤族、布朗族、基诺族、怒族、独龙族以及一部分拉祜族的地区，不进行土改，通过发展生产直接过渡到社会主义社会。土地改革与民主改革完成后，各族农民分到耕地和生产资料，农业生产获得较大发展。

新中国成立60年来，特别是十一届三中全会后，云南在农业、工业、贸易、文教卫生等诸领域都发生了巨大的变化。但目前与内地其他地区相比仍存在一些困难和问题。

据调查，云南边境县市地区有以下特点：一是社会经济发展速度普遍缓慢，总体上与先进地区的差距仍在扩大。二是基础设施与基本建设滞后，严重制约当地社会经济的发展。三是影响社会稳定的问题突出，治理难度很大。四是跨境民族境内外不同部分往来密切，本民族自我统一意识增强，并呈现继续发展的趋势。五是与邻国相比，云南边境县市一些地区获得国家支持的力度不够，与越南等国的优惠政策形成反差。六是地方财政较困难，难以落实国家规定的脱贫项目的配套经费。七是地方教育、卫生保健、文化事业等发展水平偏低。

因此，云南边境县市地区目前的状况，与建设和谐边疆的目标很不适应。最近中国与东盟10国共同签署中国—东盟自贸区《投资协议》。双方已成功完成自贸区协议的主要谈判，自贸区将如期在2010年全面建成。中国—东盟自贸区合作的高速进展，对云南边境县市地区以及当地少数民族的稳定与发展提出了更高要求。

在这一背景下，对国情、区情作进一步了解，以制定相应的政策、措施，显得十分必要。

　　中国社会科学院中国边疆史地研究中心主持的国家社科基金特别项目"当代中国边疆·民族地区典型百村调查"（简称"百村调查"），是一项涉及广西、云南、西藏、新疆、内蒙古、宁夏、吉林、黑龙江等八省区 100 个村寨的大型调研项目。云南省作为中国边疆少数民族种类最多的省，在本次调查中共选点 13 个，主要集中在云南沿边一线的各民族边疆村寨，个别分布在非边境县市地区。

二

　　在中国近现代发展史上，对于边疆地区的关注，主要出现在 19 世纪末 20 世纪初。一批学者对中国边疆尤其是西南边疆地区进行了调查研究，取得了一定成果。新中国建立后，在相关政府部门、研究机构的推动下，开展了对国内各民族社会历史的调查活动。20 世纪五六十年代，根据党中央和国务院的部署，国家有关部门在全国范围内进行了大规模的少数民族社会历史调查，其中也对云南各民族社会历史发展情况进行了全面的调查。该次调查对云南少数民族地区的社会、经济、文化发展起到了重要的推动作用，也为后来的学术研究积累了大量的历史学、民族学、人类学、社会学资料。2003 年 7 月至 8 月，云南大学组织力量对全国 32 个少数民族村寨进行了调查，其中包括云南各民族村寨调查。这次调查，也是一次典型的少数民族村寨调查，获得了 21 世纪初中国各民族典型村寨的珍贵资料，具有重要学术价值。

　　与历次少数民族社会历史调查不同的是，本次由中国社会科学院中国边疆史地研究中心发起的边疆"百村调查"项目，主要是从边疆学的角度考虑，突出了边疆、村落和现实发展状况三个要点，期望通过深入的田野调查，面向中国边疆农村地区，真实反映现实的中国边疆村寨客观发展状况，为国家宏观把握边疆发展现状，构建和谐、安全、富裕边疆提供参考资料。此次调查虽然并未把少数民族因素作为关键内容予以突出，但由于中国历史上形成的边疆社会人口结构，决定了调查的内容必定要涉及大量的少数民族村寨。因此，云南的调查点与全国其他边疆地区的情况一样，涵盖了大量的少数民族村寨。

云南在本次调查中所选择的 12 个调查点，是根据总体项目的设计，选择具有代表性的 4 个地州，在每个地州选 1～2 个县，每个县选择 1～2 个乡，每个乡选择 1～2 个村（农场），最后完成 12 份村寨调查报告，以及相关的若干份调研咨询报告。通过调研和提交的研究成果，较全面地反映云南省尤其是沿边地区社会与经济发展的状况，以及存在的主要问题，并提出解决问题的基本思路和切实可行的对策建议。

选择什么样的村寨作为调查对象？云南项目组遵循以下原则：第一，尽量顾及民族特点，选择自治州、县的自治民族，即壮族、苗族、彝族、瑶族等；第二，尽量选择不同类型的乡镇、村寨，距离不能太近，避免雷同；第三，所选村寨要尽量大一些，以便进行 50 户问卷抽样。根据上述原则，我们分别选取以下 12 个村寨作为调查对象。

红河哈尼族彝族自治州所属河口瑶族自治县桥头乡下湾子村和老汪山村、河口县老范寨乡小牛场村、河口南溪镇马多依下寨和红河县迤萨镇跑马路社区安邦村；文山壮族苗族自治州所属麻栗坡县猛硐瑶族乡坝子村和丫口寨、麻栗坡县董干镇八里坪村和马崩村；临沧市沧源佤族自治县勐董镇永和社区、沧源佤族自治县勐角乡翁丁村以及玉溪市元江哈尼族彝族傣族自治县甘庄华侨农场等。

这些村寨各具特点，例如下湾子村和老汪山村分别是苗族和布依族的村寨，是多元文化融合的典型。在这里我们可以看到内地汉儒文化与边疆苗族、布依族等少数民族文化的融合，是中华民族文化"和谐"与"多元"的实例见证。红河县迤萨镇跑马路社区安邦村素有"侨乡"之称，该村侨眷占绝大多数，分别与老挝、美国、法国、加拿大、泰国、越南等国有侨眷关系，逐渐成为中国看世界和世界看中国的一个窗口。

除以上所说的 13 个少数民族聚居村寨以外，3 个子课题组还对所调研地州的其他一些地区，选择较突出的一些问题进行了调研，并撰写相应的调研咨询报告。

三

本项目的调查和研究，拟在以下方面有所突破：一是云南边疆地区社会经济发展状况的总体评价；二是云南边疆地区社会经济发展趋势预测；三是云南边疆地区社会经济发展存在的突出问题；四是解决云南边疆地区社会经济发展中存在问题的基本思路；五是解决云南边疆地区社会经济发展中存在问题的对策建议；六是对包括云南在内的中国边疆地区，当前和今后一段时期存在的问题及解决办法的思考；七是对今后在边疆地区进行社会经济可持续发展调研的建议。

研究的方法，主要是采取社会学、人类学的基层调查方法，系统收集和整理相关的资料和数据，尤其重视新资料和经过调查得来的第一手资料，同时结合历史学的分析、演绎和归纳的方法，在此基础上进行全面深入的分析和研究，形成具有较高水平的研究成果。

在调查和研究的过程中，以云南大学西南边疆少数民族研究中心（教育部人文社科重点研究基地）以及云南省的红河学院、文山学院、临沧高等师范专科学校等高校的教师和研究生为基本力量，同时吸收相关地州民族研究所的研究人员和各级政府的有关人员参加，共同协作，博采众长。在调研的过程中，注重依靠各级政府有关部门和乡村两级干部，深入村寨进行调研，实施问卷调查，细心倾听各民族干部和群众的意见，在此基础上形成真实客观、有一定的深度和广度、符合科研规范、有较高学术含量的研究成果。可以说，通过参加者的共同努力，基本上达到了项目所设计的预期目标。

"当代中国边疆·民族地区典型百村调查·云南部分"项目，由以下人员分别担任项目组及子课题组的负责人。

课题主持人：方铁（云南大学西南边疆少数民族研究中心教授，该中心原主任）

课题副主持人：翟国强（中国社会科学院中国边疆史地研究中心副研究员）

红河哈尼族彝族自治州子课题组

组长：金少萍（云南大学西南边疆少数民族研究中心教授）

副组长：何作庆（云南省红河学院教授）

文山壮族苗族自治州子课题组

组长：杨永福（云南省文山学院教授）

副组长：杨磊（云南省文山学院教授，副校长）

临沧市子课题组

组长：邹建达（云南师范大学教授）

副组长：杨宝康（云南省临沧高等师范专科学校教授，副校长）

在调查研究的过程中，得到了云南省政府有关部门、红河哈尼族彝族自治州、文山壮族苗族自治州、临沧市、玉溪市及所属县乡各级政府的大力支持和有效帮助，谨此表示衷心的感谢！

最后，本课题能以专著的形式出版发行，应该感谢中国边疆史地研究中心、社会科学文献出版社等单位提供的机会和付出的努力。在审阅本书稿的过程中，中国边疆史地研究中心李方研究员付出了辛勤劳动，一并表示感谢。

主持人（分卷主编）：方铁　翟国强

2009 年 8 月 20 日

第一章 概述

第一节 自然概况

一 地理位置

麻栗坡县位于云南省东南部、文山壮族苗族自治州东南部，地处东经 104°32′~105°18′、北纬 22°48′~23°33′之间，东北与本州富宁县相连，南与越南河江省的同文、安明、官坝、渭川、黄树皮、河江五县一市接壤，西南邻本州马关县，北接本州西畴县和广南县。县城距省会昆明市450 公里，距州府文山县城 80 公里，距本县国家级天保口岸 50 公里。从天保口岸出发，到越南河江省城约 20 公里，到越南首都河内约 330 公里。全县共辖 12 个乡镇，县境东西最大横距 100 公里，南北最大纵距 40 公里，面积 2395 平方公里。

从地形地貌来看，麻栗坡县境内重峦叠嶂，山高谷深，地形几乎全为山地和狭窄河谷，没有平坝，山区面积占全县面积的比例高达 99.9%。其中，东北部多为喀斯特石山区，干旱缺水，土地石漠化很严重；西南部多为土山区，水源条件较好，植被茂密，自然条件相对好一些。

县境内最高点为与马关县交界处的老君山主峰，海拔2579 米；最低处为天保口岸盘龙河出境处（又称船头），海拔 107 米。

与云南省的大多数地区类似，麻栗坡县是一个多民族杂居的县，境内主要居住着汉、苗、壮、瑶、彝、傣、仡佬和蒙古共 8 个民族。2000 年时全县人口 267986，其中：汉族 158092 人，占人口总数的 59%；少数民族 109894 人，占人口总数的 41%。在少数民族中，苗族 45655 人，占全县总人口数的 17%；壮族 33250 人，占 12.4%；瑶族 18926 人，占 7.1%；彝族 6036 人，占 2.3%；傣族 2746 人，占 1%。

麻栗坡县境内国界线长 277 公里，是一个战略地位很重要的边境县，自古以来就是云南内地通往越南的重要通道。近代以来发生在中越之间的多次重要军事行动，如中法战争、中国抗日战争（日本曾占领越南并试图从越南攻击云南）、越南抗法战争、越南抗美战争、中越边境战争等，麻栗坡县都是非常关键的地带。特别是 1979～1989 年的中越边境战争和防御作战，麻栗坡县边境一带成为中越双方争夺最为激烈的主要地区，20 世纪 80 年代中期牵动全国心弦的老山、者阴山、扣林山战斗都发生在这里。1991 年中越关系正常化后，麻栗坡县又重新成为中国云南省与越南之间贸易往来的一条重要通道，天保口岸成为国家级口岸之一，另外，麻栗坡县境内还有猛硐、八布、杨万、董干、马崩 5 个边民互市点。

由于多种因素的制约，麻栗坡县的经济发展仍较为滞后，是云南的国家级贫困县之一。人民生活水平较低，仅能维持基本的温饱；政府财政也非常困难，2005 年县境内财政总收入不到 1 亿元（共 0.94 亿元，包括地方财政收入、上缴部分和海关关税等，下同），而支出达 2.7 亿多元；2007 年财政总收入 1.12 亿元，而支出为 4.8 亿元。

总体来看，与云南省的许多边境县份一样，麻栗坡县是一个集老、少、边、穷、山、战（即革命老区、少数民族地区、边疆、贫穷落后地区、山区、原战区）为一体的县。

董干镇位于麻栗坡县东北部，距县城 113 公里，国土面积 467.32 平方公里，边境线长 108 公里。全镇辖董干、长槽、白沙杠、者挖、普弄、马坤、马林、马崩、麻栗堡、永利、嘎啊、回龙、新寨、马波、董来、马龙 16 个村民委员会共计 352 个村民小组，其中 6 个村民委员会 49 个村民小组与越南接壤，境内有 1 个省级开放口岸和 4 个边民互市点。境内最高海拔 1926 米，最低海拔 500 米，年均气温 23℃，年均降雨量约 1200 毫米。居住着汉、壮、苗、彝、蒙古、仡佬、白等民族。耕地面积 47332 亩，人均耕地面积约 1 亩。2007 年全镇工业总产值 1106 万元，比 2002 年增长 476 万元，年均递增 11.9%；农业总产值 9047 万元，比 2002 年增长 5322 万元，年均递增 19.4%；粮食总产量 1246.2 万公斤，年均递增 9.7%；实现农村经济总收入 9464 万元，农民人均纯收入 1469 元，人均有粮 261 公斤。

董干镇是麻栗坡县东北方向的重镇。现有沥青公路通往富宁县城，另有一条长约 25 公里的弹石公路通到马崩村，并已延伸到中越边界 393 号界碑处与越方公路对接，为省级口岸。1979～1989 年的中越边境战争时期，麻栗坡县边境一带成为中越双方争夺最为激烈的主要地区。但董干境内并没有发生激烈的战斗，著名的老山、者阴山、八里河东山、扣林山等战斗都发生在麻栗坡县东南方向的猛硐、天保地区。1991年中越关系正常化后，麻栗坡县又重新成为中国云南省与越南之间贸易往来的一条重要通道，天保口岸成为国家级口岸之一。与天保口岸相比，董干口岸通道的重要性要低得多。

总体来看，由于自然资源匮乏，山高坡陡，居住环境恶劣，基础设施建设滞后，董干镇的经济社会发展水平仍然落后。

马崩村位于县城东北部，董干镇东南面，距镇政府25公里，距县城135公里。海拔1477米，属于典型的喀斯特石山区地貌，石漠化较为严重。山高坡陡，峰谷相间。马崩村属于边境村委会，下辖25个村民小组，24个自然村寨，主要居住着苗、彝两个民族。2005年有588户、2509人；其中，苗族562户、2404人，彝族26户、105人。全村耕地资源少，全是旱地、坡地，人均有地不足1亩，是山区、民族、边疆、贫困四位一体的村委会。马崩村东南与越南接壤，西与董干镇马坤村委会、北与马林村委会相邻，国境线长11公里。20世纪80年代，从董干镇至老马崩的简易弹石公路修通。1993年，村委会搬迁至现在的驻地大火焰村旁，并建成边民互市点后，公路又延伸至大火焰。随着中越关系的持续缓和，以及马崩边民互市点辐射影响的不断扩大，公路延伸至中越393号界碑处与越方对接。马崩村便成为董干镇乃至麻栗坡县东北方向一条重要的对越通道。

这样的地理位置，对马崩村的经济社会发展必然产生较大的影响。

二 水文气候

麻栗坡县地处云南高原东南部，位于北回归线以南，纬度较低，属亚热带湿润季风气候，雨量充沛，湿度大，干湿季分明，春季回温早，冬春雨量少，春季太阳辐射强，日照时间春季长、冬季短，夏季降雨集中，秋季阴雨连绵。

麻栗坡县地处低纬度，但由于山川交错、河谷纵横，气候垂直变化显著，立体气候特征明显。年平均气温为17.6℃，1月（最冷月）平均气温10.1℃，7月（最热月）平均气温23℃。

全县年降水量在1051～1900毫米，年降水总量33.37亿立方米。春季降水量212.6毫米，占年降水量的20%；夏季降水量597.5毫米，占年降水量的57%；秋季降水量95.3毫米，占年降水量的9%；冬季降水量48.5毫米，占年降水量的5%。雨季降水量867毫米，占年降水量的82%；干季降水量185毫米，占年降水量的18%。降雨特点，四季多夜雨，夜雨量占总雨量的54%；干雨季分明，雨热同季，干凉同季。

麻栗坡县境内主要河流有盘龙河、畴阳河、八布河、南利河。董干镇地区没有较大的河流，而马崩地区由于喀斯特石山发育明显，山高谷深，缺乏地表径流，人畜饮水主要靠雨季水窖、水池集雨水。与全县的情况相似，马崩地区属亚热带季风气候，全年雨量较为充沛，但季节分布不均衡，干湿季分明，每年5～10月为雨季，降水较多；11月至次年4月为干季，降水较少。春季回温早，冬春雨量少，春季太阳辐射强，日照时间春季长、冬季短。容易形成春旱，村民及大牲畜饮水面临较大困难。耕地全部是旱地，且25度以上的坡地占有相当比例，人工灌溉设施几乎为零。缺水是马崩地区又一比较突出的问题。

三　资源物产

土壤。马崩村所属各自然村的耕地土壤属棕色夹沙壤，较为贫瘠，肥力较差。可耕地主要是坡地，低洼的一些土地土层较厚，是马崩村的主要产粮区。由于土地资源稀少，石头旮旯中土壤不多的插花状的小块土地，也成为村民耕种的对象。

矿产。马崩境内基本没有什么可以开发利用的矿产。与我方接壤的越南边境地区有锡、铅锌、铝、铁等金属矿。

动物。原来主要是一些小型动物，如竹鸡、野鸡、雕鼠、穿山甲等，缺乏大型动物。近年来，随着山坡植被减少，上述动物数量不断减少。笔者在马崩调查期间，每天往来于村委会与各自然村之间，只见山坡上是较稀疏的灌木丛，没有见到过飞禽走兽。1993年，政府有关部门禁止民间持有猎枪。苗族是一个半耕半猎的民族，猎枪没收后，为了对付较大的动物对庄稼的破坏，马崩地区的农民只好买一些毒鼠强之类的毒药投放在田间地头，结果使得所有的动物都受到伤害，比如雕鼠、穿山甲等都逐步减少，有的已经绝迹。

植物。马崩地区山高谷深，喀斯特地貌发育明显，一眼望去，岩石裸露明显。山坡上主要是各种稀疏灌木，少见高大树木。以薪炭林为主，树种有冬瓜树以及当地居民称为青冈木的，用于建造房屋的用材林非常少，当地村民主要去麻栗堡一带购买。

药材。原来树木较为茂密的地方（如山顶等）会有苦参、大黄藤等，越南一方较多，我方较少。主要是村民采来自用，很少加工后出售。

物产。主要粮食作物为玉米，其他农作物还有红薯、南瓜、花豆、四季豆、豇豆等，冬春作物有油菜、马芽花（花子可以用来榨油）等。全村没有一分水田，所以不出产水稻。由于属喀斯特地貌，缺乏地表径流，饮水完全靠"栽水"吃（当地干部群众比较形象的说法。在比较平坦的地方或者房前屋后，挖一个封闭式圆形水窖，降雨季节积蓄雨水，到冬春季节，以解决一家人的饮水。一般水窖的容积在 30～50 立方米）。要发展种养殖业，水是最大的制约因素。

四　自然灾害

马崩地区经常发生的自然灾害主要是旱灾。由于气候干湿季节分明，每年 5 月到 10 月，是雨季；11 月至第二年 4 月是干季，降水较少。加之缺乏地表径流，所以冬春时节缺水严重，人畜饮水主要依靠水窖集水。2010 年 1 月，调查组前往马崩调查前后，包括马崩地区在内的文山州正经历着严重的干旱，3 个多月的时间里，几乎滴雨未降。1 月 27 日，云南省气象台发布干旱红色预警：未来一周全省各州市综合气象干旱指数将达到特旱（气象干旱为 50 年以上一遇。其实，干旱后来一直持续。至 2010 年 3 月下旬，笔者对报告文稿进行最后修订时，云南省的旱情没有丝毫缓解，其间省气象台多次发布干旱红色预警）。调查组在自马崩村委会到上、下黑山村的山路上，看到经过的毛拜、芭蕉托、地棚等村村民都在修建小水窖。由于干

7

旱，芭蕉托村的位于山路下方的两口露天水池已经干涸（见书文前彩图）。由于近年来经常发生冬春干旱，大春粮食如玉米等收获后，小春蚕豆、豌豆、小麦等栽下去，没有雨水，所以基本上没有收成。渐渐地，村民们也就不播种小麦了。目前，在部分地里多栽种蚕豆、豌豆、油菜等作物。

第二节　历史沿革与区划

一　历史概述

董干，现在主要是壮语称呼，"董"指坝子，"干"指黄果树。"董干"意为黄果树坝子。

据《麻栗坡县志》记载，董干地区原来主要是彝族（倮支系）居住，"董"为倮语，"干"指门前小干河。清朝乾隆年间开始开街。至清乾隆以前，这里没有设官治理。乾隆十六年（1751），今城寨（原来属于新寨乡）倮支系首领莫二、莫四到西畴牛羊村（今西畴县老街村）请当地土司侬万一的两个儿子侬秉武、侬秉文到城寨当倮民土司。于是，侬秉武在马桑建立了小土司，侬秉文在普元建立土司制，隶属开化府安平厅东安里。乾隆四十一年（1776），侬秉武到董干视察，发现董干地区的倮民不受约束和管辖，遂在征得东安里同意后把董干纳入其统辖范围，派其子侬发甲驻守董干，隶属马桑侬土司。董干于此时期开始开街集市。咸丰年间（1851～1861），侬发甲以白银3000两和12斤大烟土的价格，将董干地区部分田地出卖给临安府（治今云南省红河州建水县城）人王世和（汉族），王家势

8

力在董干地区崛起，侬氏土司逐渐衰落。光绪二十四年
（1898 年），成立董干对汛。

中华人民共和国成立前，董干系麻栗坡特别区董干汛
所在地。1950～1954 年为麻栗坡市第四区，1955～1957 年
为麻栗坡县董干区，1958～1965 年为董干公社，1966～
1969 年为董干区，1970～1983 年为董干公社，1984 年后改
为区，1988 年改为镇。根据《云南省人民政府关于调整砚
山等八个县部分乡镇行政区划的批复》和麻栗坡县委、县
政府《关于麻栗坡县乡镇机构改革实施意见》文件精神，
原董干镇与新寨乡于 2006 年 4 月正式撤并为新董干镇，镇
政府设在原董干镇政府。为了方便新寨片区群众，在原新
寨街设立 6 个便民服务点，即董干镇司法所便民服务点、董
干镇农业技术推广站便民服务点、董干镇畜牧兽医站便民
服务点、董干镇林业站便民服务点、董干镇计划生育服务
所便民服务点、董干镇人民政府民政便民服务点。

"马崩"，即四面高山环绕之意。以马崩上、中、下村
地处洼地，四面高山环绕而得名。马崩于 1954 年建乡，
1958 年改为管理区，1961 年改为大队，1962 年改为小公
社，1970 年又改为大队，1983 年 10 月改为乡，1988 年 3
月改为办事处。后来，和其他地区一样，改为村民委
员会。

1980 年土地下放，农村开始改革实行包产到户时，现
在的村委会驻地的街道是一条草皮街，乱石嶙峋。1984 年，
在现在的马崩中村开始形成农村集市，周围村寨的村民均
到此赶街。1985 年正式开街。1990 年，董干镇政府在现在
的马崩村委会驻地开始建设街道，修建边民互市点。当时
这里只有一个边防哨所，没有人家，与大火焰村只有步行

几分钟的路程。通过积极向上级政府争取经费，文山州有关部门帮助解决了 48 万元资金。经过两年多的建设，边民互市点正式建成。1992 年 4 月，正式开街。后来，市场规模不断扩大，形成现在的格局。

图 1 – 1　马崩街天热闹的情景（之一）（2009 年 2 月 13 日金军摄）

图 1 – 2　马崩街天热闹的情景（之二）（2008 年 2 月 19 日李和摄）

图 1 – 3　马崩街天热闹的情景（之三）（2008 年 2 月 19 日李和摄）

二　行政区划

马崩村隶属于麻栗坡县董干镇，是董干镇 16 个村民委员会之一。下辖自然村 24 个，村小组 25 个，具体是：马崩（上）、马崩（中）、马崩（下）、龙关寨、吴家寨、坪上一、坪上二、王兴寨、花地坪、半坡、岩脚、老寨、上石板、下石板、金竹山、上寨、大火焰、毛拜、小弄、芭蕉托、麻弄、地棚、上黑山、下黑山、长弄。

董（干）马（崩）简易弹石公路大致从北向南纵贯马崩地区，坪上一、坪上二、王兴寨、花地坪、半坡、上石板、下石板、金竹山、上寨等村小组分布在公路以西，岩脚、老寨、马崩（上）、马崩（中）、马崩（下）、龙关寨、吴家寨、毛拜、小弄、芭蕉托、麻弄、地棚、上黑山、下黑山、长弄等村小组分布在公路以东。

第三节 人口状况

一 人口概况

董干镇居住着汉、壮、苗、瑶、彝、蒙古、仡佬、白族等民族。据统计，2007 年全镇共有 46869 人，其中农户数 11401 户，农业人口总数 45273 人；有劳动力 25812 人，其中剩余劳动力 11642 人。汉族 6046 户 23919 人，占总人口的 51.03%；少数民族 5353 户、22950 人，占总人口的 48.97%。少数民族中：壮族 937 户 3971 人，苗族 3644 户 15776 人，彝族 657 户 2717 人，瑶族 8 户 31 人，蒙古族 15 户 52 人，仡佬族 86 户 396 人，其他族 6 户 7 人。

关于马崩村的人口。据麻栗坡县 1996 年自然村人口统计，马崩各自然村的人口状况是这样的：马崩苗族 73 户 340 人；龙关寨苗族 23 户 107 人；吴家寨苗族 15 户 91 人；麻弄苗族 16 户 71 人；地棚苗族 13 户 61 人；芭蕉托苗族 24 户 113 人；下黑山苗族 20 户 106 人；老寨苗族 10 户 42 人；岩脚苗族 13 户 60 人；坪上一队苗族 25 户 122 人；坪上二队苗族 24 户 122 人；上石板苗族 14 户 58 人；半坡苗族 17 户 81 人；下石板苗族 9 户 31 人；王兴寨苗族 26 户 124 人；花地坪彝族（倮支系）23 户 87 人；金竹山苗族 16 户 77 人；上寨苗族 33 户 163 人；长弄苗族 10 户 42 人；上黑山苗族 19 户 86 人；小弄苗族 21 户 85 人；毛拜苗族 27 户 111 人；大火焰苗族 37 户 176 人。[①] 见表 1 - 1。

---

① 《麻栗坡县志》，云南人民出版社，2000，第 96 页。

表1-1　1996年马崩村各村小组民族、户数、人口统计

单位：户，人

村　名	民族	户数	人口	村　名	民族	户数	人口
马　崩	苗	73	340	坪上一	苗	25	122
龙关寨	苗	23	107	坪上二	苗	24	122
吴家寨	苗	15	91	上石板	苗	14	58
麻　弄	苗	16	71	下石板	苗	9	31
地　棚	苗	13	61	半　坡	苗	17	81
芭蕉托	苗	24	113	王兴寨	苗	26	124
下黑山	苗	20	106	花地坪	彝	23	87
老　寨	苗	10	42	金竹山	苗	16	77
岩　脚	苗	13	60	上　寨	苗	33	163
长　弄	苗	10	42	上黑山	苗	19	86
小　弄	苗	21	85	毛　拜	苗	27	111
大火焰	苗	37	176				

资料来源：《麻栗坡县志》第96页，云南人民出版社，2000。

至2007年末，马崩村总人口为584户2537人，其中男1367人，女1170人，男女比例为100：85.6（以男性为100）。男女比例明显失调。与1996年的人口状况相比，没有较大的变化，各自然村的人口情况如表1-2所示：马崩苗族81户341人、彝族5户18人；龙关寨苗族24户113人；吴家寨苗族20户94人；麻弄苗族19户78人；地棚苗族14户56人；芭蕉托苗族31户142人；下黑山苗族26户108人；老寨苗族12户46人；岩脚苗族14户67人；坪上一队苗族28户122人；坪上二队苗族31户128人；上石板苗族16户66人；半坡苗族19户93人；下石板苗族11户48人；王兴寨苗族26户129人；花地坪彝族（保支系）22户87人；金竹山苗族20户88人；上寨苗族39户182人；

长弄苗族 10 户 45 人；上黑山苗族 20 户 77 人；小弄苗族 23 户 96 人；毛拜苗族 30 户 128 人；大火焰苗族 43 户 185 人。

表 1-2　2007 年马崩村各村小组民族、户数、人口统计

单位：户，人

村　　名	民族	户数	人口	村　名	民族	户数	人口
马　崩	苗①	86	359	坪上一	苗	28	122
龙关寨	苗	24	113	坪上二	苗	31	128
吴家寨	苗	20	94	上石板	苗	16	66
麻　弄	苗	19	78	下石板	苗	11	48
地　棚	苗	14	56	半　坡	苗	19	93
芭蕉托	苗	31	142	王兴寨	苗	26	129
下黑山	苗	26	108	花地坪	彝	22	87
老　寨	苗	12	46	金竹山	苗	20	88
岩　脚	苗	14	67	上　寨	苗	39	182
长　弄	苗	10	45	上黑山	苗	20	77
小　弄	苗	23	96	毛　拜	苗	30	128
大火焰	苗	43	185				

①其中彝族有 5 户 18 人。

资料来源：马崩村委会 2007 年度报表。

二　职业与知识结构

马崩村居民绝大部分从事种植业兼养殖业，从事非农职业的极少。据调查组在村委会调查得知，到 2007 年年底，不包括出去打工的人口，整个马崩村在县外工作的有 4 人，从事教育职业的有 6 人，主要在镇内各中小学任教。

2007 年，马崩地区有一所村完小，地棚、坪上两个教学点（一师一校）。2009 年，坪上教学点被撤并到马崩村小学，仅保留了地棚教学点（见图 1-4、1-5）。

图 1 - 4　马崩村小学（2010 年 1 月 29 日杨永福摄）

图 1 - 5　马崩村地棚教学点（2010 年 1 月 29 日杨永福摄）

　　由于贫困、交通闭塞等原因，马崩村的国民教育十分落后。截至 2007 年年底，马崩村人均受教育年限仅为 4.3 年。村民绝大多数是小学文化程度。很多村民小学还没念完就辍学了，其中大多数 16 岁后就出去打工。苗族的观念意识也是很大的原因，一是认为读书没有意思，二是马崩地区苗族早婚现象较为普遍。关于教育的情况，将在后面第七章作详细介绍。

由于村民的受教育程度很低，使得他们的职业去向十分单一。劳动力分布最多的是种养殖业，其次是出外打工。表1-3是老马崩村劳动力及其分布的情形，基本上代表了整个马崩村的情况。

表1-3　2007年老马崩村劳动力总数及行业分布

单位：人

村小组	劳动力总数	劳动力分布情况					
		农业	批发零售	服务及饮食业	卫生体育福利业	科技服务业	外出务工
马崩上村	81	65	2				14
马崩中村	112	93	2		1	1	15
马崩下村	72	58		2			12

资料来源：马崩村委会2007年度报表。

近年来，出外打工成为董干镇乃至麻栗坡县农村剩余劳动力转移的最主要途径，每年出外打工的人数呈逐年上升趋势。据董干镇政府统计，2007年全镇有劳动力25812人，外出打工者9313人，其中男6191人，女3122人；省外务工6482人（男4228人，女2254人），省内务工1973人（男1396人，女577人），县内务工858人（男567人，女291人）。有序输出700人，占输出总数的7.5%；帮带输出6943人，占输出总数的74.6%；自发输出1670人，占输出总数的17.9%。2007年创劳务经济总收入6533.84万元，占全镇农村经济总收入的84.17%，创劳务经济纯收入4146.47万元。其中高的纯收入为1万元/人/年左右。在我们走访的村寨里，新建砖瓦房的，绝大多数是有家人在外面打工。可以说，劳务经济不仅是董干镇农村经济收入的主要来源，也是个体家庭的主要经济来源。在马崩地区，亦是如此情形。表 1 - 4、1 - 5 是马崩村 2007 年、2008 年各自然村在外务工人数统计情况。

表 1 - 4　2007 年马崩各村外出务工人数统计

单位：人

村 名	人 数	村 名	人 数	村 名	人 数
马崩上	14	上黑山	14	花地坪	15
马崩中	15	下黑山	21	王兴寨	14
马崩下	12	长 弄	6	半 坡	10
龙关寨	10	毛 拜	18	下石板	5
吴家寨	10	小 弄	13	上石板	8
麻 弄	12	大火焰	27	坪 上	32
地 棚	8	上 寨	28	岩 脚	8
芭蕉托	19	金竹山	11	老 寨	6

资料来源：2007 年度马崩村委会农村统计表。

表 1 - 5　2008 年马崩各村外出务工人数统计

单位：人

村 名	人 数	村 名	人 数	村 名	人 数
马崩上	18	上黑山	18	花地坪	19
马崩中	19	下黑山	25	王兴寨	18
马崩下	16	长 弄	10	半 坡	14
龙关寨	14	毛 拜	22	下石板	9
吴家寨	14	小 弄	17	上石板	12
麻 弄	16	大火焰	31	坪 上	40
地 棚	12	上 寨	32	岩 脚	12
芭蕉托	23	金竹山	15	老 寨	10

资料来源：2008 年度马崩村委会农村统计表。

从表 1 - 4、1 - 5 可知，2007 年马崩地区出外打工的人数在 336 人，2008 年增加到 436 人。2009 年的外出务工人数到本调查报告完稿时还没有统计上报，所以没有确切数字，但据村委会干部说，应该在 500 人左右。它至少反映了几点事实：（1）马崩地区经济结构单一，土地承载容量小，无法提供能够满足这些劳动力就业需要的机会；（2）经济发展落后，收入渠道单一且收入水平低，除了到外地打工之外没有更好的路子；（3）出外打工能比在家务农有更好的经济效益，所以先出外打工的对后来者有很大的示范作用。但是，边疆民族地区农村劳动力大规模转移亦会带来较多的社会问题，在一定程度上还会影响到边防的稳固。

第二章 基层组织建设

第一节 中共马崩村总支委员会及其职能

一 中共马崩村总支委员会

2004 年以前，马崩行政村与其他行政村一样，设有中共党支部。2004 年，中共麻栗坡县委响应中央号召，加强农村基层党组织建设，将各行政村党支部提升为党总支，马崩村党支部也因此提升为马崩村党总支。目前，马崩村党总支书记为上寨自然村的顾玉洪。其总支委员会人员情况见下表（表 2 - 1、表 2 - 2）。

表 2 - 1　中共马崩总支第二届总支委员会成员情况

姓　名	性　别	民　族	文化程度	村小组	出生年月	入党时间	备　注
顾玉洪	男	苗	小　学	上　寨	1963. 12	1996. 7	总支书记
罗志洪	男	苗	小　学	下 黑 山	1969. 3	1994. 6	
顾才召	男	苗	初　中	上　寨	1973. 4	1999. 12	赤脚医生
王伦凤	男	苗	小　学	老　寨	1956. 2	1996. 7	
陶友周	男	苗	初　中	马崩下村	1968. 4	1989. 10	

资料来源：中共马崩村总支党员花名册。

19

表2-2　中共马崩总支第三届总支委员会成员情况

姓　名	性　别	民族	文化程度	村小组	出生年月	入党时间	备　注
顾玉洪	男	苗	小　学	上　寨	1963.12	1996.7	总支书记
杨美成	女	苗	初　中	下黑山	1969.8	1996.7	
杨德祥	男	苗	小　学	金竹山	1964.1	1997.5	市场管理员
王伦凤	男	苗	小　学	老　寨	1956.2	1996.7	
毕正发	男	彝	初　中	花地坪	1971.3	2003.7	文书

资料来源：中共马崩村总支党员花名册。

　　2010年1月底调查组前往调查时，得知到2009年年底，马崩村党总支共有42名党员，下设有马崩、黑山、坪上3个党支部。其中，每个党支部各有2个党小组。各党支部党员概况如表2-3至表2-5所示：

表2-3　中共马崩党支部党员情况

姓名	性别	民族	文化程度	出生年月	工作岗位	入党时间	转正时间	个人身份	行政职务	党内职务
顾玉洪	男	苗	小学	1963.12	上　寨	1996.7	1997.7	农民	村委会主任	总支书记
顾才清	男	苗	小学	1974.8	上　寨	1996.5	1997.7	农民		
顾才召	男	苗	初中	1973.4	上　寨	1999.12	2000.12	农民	赤脚医生	支部书记
王德金	男	苗	初中	1940.4	大火焰	1962.4	1963.5	农民		
马正金	男	苗	小学	1936.3	毛　拜	1956.3	1957.7	农民		
罗洪金	男	苗	小学	1963.10	哨　所	1990.5	1991.5	农民		
陶天和	女	苗	小学	1936.10	龙关寨	1962.4	1963.1	农民		
陶兴福	男	苗	小学	1970.10	吴家寨	1996.7	1997.7	农民		
袁林英	女	彝	小学	1937.10	花地坪	1959.9	1960.9	农民		支部委员

续表

姓名	性别	民族	文化程度	出生年月	工作岗位	入党时间	转正时间	个人身份	行政职务	党内职务
毕正发	男	彝	初中	1971.3	花地坪	2003.7	2004.7	农民	村委会文书	总支委员
王伦发	男	苗	小学	1929.5	金竹山	1957.2	1958.2	农民		
杨德祥	男	苗	小学	1964.1	金竹山	1997.5	1998.5	农民		总支委员
王明伍	男	苗	小学	1983.3	金竹山	2003.7	2004.7	农民		
王永金	男	苗	小学	1977.12	马崩上	2005.3	2006.3	农民		
陶友周	男	苗	初中	1968.4	马崩下	1989.10	1990.3	农民		
陶天才	男	苗	小学	1968.4	马崩中	2005.3	2006.3	农民		
顾忠廷	男	苗	小学	1971.5	小弄	2005.3	2006.3	农民		
王仁兴	男	苗	初中	1980.12	大火焰	2009.2		农民	村委会副主任	
杨胜碧	男	苗	高中	1982.9	金竹山	2009.2		农民	计生宣传员	

资料来源：中共马崩村总支党员花名册。

表2-4　中共黑山党支部党员情况

姓名	性别	民族	文化程度	出生年月	工作岗位	入党时间	转正时间	个人身份	行政职务	党内职务
罗志洪	男	苗	小学	1969.3	下黑山	1994.6	1995.6	农民		支部书记
罗志明	男	苗	小学	1948.6	下黑山	1971.1	1972.5	农民		
李永富	女	苗	小学	1938.10	下黑山	1960.4	1962.5	农民		
熊召明	男	苗	小学	1950.9	下黑山	1979.2	1985.2	农民		
罗志祥	男	苗	小学	1972.2	下黑山	1996.7	1997.7	农民		
杨美成	女	苗	初中	1969.8	下黑山	1996.7	1997.7	农民		总支委员

姓名	性别	民族	文化程度	出生年月	工作岗位	入党时间	转正时间	个人身份	行政职务	党内职务
杨玉成	男	苗	小学	1971.5	上黑山	1996.5	1997.5	农民		支部委员
王廷香	男	苗	小学	1950.7	芭蕉托	1971.6	1972.8	农民		支部委员
王庭山	男	苗	大专	1949.9	芭蕉托	1970.10	1971.10	干退		
吴志刚	男	苗	小学	1933.1	地 棚	1960.4	1962.3	农民		
吴志祥	男	苗	小学	1939.3	地 棚	1964.5	1965.5	农民		
李永成	男	苗	小学	1940.12	麻 弄	1996.7	1997.7	农民		
李玉成	男	苗	初中	1967.2	麻 弄	1996.7	1997.7	农民		
罗志成	男	苗	小学	1977.4	长 弄	2003.7	2004.7	农民		

资料来源：中共马崩村总支党员花名册。

表 2 - 5 中共坪上党支部党员情况

姓名	性别	民族	文化程度	出生年月	工作岗位	入党时间	转正时间	个人身份	行政职务	党内职务
王伦美	女	苗	小学	1947.11	坪 上	1970.1	1971.1	干退		
熊召坤	男	苗	小学	1967.1	坪 上	1998.6	1999.6	农民		
熊召武	男	苗	小学	1965.8	坪 上	1996.5	1997.7	农民		支部委员
王德文	男	苗	小学	1972.12	坪 上	1997.5	1998.7	农民		支部委员
顾玉行	男	苗	小学	1963.1	半 坡	1996.5	1997.7	农民		
王伦凤	男	苗	小学	1956.2	老 寨	1996.7	1997.7	农民		支书、总支委员
顾玉忠	男	苗	小学	1953.6	上石板	1996.7	1997.7	农民		
王明学	男	苗	小学	1971.3	上石板	1996.7	1998.7	农民		
王德和	男	苗	小学	1967.4	岩 脚	1991.3	1992.3	农民		

资料来源：中共马崩村总支党员花名册。

对马崩村党总支的党员构成情况略作分析，可以得出以下一些基本认识。

关于党员的年龄结构。全部 42 名党员（包括预备党员）中，70 岁以上的共 8 名，占党员总数的 19%；61 岁至 70 岁的共 5 名，占总数的 11.9%；51 岁至 60 岁的 4 名，占 9.5%；41 岁至 50 岁的 11 名，占总数的 26.2%；31 岁至 40 岁的 11 名，占 26.2%；21 岁到 30 岁有 3 名，占 7.1%。可以看出，马崩党总支现有的党员年龄结构重心偏高，41 岁以上党员共 28 名，占党员总数的 66.7%；而 40 岁以下（含 40 岁）的党员只有 14 名，占党员总数的 33.3%。在一定程度上可以说明，这几年的党员发展工作不是很受年轻人的欢迎，因为年轻人很多都出去打工了，因而在 30 岁以下的青年人中发展党员遇到了很大困难。2000～2009 年，马崩党总支只发展了 8 名党员，年均不到 1 名。而从各支部的情况看，在近 9 年中，马崩党支部发展了 7 名党员，黑山党支部发展了 1 名党员，而坪上党支部从 1999 年到 2009 年，没有发展过党员。因此，在马崩这样的边疆民族地区，在青壮年劳力大规模转移外出务工的情形下，如何抓好党员发展工作、搞好基层党组织建设，是一个值得重视的问题。

关于党员的受教育程度。从整个党总支的情况看，42 名党员（包括预备党员）中，大专文化程度的 1 名，是一名退休干部；高中文化程度的 1 名，初中文化程度的 7 名，小学文化程度的达 33 名。按照现行的学制，即大专 15 年、高中 12 年、初中 9 年、小学 6 年计算，马崩党总支党员的平均受教育年限为 6.86 年，高于马崩村全部村民的平均受教育年限 4.3 年。但是，占绝大多数的党员（即 33

名）都只受过小学教育。受教育程度低，意味着学习能力不高，这就使得很多党员的眼界受到局限，从而影响了他们的思维和观念，以及对新思想、新观念的学习和借鉴。这对马崩村经济社会的发展是相当不利的。因为，党员理应是发展致富的带头人。

关于党员的性别比例。在所有42名党员中，男性有37名，占党员总数的比例高达88.1%；女性只有5名，仅占总数的11.9%。这种情形表明，在马崩苗族社会中，女性的参政议政以及关注政治的意识是较为淡薄的。这有着深刻的传统和现实的原因。从传统的角度看，苗族是一个男性为中心的社会，女性的社会地位很低。长期以来，女性被局限于饲养家禽、抚养子女以及手工刺绣等家内劳动，很少关注家庭以外的世界。从现实的原因来看，马崩地区女性的社会地位仍然较低，表现在女孩子一般读书只读到小学毕业，极少有读到高中阶段的；早婚早育的现象仍较为普遍，女孩子十五六岁就谈恋爱、结婚了。这些原因使得女性过早卷入抚养子女、维持家庭等烦琐事务之中。在马崩，一般村民的社会心理也认为，抛头露面、与外界打交道是男人的事，女人管好家庭、管好子女就行了。因之，马崩党总支中女性党员很少就是正常的了。

从村委会成员构成来看，党员所占比例极高。现任村委会干部全部是党员（见表2-6），这一方面反映出边疆民族地区比较注重发展村干部为党员，有利于党的方针、政策的贯彻执行，另一方面也反映出普通群众加入党组织的积极性有待进一步提高。

从以上3个党支部的情况可以粗略看出马崩村基层党组

织建设的大体情况。据总支书记顾玉洪介绍，2004 年以后，马崩村党总支计划每年要发展党员 2 名。但是，正如前面所介绍的，党员发展工作并不理想。2000 年至 2009 年，马崩村党总支总共只发展了 8 名党员，年均不到 1 名。

二　中共马崩村总支委员会的基本职能

马崩村党总支设总支书记 1 人，组织委员、宣传委员、纪检委员各 1 名。一般来讲，党总支每年举行两次总支会议，各党支部书记、总支委员参加会议；各党支部每年召开两次支部会议。开会主要是学习党和国家的政策、法律、法规，并研究各自然村的经济社会发展问题。在马崩村党总支办公室的墙上，张贴着党总支书记、党支部书记、总支委员（支部委员）的职责要求。

关于党总支书记的职责，有这几方面的规定：（1）负责召集党总支委员和党员大会；认真执行党的路线、方针、政策和上级党组织的决议、指示；结合本村的具体情况，研究安排支部工作，将支部工作中重大问题，及时提交总支委员会和党员大会讨论决定。（2）检查党总支工作计划、决议的执行情况，按时向总支委员会、党员大会和上级组织报告工作。（3）抓好总支委员的学习和总支委员会的自身建设，按时召开总支委员民主生活会，加强一班人的团结、合作。坚持集体领导和个人分工责任制，充分发挥总支委员会的集体领导作用。（4）了解掌握党员的思想、学习和工作情况，发现问题及时解决，做好思想政治工作。（5）经常与行政及共青团等群众组织保持密切联系，交流情况，支持他们工作，充分调动各方面的积极性。（6）完成上级党组织交办的其他工作。

关于党支部书记职责，是这样规定的：（1）负责支部的日常工作，召集支部大会，认真传达贯彻上级的决议、指示。研究安排党小组工作，将党小组工作中的重大问题及时提交支部委员会和支部大会讨论决定。（2）了解掌握党员的思想、工作和学习情况，做好经常性的思想政治工作。（3）检查各党小组的工作计划、决议的执行情况，按时向支委会、支部大会及上级党组织汇报。（4）经常与支部委员和同级行政负责人保持密切联系、交流情况、相互配合，支持他们工作；协调党、政、工、青、妇的关系，调动积极性。（5）抓好支部委员的政治学习，按时召开支部委员的民主生活会，坚持"三会一课"制度，做好党员的思想教育和纪检工作。

关于支部委员，也有相关的职责要求，比如：（1）组织委员要了解掌握党小组的组织状况，根据实际情况的需要提出党小组的划分及调整意见，坚持督促党小组过好组织生活；了解和掌握党员的思想状况，对党员进行教育；了解要求入党的积极分子，负责对积极分子的培养、教育和观察，制定计划，做好预备党员的转正手续。（2）纪律委员要维护党规党纪，抓好整顿党风工作，不断提高全体党员遵纪守法的自觉性；保证党员的民主权利；认真调查、及时处理党员违反章程、纪律案件；受理党员的控告和申诉，经常向支委会和上级纪律检查委员会汇报和反映本村党风党纪情况。（3）宣传委员要做好党的方针、政策的宣传工作；组织干部、党员的政治理论学习；充分利用一切宣传工具，大力表彰、表扬先进思想和先进事迹；积极开展业余科技技术、文化活动，因地制宜地开展健康有益的文娱和体育活动，丰富群众文化生活，增强体质。

从上述关于总支书记、支部书记以及各支部委员的职责规定来看，是比较全面的。但是在实际工作中，由于村委会一级组织主要是接受并完成乡镇政府的各项涉农工作安排，基层党组织的建设并不是重心。同时，由于现在边疆民族地区的年轻人大多出外打工，在年轻人中发展党员存在诸多实际困难；据了解，在麻栗坡县，基层党务工作者，如总支书记、支部书记以及支部委员并没有经济上的待遇（补贴），加上像马崩村这样经济社会落后、缺乏村集体经济基础的村委会在麻栗坡县乃至滇东南边疆民族地区还很多，因此，他们对发展党员、加强基层组织思想建设和作风建设并不是很有激情，这也就影响到其各项职责的履行。在马崩村，党的基层组织建设还存在着很多薄弱的环节，战斗力、凝聚力和创新力有待进一步加强。据了解，像马崩村这种情形，在文山州广大农村也是比较普遍的。因此，在新的形势下，如何进一步加强边疆民族地区基层党组织建设，使之在广大党员中发挥"一面旗、一团火、一盘棋"的作用，值得党的各级组织认真思考。

第二节　马崩村民委员会

马崩村民委员会由集体化时代的董干镇公社马崩大队演变而来，20 世纪 80 年代时称为马崩乡，后改为马崩办事处、马崩村公所，再后来又改为村民委员会，简称村委会。

一　马崩村民委员会

马崩村委会原来驻在老马崩中村，现驻马崩街上（即

27

边民互市点),与马崩小学、马崩卫生室、武警马崩边防检查站、董干镇边防派出所马崩警务室连为一片,距大火焰自然村只有步行三四分钟的路程。目前,马崩村委会驻地建有边民互市点,为定期集市。每逢街天,来自董干镇以及周边村委会的商贩、个体户都来摆摊设点。赶街的群众主要是周围村寨的我方边民,也有相当部分是越方边民,每次赶街人流量不下两三千人。村委会办公楼为两层砖混结构楼房(见图2-1)。办公楼门口挂有五块牌子,分别为:"中国共产党马崩行政村总支部委员会"、"民主法制培训学校"、"民主法治示范村"、"综治办公室"、"麻栗坡县青年劳务工程劳务输出报名点"。虽然有多块牌子,但实际上是一套班子。还有一块牌子"文山州民委文山州宗教局扶贫挂钩点",表明马崩村委会是文山州民族事务委员会、文山州宗教局扶贫挂钩的点。从村干部那里得知,作为扶贫挂钩点已经有很多年了。

图2-1 马崩村委会办公楼(2010年1月29日杨永福摄)

在麻栗坡县各乡镇，一般村民委员会设主任 1 名，副主任 1 名，委员 3 名。从我们了解的情况来看，麻栗坡县各乡（镇）的村委会主任、副主任一般分别由村党总支书记和副书记担任，村党总支书记任村主任，副书记任副主任。但在马崩村情况有所不同。2009 年，马崩村委会组成人员见表 2 - 6。

表 2 - 6 马崩村委会成员情况

职 务	姓 名	性别	民族	所在村寨	文化程度	党 团
主 任	顾玉洪	男	苗	上 寨	小 学	党 员
副主任	王仁兴	男	苗	大火焰	初 中	预备党员
委员（文书）	毕正发	男	彝	花地坪	初 中	党 员
委员（计生专干）	杨盛碧	男	苗	金竹山	高 中	预备党员

资料来源：马崩村委会调查所得。

马崩村委会党总支没有总支副书记，因此，也就没有副书记兼村委会副主任的情况。另外，马崩村委会未设民兵专干。原因是在麻栗坡县各乡镇，人口超过 3000 的才设有民兵专干；马崩村委会人口不到 3000，所以就没有设民兵专干一职。另外，与其他村委会一样，马崩村委会还设有人民调解、治安保卫、文教卫生、计划生育等工作委员会，但实际上仍是多块牌子，一套班子。

在马崩村委会之下，一般各自然村设为 1 个村小组，也有 1 个自然村设为 3 个村小组的，如现在的老马崩村，就分为上村、中村、下村 3 个村小组；也有 2 个自然村合为 1 个村小组的。整个村委会下辖 25 个村小组，分别是：马崩（上）、马崩（中）、马崩（下）、龙关寨、吴家寨、坪上一、坪上二、王兴寨、花地坪、半坡、岩脚、老寨、上石板、下石板、金竹山、上寨、大火焰、毛拜、小弄、芭蕉托、麻弄、地棚、上黑山、下黑山、长弄。每个村小组设3名不脱产的村干部：组长，副组长，统计员。

二 马崩村民委员会的职能

根据麻栗坡县统一制定的《村民自治章程》，村委会主要有以下职责：

1. 教育、组织村民认真贯彻执行党的路线、方针、政策，自觉遵守国家的法律、法规。

2. 执行村民会议和村民代表会议的决定，向村民会议负责并报告工作。

3. 带领村民积极完成本村的行政、经济等各项工作任务。

4. 维护和保障村民的合法权益；教育引导村民履行公民义务。

5. 组织村民发展经济，做好本村村民小组生产的服务协调工作。积极发展本村集体经济，促进集体经济积累。

6. 办理本村公益事业，调解民间纠纷，维护社会治安，保持农村稳定。向上级政府反映村民意见、建议和要求。

7. 发展文化教育，普及科技知识，提高村民的致富本领；促进组与组之间的互助、团结，带领群众开展社会主义精神文明建设。

8. 管理和使用好本村集体所有的土地和其他财产，教育村民爱护公共财产，合理使用和开发自然资源，保护和改善生态环境。

9. 做好优抚优恤、救灾救济、五保供养等项社会保障工作，破除农村封建迷信活动，开展移风易俗教育。

10. 做好计划生育工作，控制人口增长，提高人口素质。

11. 法律、法规规定的其他职责。

《村民自治章程》中规定的村委会上述职责看起来涉及了基层农村事务的方方面面，但在实际工作中，上述规定的职责有许多是虚的，因此是否已经真正履行难以考查。而《村民自治章程》中没有提到的其他职责，如协助县、乡（镇）政府各部门处理涉农事务，很多时候反而是村委会的最主要工作。从调查组了解的情况来看，除了调解纠纷、沟通村民与政府部门的联系外，村委会仍和以前的大队、村公所一样，主要工作就是接受县、乡（镇）政府的工作安排，处理各种涉农事务。虽然一些村干部很想为本村经济社会发展出力，但由于县、乡（镇）各部门的涉农事务都要通过他们来处理，而县、乡（镇）政府部门众多，涉农事务繁杂，"上面千条线，下面一根针"，村委会干部多数时候只能忙于应付县、乡（镇）政府各部门安排的各种事务，再加上他们是不脱产的干部，享受的补贴不高，农忙季节还要为自家的生产生活忙碌，因而很难有时间、精力考虑和处理本村村民关心的各种问题。

根据1998年颁布实施的《中华人民共和国村民委员会组织法》，村委会不再是政府的准行政机构，而是"村民自我管理、自我教育、自我服务的基层群众性自治组织"；村委会组成人员也不再是政府的准行政人员，而是由村民民主选举产生并对村民负责的基层自治组织的负责人。但从马崩村委会干部的主要工作来看，马崩村委会与调查组所了解的麻栗坡县多数村委会一样，仍然是县、乡（镇）政府处理涉农事务的准行政机构，还不能视为完全的村民自治组织。从村委会组成人员的提名、选举的组织中也可以明显地看出这一点，因为在这些过程中，县、乡（镇）党委和政府部门实际介入的程度很高，往往处于主导地位，而村民参与和自主的程度则很低，自治的成分很少。另外，从村委会干部的薪水（补贴）主要来源于政府部门而非本地经济收入、村委会行使职能的依据《村民自治章程》和《村规民约》由县上统一制定而非本地村民根据实际需要制定等情况也可以明显地看出，村委会的"婆婆"仍然主要是县乡（镇）党委和政府而不是村民。也就是说，马崩村委会在实际工作中主要是对上（董干镇政府）负责，接受董干镇政府的工作安排，而不是基于马崩村的实际情况主动地、创造性地开展工作。

三　村干部补贴与其职能的关系

村干部补贴的来源、发放方式和补贴的多少，对于其职能的履行影响是很大的，它决定了各级村干部实际上在为谁负责、能投入多少精力开展工作。马崩村各级村干部补贴的来源、发放方式和补贴数额，不同时期各有不同。以下是调查组了解到的近些年马崩村委会和各村小组村干部补贴的来源、发放方式和补贴数额的一些情况（见表2－7、表2－8）：

表 2-7　马崩村委会成员补贴情况

单位：元

职务	补贴（每月）		补贴来源和领取方式
	2004～2006 年	2007 年以后	
主任	370	480	来源于政府财政，每月定期到董干镇财务部门领取
副主任	350	450	
文书	350	450	
计生员	180	240	

资料来源：在马崩村委会调查获得。

　　就调查组了解的情况来看，由于村集体经济规模很小，主要来源于边民互市点街道上商铺出租的租金收入，因此，马崩村委会干部的补贴并不直接从本村经济收入中产生，而主要由政府财政开支，每月定期从董干镇政府财务部门领取。另外，董干镇政府每年年终都要对各村委会工作进行考核，考核等级在合格以上的，都会予以一定的经济奖励。据村委会主任顾玉洪介绍，2008 年年终考核，马崩村委会得到了一定的奖励，村委会主任、副主任和文书每人得到了 2000 元的奖励。2009 年年终考核已经结束，但是否还有经济奖励，调查组在调查时，没有得到明确的回答。

　　从实际的效果来看，村委会干部每月的补贴主要是替政府工作的报酬而不是为村民工作的报酬。从补贴的数额来看，是远远不够养家糊口的。以计生宣传员为例：每年有 300 元的出差补助，每月需要到董干镇两趟，报送各种报表等材料。从马崩到董干，往返一次车费为 20 元（不包括春运期间涨价等特殊情况），一个月需要 40 元，一年需要车费 480 元。如果需要到县城办事，则花费更多。也就是说，为了完成常规的工作，计生宣传员每年至少需要自掏腰包 180 元用于往返的车旅费。他每年要花上半年的时间在

村委会值班、调解、下村、上董干镇和县城，家里的很多
活计往往帮不上忙，而他一年的补贴仅为2880元。其他的
村委会干部也存在同样的问题。每月的电话费也是令村委
会干部头疼的事情。村委会干部使用移动电话，方便了与
村民之间的联系，以至村委会的固定电话可以暂时停机了；
但是因为没有电话补助，他们甚至有不想使用手机的想法。
在这样的情况下，村委会干部除了完成政府部门安排下来
的任务、处理村民找上门来的事务和轮流值班外，平时必
须忙于自家的生产，很少有时间和精力主动为村集体的经
济社会发展和公共事业进行谋划、奔走出力，许多公共事
务，如修路、水利建设、电网改造、校舍修缮等也很难得
到及时有效的处理。对于许多男女青年早婚早育的问题，
村委会也没有能力解决。

表2-8 马崩村小组干部补贴情况

单位：元

职 务	补贴（每月）				补贴来源
	1981～1990年	1990～2004年	2004～2006年	2007年以后	
村 长（村组长）	无	5～10	15	20	政府财政
副村长（副组长）	无	无	10	15	
统计员	无	无	10	15	

资料来源：在马崩村委会调查获得。

从调查组粗略了解的情况来看，改革开放以后，由于
原来的集体经济瓦解，而新的集体经济如村办企业等在马
崩一片空白，因此，马崩各村村长与麻栗坡大部分地区的
自然村村长一样，一般没有补贴，担任自然村村长实际上
就是做义务工，不但琐碎事务多，经常耽误自家活计，而

且还要贴钱接待上级下乡人员，因而很多人都不愿干而极力推辞。为了处理好村里的公共事务，一些自然村采取了每年由各户村民轮流任村长（村组长）的做法。20世纪90年代初以后，根据上面的要求，各村按规定收取土地延包费，每亩每年10元，一部分上交县乡（镇）和村委会，一部分留自然村，作为自然村公务费用，村长也可从中获得些微补贴。近几年来，随着免除农业税政策的推行，农民种田不再上交各种税费，土地延包费也不再收取，自然村的公务费用，有的由村民集体负担，有少量集体经济的自然村，则主要从集体经济收入中获取，有的则将国家下发的种粮补贴作为自然村公务费用。至于各村小组组长、副组长和统计员的补贴，则主要由政府支付，相当于协助政府部门处理涉农事务的一点点补贴。由于近年来马崩村手机逐渐增多，加上马崩各自然村村民居住分散，找村干部办事的很多村民都用手机联系，使得村干部们每月花销在电话上的费用很高，这让补贴很少的村组长很为难。为解决此问题，有少量集体经济的一些自然村偶尔会同意给村干部一点电话补助，但并非常有，由于多数村小组没有集体经济，村干部只好自己承担这些费用。总之，由于补贴低微，麻烦事多，很多村干部仍不愿意干，只是被村民推选，勉强从事而已，一些村干部经常外出打工，上级部门和村民有事时往往找不到人而直接找村委会。

四 其他群团组织

在马崩村委会下面，还设有一些群团组织。

计划生育协会。每个村小组设有一个小组，共有25个协会小组。

妇代会。每个村小组设有一个妇代小组，共有 25 个妇代小组。

治安保卫委员会。每个村小组设有一个治保小组，共有 25 个治保小组。主要职责是：发动和依靠群众维护好本村社会治安秩序，协助政府和公安机关做好治安保卫工作。

人民调解委员会。每个村小组设有一个调解小组，共有 25 个调解小组。主要职责是：进行法制宣传教育，协助政府和司法行政部门做好矛盾纠纷排查工作，调解民间纠纷，对违反村规民约的事项进行调处。

科教文卫委员会。主要职责是：科教兴村，普及科学技术、卫生健康等知识，不断提高村民素质，搞好环境卫生和防疫工作。

计划生育委员会。主要职责是：贯彻执行党和国家的计划生育法律、法规和政策，切实做好计划生育工作。

民兵组织。共有 2 个民兵连。

共青团组织。马崩村团总支，下设马崩、坪上、黑山 3 个团支部。

上述组织要同时接受中共马崩村总支委员会的指导。这些群团组织，都有自己的工作职责，但在实际上是多块牌子，一套班子，很多事务村民都直接找村委会办理。

五 管理规章制度

根据董干镇党委、政府的有关规定，管理规章制度要健全，各种档册要齐备，并要上墙。据村委会主任顾玉洪介绍，马崩村近几年来在这方面做了很多工作。目前，管理规章制度逐步完备，主要涉及以下几方面：

（1）有关党总支委员会、支部委员会书记、委员的岗位职责要求，有《党总支书记职责》、《党支部书记职责》、《支委成员职责》等；

（2）关于村委会及村民个人的行为规范，有《马崩村村民自治章程》、《马崩村村规民约》等；

（3）学习、宣传法律方面的规定，制定有《学法用法制度》等；

（4）村社治安、稳定工作方面，制定有《村社治安联防工作联系制度》、《董干镇与各村委会工作联系制度》、《董干派出所、司法所责任制度》、《董干派出所、司法所片警工作制度》、《村小组执行监督小组工作职责》、《治保会工作职责及联席会议制度》、《治保小组联席会议制度》、《治安联防大队工作职责》、《治安联防队员工作制度》、《邻村委会周边治安联防联席会议制度》、《治安信息报告制度》、《矛盾纠纷排查调处工作制度》、《矛盾纠纷月排月报制度》、《村社会治安综合治理委员会办公室工作制度》等。

图 2－2 马崩村委会办公室挂着各种规章制度

（2009 年 2 月 13 日金军摄）

马崩村的各项规章制度确实是比较规范、健全的，但在实际工作中，很多制度、规定形同虚设。在与马崩村干部以及一些村民的接触中，感觉到他们都希望改变目前贫困落后的面貌。但是，对于如何才能发展马崩村的经济、提高村民的生活水平、改善村民的精神面貌，他们又觉得在马崩村现在的资源条件下，找不到一条切实可行的路子，只有出外打工才是逃避马崩现状又能有直接收入的途径。调查组从他们身上可以感觉到一种不甘落后却又束手无策的情绪。而在上述提到的那些管理规章制度中，经济社会发展方面的内容恰恰是最薄弱的环节。

第三节　基层民主法治建设

一　民主选举

根据《中华人民共和国村民委员会组织法》和麻栗坡县统一制定的《村民自治章程》，与其他村委会的情况一样，在马崩，年满 18 周岁就可以成为村民代表。村小组长由本村村民代表选举产生，村委会成员由村民代表大会选举产生。小组长、村委会成员任期 3 年，3 年后重新选举，可以连选连任，没有限制。

正如前面所说，由于马崩村没有集体经济收入，各自然村也没有自己的集体经济，村干部仅有每年政府给予的补贴。而由于村委会成员的补贴较少，对于担任村委会干部并不是每一个被选举人都十分愿意的事。至于各村小组组长、副组长和统计员的补贴则更低，一个村小组长每年的补贴仅有 300 元。而仅仅每月的电话费就使得村小组干部很头疼。由于补贴低微，事多且烦琐，每年还要投入很多的时间和精力到村集体事务之中，因此很多村干部并不愿意干，只是被村民推选，勉强从事而已，一些自然村村干部经常外出打工，上级部门和村民有事时往往找不到人而直接找村委会。这与一些发达地区的村委会，由于拥有较大规模的集体经济和公共资源，因而为了选上村主任、村小组长不惜出钱拉票的状况形成鲜明对比。

关于乡镇人大代表的选举。据了解，是根据每个村委会人口的多少，按照一定的比例设定代表名额。马崩村有4个董干镇人大代表名额，他们由马崩村民代表大会选举产生。

二　法治建设

马崩村重视国家法律法规的宣传工作。在村委会设立民主法制培训学校，并制定有《学法用法制度》，对村党总支委员会、村民委员会"两委"班子、党支部、村民代表和村小组干部等各套组织班子成员、村民等三个层次的人员如何进行学习，都作了较为细致的规定。

关于村党总支委员会、村民委员会"两委"班子成员的学法用法，有如下的规定：（1）成立普法依法治村领导小组，组建法制宣讲组，每年年初由领导小组制定村级各套组织班子成员和村民年度学法计划，年终对计划实施情况进行总结，并上报镇普法办。（2）村"两委"班子成员每月集体组织学习法律一次，有学习记录。（3）自觉参加董干镇举办的普法培训和年度普法考试，每年认真组织各党支部、村民代表和村小组干部等各套组织班子成员学习《宪法》、《村民委员会组织法》、《土地承包法》等与农民生产生活密切相关的法律法规及《村民自治章程》和《村规民约》不少于两次，有记录。（4）严格依法办事，能熟练运用法律调整本村各类经济、文化和社会事务，督促人民调解和治安保卫委员会全面履行职责，全力维护社会稳定。（5）从司法所聘请一名司法行政干警为本村法律顾问，开展法律咨询和法律服务，妥善处理涉法问题。

关于党支部、村民代表和村小组干部等各套组织班子成员的学习，则是这样规定的：（1）各村小组在各套组织成员中，推选一名能胜任工作的法制宣讲员，每季度组织各套班子成员学习法律一次。（2）各套组织班子成员积极参加普法依法治村领导小组组织的普法培训和年度普法考试，每年认真组织村民学习《宪法》、《村民委员会组织法》、《土地承包法》等与农民生产生活密切相关的法律法规及《村民自治章程》和《村规民约》不少于一次。（3）严格依法管理本小组经济、文化和社会事务，善于向本村法律顾问咨询，督促人民调解和治安保卫小组全面履行职责，营造本小组良好的社会秩序。

对于村民如何参加普法学习，也有较为明确的规定：（1）积极参加村小组组织的统一学法活动。（2）自觉遵守《宪法》、《村民委员会组织法》、《土地承包法》等法律法规及《村民自治章程》和《村规民约》，依法生产和经营，依法维护自己和家庭的合法权益，无违法犯罪行为。（3）普法对象自觉参加年度统一学法考试，禁止由他人代考。

由上可知，在马崩地区，法治建设得到了很好的推进，至少反映在相关制度规定上是这样的。这也是一种时代的进步。然而，由于诸多原因，上述关于法治建设的措施操作起来是比较困难的，村民们的法制意识仍较淡薄。在马崩村这样的边疆民族地区，法制建设任重而道远。

在村社治保工作方面，马崩党总支和村委会根据上级安排和自身实际，设立村治保委员会，下设 25 个治保小组；村调解委员会，下设 25 个调解小组，并有专人负责。同时完善各项规章制度，制定了《治保会工作职责及联席会议制度》等各项规章制度。由于制度较为完善，落实较好，马崩村曾被上级授予"民主法治示范村"称号。

三 村规民约与习惯法

马崩村在 2005 年召开村民代表大会，制定了《村规民约》，对村社的各项事务以及村民个人行为作出了较为明确的规范，涉及社会治安、村风民俗、邻里关系、婚姻家庭、文化教育、土地山林等方面。如保障婚姻家庭的规定要求有："全体村民要遵循婚姻自由、男女平等、一夫一妻、尊老爱幼的原则，遵守家庭美德，建立团结和睦的婚姻家庭关系。""婚姻自由，婚姻大事由本人做主，反对他人包办干涉，不借婚姻索取财物。结婚必须依法登记，严禁非法涉外婚姻和边民非法通婚。""自觉做到计划生育，提倡晚婚晚育，鼓励和提倡一对夫妇只生一个孩子。""夫妻在家庭中的地位平等，反对男尊女卑，反对家庭暴力，不准打骂配偶，夫妻双方和睦相处，共同承担生产、家务劳动，共同管理家庭财产。""不准遗弃、虐待老人。对丧失劳动能力无固定收入的老年人，其子女必须共同尽赡养义务，保证老人每人每年有 380 斤口粮，360 元零花钱，2 套新衣服；生病就医，生活服务，由子女承担费用。""父母（含继父母、养父母，下同）承担未成年或无生活能力子女的抚养教育。不准遗弃、虐待病残儿、继子女和收养的子女。""对合法的遗产，男女有平等的继承权。"

对传播科技文化、鼓励义务教育的规定有："村民应当按时参加村小组、村委会组织的各种科技文化知识学习及会议，村民小组应当做好考勤记录；无故不参加的，除提出批评教育外，缺一次出义务工两个（主要用于维修公共设施）；如果三次无故不参加的，村调委会或调解小组按违约处理。""每个家庭有义务保证其子女完成九年制义务教育，凡十六岁以下少年儿童未完成九年义务教育，辍学务农或经商的，村委会及村小组有权配合学校对家长进行批评教育，督促家长保障其完成学业。""鼓励村民为国家、社会培养有用人才。凡本村村民考取大专及其以上院校，因家庭经济确实困难而无法入学的，本村村民本着互帮互助的原则，自愿捐资助学，帮助其入学；村小组有集体基金的，可用集体基金给予适当奖励。"

由于《村规民约》是由全体村民大会通过的，所以一般都能得到村民的尊重和认可。部分村小组根据实际，在村委会《村规民约》的基础上，进一步细化。如在马崩上村，对偷盗行为的惩罚有明确的具体规定：如果偷盗别家的玉米的，被抓住后，罚偷盗者出27斤肉、27斤酒，供全村人吃一顿。以前马崩里存在小偷小摸的现象，由于制定了《村规民约》，并对发现的几起偷盗行为进行过惩戒，因此，现在偷盗等行为已经大大减少了。

《村规民约》的另一重要功能就是扬善。如前所述，关于赡养老人、抚养遗孤、捐助教育等善举，马崩《村规民约》都予以明确的规定。例如，2008年马崩村有两名高中毕业生分别考取了大理学院、云南艺术学院，村委会根据

《村规民约》予以每人 200 元奖励。据调查，村里没有人对此提出异议，这起到了一定的奖善罚恶的作用。

关于马崩苗族习惯法。马崩苗族社会曾经有过寨老或头人制度。寨老主要处理村寨里的大小事务、红白喜事，在民间有着很高的权威，实际上是民间习惯法和道德的裁判者。中华人民共和国建立特别是改革开放以后，随着国家民主法制的进程，马崩苗族的法律意识有所增强。但是，长期形成并积淀下来的民间习惯做法，在马崩苗族中间仍有较大的影响力。比如：一旦村内、族内之间发生纠纷，首先还是找家族内部的老人来协商，尽量把事情的解决控制在家族内部。如果纠纷双方对调解不服的，再找村民小组调解，调解不成便提交由村委会协调解决，到这一步协商不成才找镇司法机关。因为发生纠纷，到村民小组调处要交违约金，为避免财产损失，所以当事人一般都愿意由村里老人主持，坐下来协商解决。所以直到现在，在马崩村，各村里的老人仍有一定的权威。

在马崩村村民看来，国家法律离他们的日常生活比较远。与他们的实际生活密切相关的是《村规民约》和长期以来的习惯做法。不过，从教育村民遵守社会公德、弃恶扬善的目标指向看，国家法律、村规民约和习惯做法是一致的。

第四节　马崩村社会治安概况

一　治安机构

马崩党总支和村委会根据上级安排设立有村治保委员会，

下设 25 个治保小组；村调解委员会，下设 25 个调解小组。

马崩村的社会治安主要由治安联防大队和护寨队、治保调解委员会和民兵营分别负责，这些机构虽然有不同的名称，但与村委会组成人员、各村小组干部实际上是同一套班子。

马崩村治安联防大队设大队长 1 人，由中共马崩村总支部书记、村委会主任顾玉洪担任，负总责；设副大队长 2 人，分别由村委会副主任王仁兴和村委会文书毕正发担任，各负责若干自然村。治安联防大队之下，每个村小组各设一个护村队，由村组长和副组长负责，每个护村队各 5 人。设治安信息员 25 人，主要由各村小组长担任。

联防大队的工作主要依靠各村小组干部。一般来说，村小组发生治安案件，村干部需及时上报村委会，村委会及时上报上级部门。至于联防队和各自然村的护村队平时是否开展治安巡逻，就调查组了解的情况看，麻栗坡县大部分村委会的联防队和护村队只是在建立初期开展过治安巡逻，后来就进行不下去了。出现这种情况有很多原因：第一，麻栗坡县各村村民的相当部分经济收入来自外出打工，除了春节外，大部分的男性青壮年都在外打工，留在家里的主要是老人、妇女和小孩，要组织护村队开展治安巡逻有困难；第二，治安联防队和护村队没有必要的日常活动经费，治安巡逻无法开展；第三，也是更为重要的一点是，麻栗坡县农村的社会治安并没有恶化到需要护村队进行治安巡逻的程度，进行治安巡逻没有必要。马崩村外出务工的男性青壮年较多，但村里社会治安向来很好，偶尔有偷盗事件，但并不严重，没必要组织巡逻。因此，虽然设有联防队、护村队，但除了 2004 年通缉云南大学杀人嫌疑犯马加爵时曾在上级要求下组织过巡逻、搜山以防止其出境外，平时并没有多少活动，一般村民也不太了解有这样的机构。

马崩村调解委员会成员由村委会组成人员兼任，下设25个调解小组，由各村小组组长、副组长和统计员组成。一般较小的民事纠纷由各村调解小组自行调解，村小组调解不了时，上交村委会，由村委会的调解委员会调解。如村委会的调解委员会仍无法调解或当事人对调解不服，则上交董干镇司法所，或由镇司法所派司法员前来调解。一般较小的民事纠纷都能在村小组和村委会的调解委员会完成调解，不必上交到镇司法所。

马崩村委会设有民兵营（两个民兵连），由镇武装部领导。民兵营设指导员一名，由马崩村总支书记兼任。民兵主要由本村部分青壮年男村民担任，一般没有报酬，平时忙于自家生计，偶尔会被集中起来进行训练，参与边界巡逻。近年来，由于中越两国恢复正常关系，边境地社会稳定，加之马崩村青壮年每年外出务工人数较多，因而民兵训练和巡逻已经很少。

2009 年，董干镇边防派出所根据上级要求，在马崩设立了警务室，并安排有专门的社区民警，进一步加强了马崩村社会治安的防控。

二 社会治安工作制度

马崩村委会办公室的墙上挂有各种成文规章制度，如《治保会工作职责及联席会议制度》、《治保小组联席会议制度》等。另外，村委会和各自然村还有《村规民约》。

图 2 - 3 董干镇边防派出所马崩警务室
(2010 年 1 月 29 日杨永福摄)

从各种规章制度和村委会所存《村规民约》的具体内容来看，在社会治安方面制定的各种防范措施和处理办法是比较全面、具体的，发生各种治安案件和民事纠纷时，都可以依照相关规章制度进行较为规范的处理。

据调查组了解，以上这些成文规章制度和村委会的《村规民约》，并非村委会自己制定，而是由麻栗坡县相关部门统一制定下发，因而麻栗坡县各村委会的成文规章制度和《村规民约》基本上都是一样的。

由此可以看出，麻栗坡县委、政府对基层的行政控制是比较强固的。地方政府对各村委会制定《村规民约》有统一规定，并发有统一样本，一些村委会对整套样本只字未改，仅换个村委会名称。但是，这样的做法也有一些问题。由于部分要求与当地实际并不相符，全县统一制定的《村规民约》未考虑到有地域特点，在实践中很难操作。例如："第二十四条 结婚必须依法登记，严禁非法涉外婚姻和边民非法通婚"、"第二十七条 对丧失劳动能力无固定收入的老年人,其子女必须共同尽赡养义务,保证老人每人每年有380斤口粮,360元零花钱,2套新衣服"、"第三十条 村民应当按时参加村小组、村委会组织的各种科技文化知识学习及会议,村民小组应当做好考勤记录;无故不参加的,除提出批评教育外,缺一次出义务工两个(主要用于维修公共设施);如果三次无故不参加的,村调委会或调解小组按违约处理"等规定,与马崩村的实际就有较大差距。马崩村的跨国婚姻数量较多,这解决了部分困难村民的婚姻问题,而上述关于涉外婚姻的规定自然会引起部分村民的反感。关于赡养老人,保证老人每人每年有380斤口粮、360元零花钱、2套新衣服的规定,在马崩村人均仅有0.9亩旱地、只能出产玉米、经济来源十分困难的情况下也是难以做到的。第三十条关于村民按时参加各种科技文化知识及会议,否则按违约处理的规定,在村民居住分散,近年来青壮年外出务工又较多的情况下也只能是虚的。

这样的《村规民约》就只能成为相关领导到村委会进行工作检查时的摆设,在实践中并没有发挥应有的引导、规范村民行为的作用,村民对这样的《村规民约》也并不是很清楚。因此,应该结合马崩村的实际,在统一制定的文本基础上加以修订、补充,使之切合本地实际,发挥应有的作用。

三 社会治安概况

从调查组走访各村小组及村民反映的情况来看,马崩村当前社会治安状况良好。苗族村民虽然居住分散,但偷盗事件并不多，村民的住房一般都不建围墙。一些村民的耕牛夜晚拴在住房外的牛圈中，却不担心被盗。当然，偶尔也会有治安案件发生。从村委会的相关记录和走访了解的情况来看，主要的治安案件有两大类：

一是牛马等财物被盗案件。从马崩村《大牲畜被盗情况登记表》来看，2005～2007 年发生了 3 起大牲畜被盗案件，全部是牛被盗。有 2 起都在被盗次日成功追回，1 起未能追回。

二是村民矛盾纠纷案件。这一类案件比较多，我们在村委会看到的 3 份《矛盾纠纷排查调处情况登记表》，记录了 2007 年 2 月至 10 月村委会调处的 8 起民事纠纷案件，在村委会保存的部分调解协议书中，我们又看到了几起另外的民事纠纷。在这些民事纠纷案件中，各种情况都有，有私人争宅基地界、村寨争地界引起的纠纷，有家庭纠纷，有因诬陷别人"放五海"（巫术）引起的纠纷等。在各类民事纠纷案件中，因地界引起的纠纷相对较多，这与村民承包地非常零散、地界犬牙相错的实际密切相关。多数小纠纷经过村小组或村委会一次调解后得以解决，但有的纠纷经过调解后，后来又再次反复。少数纠纷因事关重大，村小组、村委会无法调解而逐级递交到镇司法所。

总体来看，当前马崩村社会治安处于村委会和各村小组可控范围内，需要董干镇边防派出所、镇司法所和政府相关部门介入的治安案件不多，村民对社会治安整体上还比较满意。因此，马崩村曾被上级授予"民主法治示范村"称号。

图 2 - 4　村委会办公室挂着的"民主法治示范村"、"民主法制
培训学校"牌子（2009 年 2 月 13 日金军摄）

第三章 马崩村的社会经济

第一节 改革开放前后的经济概况

一 改革开放前的基本概况

（一）经济体制的演变

从 20 世纪 50 年代初期到 1981 年，与全国一样，马崩地区先后经历了土地改革、农业集体化的各个过程，马崩地区的经济体制也因此发生了很大变化。具体来说，1957年前经历了土地改革运动，各村土地基本上被平分给了该村的各族农民，到 1956 年年底，土地改革运动完成，农民实现了耕者有其田，形成了一种相对平均的小自耕农所有制局面。

但与全国一样，马崩村农民并没有能够自由支配分到的土地等生产资料，因为国家政策很快就发生了巨变：1957年开始了集体化运动，所有农民和他们原来耕种的土地等生产资料以及分给他们的土地等生产资料都必须加入合作社，农民成为合作社的一员，他们耕种的土地等生产资料成为合作社的集体财产，平均的小自耕农所有制很快转变为以合作社为主的集体所有制。

形成集体所有制的初期有一些剧烈变动，直到 1962 年以后才最终稳定下来。

1957 年完成合作化，以合作社为主的集体所有制最终形成，在马崩村，大体以几个自然村为一个合作社。但这种体制并没有得到长时间维持，因为 1958 年时又开始建立人民公社，向全民共产、全民所有制方向转变，大办公共食堂、吃大锅饭，实行大集体劳动，实行"一平二调"，结果导致了严重缺粮，马崩村的部分群众便迁往越南避难。当然，这种剧烈变动并非仅仅发生在马崩村，因为当时全国许多地方都出现严重缺粮的现象。

1962 年全国各地进行了调整，最终形成了公社、大队和生产队三级所有，以生产队为基础的局面。与全国基本同步，马崩各村也经历了同样的调整，形成了集体所有制局面。经过 1962 年的调整后，公社、大队和生产队三级所有、生产队为基础的集体所有制局面得以稳定，在以后 20 年中基本没有发生变动，直到 1982 年开始土地承包到户为止。

这种集体所有制的特点如下。

最基层组织为生产队，土地、山林和其他主要生产资料（牛和各种主要生产工具）以及主要财产属于生产队集体所有，各种生产劳动由生产队长组织开展。在马崩地区，一般每个自然村为一个生产队，生产队长相当于现在的自然村村组长，但比现在的自然村村组长权力更大、责任更重，因为整个生产队的所有生产、分配和其他各种事务（如上交国家公、余粮、政治学习、民兵训练等等）都由生产队长来组织完成。各生产队实行集体劳动、集体分配，分配一般实行按劳分配和按人头分配相结合的方式，除了上交国家的公、余粮和留下的种子外，所有农产品分为两份，一份按劳分配，另一份按人口分配。按劳分配主要根据各个劳动力在生产劳动中获得工分的多少进行分配，按人头分配则主要根据每户人家人口的多少进行分配。

生产队之上为大队，一个大队管辖的范围相当于现在一个村委会所辖的范围。集体化时代，现在的马崩村委会当时就是一个大队，即马崩大队。大队主要成员有支部书记（一般称"支书"）、大队长、文书和民兵营长等人，与现在村委会的组成人员基本类似。大队一般不直接组织生产和分配，主要起到沟通生产队和公社、向生产队传达指令和下情上达的作用。

大队之上为公社，所辖范围相当于现在的乡镇所辖范围。现在的董干镇当时就是一个公社。公社的主要机构与现在的乡镇机构类似，所起作用也与现在的乡镇机构类似，即向生产队征集公、余粮和各种提留款，执行国家的各种政策、法规，管理公社下辖的各种集体企业。

在以上这种集体所有制中，与农民生活息息相关的集体主要就是生产队，由于国家政策的限制，各个生产队往往不能根据自己的实际情况安排生产和分配，而必须按上级的统一部署来组织生产和分配，因此在生产和分配上各地都是一个模式，同一地区各个生产队的生产生活也基本相同，并无多大差异。

（二）经济概况

集体化时代的马崩各村经济与全国大部分农村地区类

似，由于个人的努力与自己所分配得到的利益没有很直接的联系，农民的生产积极性很低，也没有什么创造性，往往"出工一窝蜂、做活磨洋工、收工打冲锋"，得混就混，能拖就拖，生产效率低下，加之马崩村自然条件恶劣，耕地少且多贫瘠，因此每年的粮食都不够吃。人们的生活水平非常低，很多家庭特别是孩子多的人家往往无法维持温饱，穿的是破衣烂裳，住的都是茅草房。当然，集体化时代的这种长期经济困难局面并不仅仅出现在马崩村。

除了生产效率低造成农民普遍贫困外，国家征调和征购公、余粮较重而卖到农村的工业品价格太高也是导致集体化时代马崩各村农民比较贫困的重要原因之一。改革开放30年后的今天，马崩村农户的生产积极性、生产经验都已经有了很大的提高，在生产中早已采用增产的杂交优良品种并使用化肥和农药，即使如此，马崩村各农户仍无余粮可卖，部分农户还需要购买一些大米、玉米才能应对全家一年的吃饭问题。而在当时生产效率低、采用不增产的老品种又很少有化肥和农药的情况下，经济之困难是可以想见的。

二　改革开放以来的经济体制及其特点

1982年，马崩大队各生产队与全国广大农村一样，开始将耕地、大牲畜以及对国家的公、余粮负担和提留款负担按人口平均承包到户，随后几年，一部分山林和荒山也进行承包，由每户农户自行耕种和经营、管理，自负盈亏，生产队实际上瓦解了，历时20余年的集体化时代宣告结束。这样，马崩村与全国广大农村一样，经济体制基本上恢复到了 1957 年合作化以前的状态。

与集体化时代相比，1982 年承包到户后所形成的小自耕农体制有着鲜明的特点。

首先，各农户对所承包的耕地和山林自行耕种、管理，所生产的农产品除一部分作为公粮和余粮上交国家、一部分作为集体提留交给集体（公社、大队和生产队）外，其余部分归自己所有，由自己自由支配。与集体化时代相比，这一特点极大地提高了农民的生产积极性、主动性和创造性。与全国广大农村一样，马崩各自然村的生产得到了较大发展，生活水平得到了一定程度的改善。

其次，与 1957 年之前相比，特别是与中华人民共和国成立之前相比，农户对自己承包的土地和山林并没有所有权而只有使用权，所有权属于国家、集体，因此农民不得自由处置所承包的耕地和山林，更不得买卖。

由于所有权不属农民所有，往往对农村经济的发展造成很多阻碍，对农民权益也会造成损害。

比如，农户若想扩大经营规模或转而从事其他行业，往往很难实现，因为扩大规模意味着需要很多土地和山林资源，而自家所承包的土地和山林非常有限，又很难从别处获得；要转而从事其他行业，土地和山林资源以及对国家承担的负担又很难处理，也不能通过处理土地和山林资源获得必要的资金。因此，这种体制限制了农民的经济活动，使农民只能固着在小块土地上从事自给自足的小自耕农生活。

最后，承包到户时，各村土地和山林一般按人口平均承包，因而每人所承包的土地和山林基本上是相等的，但随着时间的推移和各农户人口的增减，原来较为平均的局面逐渐发生变化，不同农户人均拥有土地和山林的情况已经有了很大差别，有的人家相对较多，而有的人家则相对较少。

马崩各自然村也出现了类似的变化。据村委会顾玉洪主任介绍，1982 年的土地承包和后来的山林承包基本按人口平均承包，但承包以后没有再进行调整，而只是延长了承包期。随着不同农户人口的增减，各农户人均耕种和经营的土地、山林面积差别已经非常大。有的农户承包土地时因人口较多，承包了很多的耕地和山林，但若干年后由于老人去世，女儿外嫁、招赘或外出工作，人口减少，土地和山林相应变多了。如上寨村顾义祥家，承包时共有 9人，因而分到了 9 个人的耕地，1999 年延长土地承包期时只有 3 人，人均耕地和山林就比较多一些。与此同时，一些农户承包时人口不多，但 30 年后，由于子女成家，又有很多孩子，往往分为很多户，原有承包地和山林被分为很多份，每家分到的只有很少的土地和山林，往往不够种，粮食也不够吃。如下黑山村罗志明家，土地承包时共有 3 人，分到了 3 个人的土地共 3 亩，但到 2009 年已经分为 3 户，共 10 人，人均耕地就变得很少，仅靠经营承包土地已经难以维持生计。

马崩各自然村人均耕地的这种分化在其他地方也普遍存在，而且还会进一步分化、演变。至于这种分化和演变会带来什么样的后果，是一个值得专门探讨和研究的问题。

第二节　马崩村种养殖业

一　种植业

(一) 农作物

马崩村的主要农作物为玉米以及豆类, 豆类有花豆、大豆、四季豆、豇豆, 主要是在玉米地里套种, 红薯较少种植。村民仍使用传统生产技术, 主要农具有犁、挖锄、背箩、弯刀、镰刀等, 往地里运送肥料以及把粮食运回家, 基本上都靠人背肩扛, 原因是这里山高坡度陡。使用牛犁的土地面积仅为 1/3 左右, 剩下的 2/3 只能靠人工挖种。

马崩村人多地少, 耕地全部是旱地, 粮食产量较低, 所产粮食基本上为村民自己食用, 且不能满足需要, 仅 1/3 的家庭能自给自足, 2/3 的家庭还需依靠外出打工收入到市场上购买玉米和少量大米。大米基本上是在过节和招待客人时食用, 大部分村民长年食用玉米饭。在政府扶助下, 目前马崩村有 286 户修建了小水窖, 仅占全村总户数的 1/3 多一些。但即使有水窖的家庭也只能基本满足人、畜饮水的需要, 洗衣服等的用水还需要到山上寻找自然水源。没有小水窖的家庭所有用水都要寻找到自然水源并用塑料桶背水回家, 遇旱季水源较少时, 每天走 4~5 小时才能背回一桶水, 条件十分艰苦。农作物灌溉只能依赖天然降水, 所以产量有限。受水资源的限制, 农作物种类也难以增加。金竹山寨曾于 2002 年在文山州民委的帮助下试种过七八亩西红柿, 但由于日照、温度和土质等原因,结出的果实不会红，此后当地试种试验活动也因此而减少。

（二）经济作物

因为人多地少，加之降雨分布不均，多是喀斯特石山区，缺水是最主要的制约，所以基本上没有办法种植经济作物。只有村民在自家院子内栽种有少量的梨树、桃树和李树。2003 年以后在政府的帮助和推广下从事几次试种活动。2003 年推广种梨，但只有少量村民零星栽种，产出的梨质量不好，只能在马崩街道出售，价格仅为几毛钱 1 斤，低产量和低收益影响了农户种植和销售的积极性。2007 年花地坪村推广示范种植柿子，共有 21 户人家种植，户均种植 10 棵以上，由于水土的关系，虽然挂果较多，但涩味较重，不能食用。2007 年上寨村在村支书带头下，有几户农户试种新式牧草喂牛，牧草长势虽较好，高的能长到 2 米以上，但吸肥严重，加上土地有限，所以村民只是在地边上和自家院子的前后少量种植，用来补充自家耕牛青饲料的不足。

二　养殖业

马崩村基本上每户人家都有一头牛、两头猪和 10～20 只鸡，也有少数村民饲养羊。主要是作为家庭经济的一部分，而且是以自用为主，主要目的并不是用来出售。牛主要是用于耕地，或者是重大节庆活动场合时作为牺牲、祭品。猪一般在春节时宰杀，作为一家一年的肉油来源，或者是嫁姑娘、娶媳妇的时候办席所用，也有少数养有两头猪的家庭自己食用一头、出售一头。马崩村 80% 的家庭都使用单功能猪菜切割机，但因电力不足，每次有人使用都会影响其他家庭的正常用电。

表 3－1　2007 年马崩村畜牧业生产情况

单位：头，只，百公斤

村小组	当年出栏情况			出售和自食家禽	年末鸡鸭鹅存栏	禽蛋产量	年末大牲畜总头数		
	猪	牛	羊				牛	猪	山羊
马崩上	60	10	30	303	335	2	29	105	71
马崩中	60	12	30	303	335	2	28	103	85
马崩下	60	9	30	303	335	2	29	71	69
龙关寨	50	9	30	303	335	2	29	65	70
吴家寨	50	8	30	303	335	2	28	59	36
麻 弄	36	8	30	303	335	2	22	63	26
地 棚	36	6		303	335	2	20	62	75
芭蕉托	60	10	30	303	335	2	33	103	55
上黑山	50	9	30	300	335	2	23	61	62
下黑山	50	10	30	300	325	2	28	72	86
长 弄	30	6		270	320	2	18	40	36
毛 拜	50	12	30	300	325	2	25	93	64
小 弄	40	10	30	300	325	2	29	63	48
大火焰	66	14	40	316	325	2	32	107	99
上 寨	66	14	40	304	325	3	34	103	88
金竹山	50	9	30	304	328	2	23	62	63
花地坪	40	8		304	335	2	18	55	0
王兴寨	50	9	30	304	335	2	28	83	66
半 坡	40	8	30	303	335	2	23	79	0
下石板	36	7		303	330	2	17	55	0

续表

村小组	当年出栏情况			出售和自食家禽	年末鸡鸭鹅存栏	禽蛋产量	年末大牲畜总头数		
	猪	牛	羊				牛	猪	山羊
上石板	36	7		303	335	2	18	59	0
坪上一	56	9	50	303	335	2	23	77	57
坪上二	46	9	50	303	335	2	18	85	63
岩　脚	36	8	20	303	335	2	18	47	24
老　寨	36	8	35	302	335	2	18	38	16

资料来源：2007 年度马崩村委会农村统计表。马崩地区的大牲畜主要是黄牛，无水牛、马。

表 3 - 1 中统计数据是马崩村委会上报的资料，是否真实不得而知。即便如此，也可以看出，马崩村的养殖业规模很小，而且是分散在一家一户中，难以形成规模效益。而且，村民养牛，主要是作为畜力使用，并非为了出售；猪、鸡的养殖亦主要为了自用。

三　面临的困难和发展思路

种养殖业是马崩村经济结构中的重要一环，也是目前马崩村经济的基础部门，是马崩村民极为熟悉、长期从事而且还将继续的生产模式。但是，马崩村的种养殖业面临着很多困难。长期以来，很多家庭单靠种养殖业根本无法维持一年的温饱；改革开放以后，这种状况有所好转，但仍无根本改观，致使近年来马崩村外出打工的人数每年均维持在 400 ~ 500 人。

马崩村种养殖业面临的主要困难有：

第一，能有效利用的土地资源较少。马崩村属于典型的喀斯特石山区，全村国土面积中，林地面积（包括低矮稀疏的灌木丛林地）11500 亩，荒山荒地（绝大部分是岩石裸露的山地）面积 12333.5 亩，其他土地面积 3683.5 亩，而常年可耕地面积仅有 2315 亩。2008 年，马崩村有人口 2537，人均耕地面积仅有 0.91 亩。表 3 - 2 是 2008 年马崩各村小组耕地面积统计情况。

表 3 - 2　2008 年马崩各村小组耕地面积统计表

单位：亩，%

村小组	实有耕地	旱地	25 度以上坡地	坡地比例	人均面积	备注
马崩上	79	79	32（50）	40.5（63.3）	0.71	
马崩中	121	121	50（80）	41.3（66.1）	0.79	
马崩下	89	89	38（60）	42.7（67.4）	0.92	
龙关寨	111	111	50（80）	45.0（72.1）	0.95	
吴家寨	88	88	38（60）	43.2（68.2）	0.82	
麻弄	75	75	38（60）	50.7（80）	1.07	
地棚	36	36	6（10）	16.7（27.8）	0.65	
芭蕉托	60	60	25（40）	41.7（66.7）	0.45	
上黑山	78	78	32（50）	41（64.1）	0.96	
下黑山	63	63	25（40）	40（63.5）	0.54	
长弄	35	35	6（10）	17.1（28.6）	0.81	
毛拜	166	166	63（100）	40（60.2）	1.25	
小弄	149	149	63（100）	42.3（67.1）	1.60	
大火焰	119	119	50（80）	42（67.2）	0.64	
上寨	168	168	63（100）	37.5（60）	0.91	
金竹山	73	73	32（50）	44（68.5）	0.80	
花地坪	80	80	32（50）	40（62.5）	0.91	
王兴寨	90	90	38（60）	42.2（66.7）	0.70	
半坡	60	60	25（40）	41.7（66.7）	0.64	
下石板	55	55	19（30）	34.5（54.5）	1.14	

续表

村小组	实有耕地	旱地	25度以上坡地	坡地比例	人均面积	备注
上石板	70	70	32（50）	45.7（71.4）	1.02	
坪上一	150	150	63（100）	42（66.7）	1.20	
坪上二	150	150	75（120）	50（80）	1.19	
岩　脚	70	70	32（50）	45.7（71.4）	1.02	
老　寨	80	80	19（30）	23.75（37.5）	1.73	

注：数据来源于2008年度马崩村委会上报的农村统计表；括号里的数据来源于《云南省文山州二〇〇七年农村经济情况统计年报》马崩村委会上报数，二者相差较大。

从表3－2中可以看出，马崩村人多地少的情况十分突出，情况最好的老寨人均1.73亩，最少的芭蕉托人均耕地面积仅为0.45亩。这些耕地全部是旱地，没有一分水田，坡地在现有耕地中占了较大比重。土地资源稀少而且土地十分贫瘠，严重限制了马崩村农业生产的发展。

图3－1 马崩村民在小块坡地上犁地

（2010年1月29日杨永福摄）

还有，由于马崩村在承包土地时采用的是好、中、差，平地和坡地搭配分配的方法，一家一户的承包地分散在好几个地方。以金竹山杨德福家为例，他家承包时有地 3.2 亩，地分散在 4 个地方，最大的一块约 1 亩，最小的一块仅 4 分左右，3 个儿子分家后每家有地 1 亩多一点。下黑山村罗志明家承包土地时有 3 亩，分散为四五块。现在 3 个儿子先后成家，3 亩地被分割成 3 份，每个儿子各有 1 亩。这种情形在马崩村较为普遍。

第二，缺水严重，农业完全靠天吃饭，容易遭遇冬春初夏连旱。马崩地区属于较为典型的喀斯特石山区，缺乏自然水源。这就使得农业生产完全要靠天吃饭。不仅如此，每年 10 月至第二年 4 月为干季，降雨稀少，连人畜饮水都很困难，更谈不上灌溉农田。很多村民表示，由于缺水，想栽种些经济作物、果树也不可能。2009 年秋天以来，云南绝大部分地区遭遇了近百年一遇的特大旱灾，损失惨重。与其他地区一样，马崩地区亦几乎没有降雨。调查组于 2010 年春节前夕在马崩调查期间，亲眼目睹了旱情造成的后果，很多村民饮水已经出现困难，特别是没有修建小水窖的家庭更是艰难。据了解，为了解决马崩村的吃水问题，麻栗坡县水务局铺设了一条水管，从老寨附近的水源地引到马崩互市点，沿途的上、下石板和上寨等村都可以受惠。2010 年 1 月，调查组在从老马崩岔路口到马崩互市点的公路旁，见到了这条水管。但是，由于水管口径较小，没有埋入地下，所以有过被盗一节两节的情况；特别是 2009 年秋以来的干旱，导致水源地出水量剧减，最后干涸，这条水管至今还没有发挥作用。所以，水资源的缺乏是马崩村发展种养殖业的又一重大制约因素。

第三，生产工具原始，生产技术落后。改革已经走过30年历程，内地发达地区经济社会得到了巨大的发展。然而，马崩村民们的生产生活似乎没有多大的变化。生产劳动依然使用畜力、人力，除了部分耕地使用牛耕外，大部分耕地受条件限制，只能用人力挖种；运送肥料、种子，收获庄稼，主要是靠人背肩扛。调查组在老马崩、上寨、金竹山、下黑山等村寨走访期间，在农户家里见到的农具主要有犁、锄头、镰刀、背篓等（见表3-3）。马崩村民至今仍在使用这些简陋农具在贫瘠的土地甚至是石头旯旮地里进行生产，以求得全家一年的吃饭所需。

表3-3　马崩地区苗族家庭生产资料情况抽样调查表

序号	户主姓名	家庭人数	耕地面积（亩）		主要农作物品种	主要使用生产工具（单位：头/匹，张，把，个）								
			地	田		牛	马	犁	耙	锄头	背篓	刀	粪箕	其他
村小组：龙关寨														
1	侯天和	7	4.1		玉米	2		1		4	3	3	2	
2	侯志敏	4	2.7		玉米	1		1		3	2	2	2	
3	侯兴才	5	1.4		玉米	1		1		3	2	2	2	
4	侯志云	5	2.7		玉米	2		1		3	2	3	2	
5	侯天全	3	2.7		玉米	1		1		2	2	2	2	
6	侯志明	5	2.7		玉米	1		1		3	2	3	2	
7	侯兴和	5	3.4		玉米	1		1		3	3	3	2	
8	侯兴荣	6	6.9		玉米	2		1		4	4	4	3	
9	杨德明	4	5.8		玉米	2		1		4	3	3	2	
10	侯志荣	3	4.1		玉米	1		1		3	3	2	2	

序号	户主姓名	家庭人数	耕地面积（亩）		主要农作物品种	主要使用生产工具（单位：头/匹，张，把，个）								
			地	田		牛	马	犁	耙	锄头	背篓	刀	粪箕	其他
村小组：麻弄														
1	李永明	6	6		玉米	2		1		4	4	3	3	
2	李永寿	2	3.3		玉米	1		1		3	2	2	2	
3	李永刚	7	4.4		玉米	2		1		4	4	3	2	
4	李玉德	4	5		玉米	2		1		4	3	3	2	
5	李玉成	3	3.3		玉米	1		1		3	2	3	2	
6	李永才	5	4.4		玉米	2		1		4	3	3	2	
7	李永德	4	7.7		玉米	2		1		4	4	3	2	
8	李玉文	4	2		玉米	1		1		2	2	2	2	
9	李永禄	7	5.5		玉米	2		1		4	4	3	2	
10	李玉明	4	3.3		玉米	1		1		3	2	3	2	
村小组：吴家寨														
1	顾玉魁	7	8.8		玉米	2		1		4	4	4	3	
2	罗文江	6	6.6		玉米	2		1		4	3	3	2	
3	陶兴才	8	7.7		玉米	2		1		5	4	4	4	
4	熊志明	5	5.5		玉米	2		1		4	4	3	2	
5	陶兴国	5	2.5		玉米	1		1		3	2	2	2	
6	陶兴福	3	2.6		玉米	1		1		2	2	2	2	
7	熊召荣	5	3.8		玉米	2		1		3	3	3	2	
8	陶兴贵	6	4.4		玉米	2		1		4	3	3	2	
9	陶永明	6	5.5		玉米	2		1		4	3	4	2	
10	陶兴华	10	6		玉米	2		1		5	4	5	4	

序号	户主姓名	家庭人数	耕地面积（亩）		主要农作物品种	主要使用生产工具（单位：头/匹，张，把，个）								
			地	田		牛	马	犁	耙	锄头	背篓	刀	粪箕	其他
村小组：下黑山														
1	陶飞龙	5	4		玉米	1		1		3	3	3	2	
2	王凤珍	5	3.3		玉米	1		1		3	3	3	3	
3	罗应堂	6	3		玉米	1		1		3	3	4	3	
4	熊召成	7	3.7		玉米	2		1		4	3	4	3	
5	熊正国	4	1.2		玉米	1		1		2	2	2	2	
6	熊召文	6	4.2		玉米	1		1		3	3	4	2	
7	熊代明	7	6.6		玉米	2		1		4	3	4	3	
8	熊召清	3	1.7		玉米	1		1		2	2	2	2	
9	熊召明	5	2		玉米	1		1		2	2	3	2	
10	罗应林	8	6.5		玉米	2		1		4	3	4	3	

资料来源：调查组 2009 年 2 月 14 日在马崩村抽样调查获得。

　　第四，马崩村民的商品交换意识淡薄，生产的目的不是为了拿到市场进行交换，而是完全用于自给自食。与很多边疆山区的村民一样，马崩村民年复一年进行农业生产，栽种玉米，养两三头猪、十几只鸡，其目的主要是满足家庭食用，很少或根本没有想过把产品拿去街上出售。比如，在很多家里，问他们一年收多少斤玉米，基本上都回答不上来，在他们的概念当中，只有多少袋多少袋，说明这些玉米主要是自产自食；问家里养的猪和鸡是否拿去街上卖，回答几乎都是否定的。一般家庭养猪主要是过年宰杀，养鸡则是过节或是招待客人用。至于问到是否考虑做点什么生意，被访的村民们几乎都回答说没有想过。可以感觉到，马崩村民的市场经济意识极为淡薄。

要发展马崩村种养殖业，必须改变目前的现状。针对马崩村人多地少、水资源缺乏以及村民商品交换意识淡薄的实际情况，调查组提出一些思路仅供参考。

（一）完善土地使用权流转制度

马崩村人多地少，人均耕地面积仅有 0.91 亩。改革 30 年来，随着家庭人口的变动，每家每户的人均相对占有土地情况也出现了较大的变动，大多数家庭是变少了。以 1999 年土地承包期延长时龙关寨、吴家寨、芭蕉托 3 个村小组的抽样调查情况为例（见表 3 - 4）。

表 3 - 4　马崩村委会土地承包情况一览表（1999 年）

单位：人，亩，年

户　主	承包人口	现有人口	承包面积	其中：旱地	承包年限
村小组：龙关寨					
侯天和	3	7	4.1	4.1	30
马玉美	2	3	2.7	2.7	30
侯志敏	2	4	2.7	2.7	30
侯志光	2	6	2.7	2.7	30
侯兴才	1	5	1.4	1.4	30
侯兴明	4	3	5.5	5.5	30
侯兴礼	3	5	4.1	4.1	30
侯志云	2	3	2.7	2.7	30
侯天义	5	3	6.9	6.9	30
侯天全	2	3	2.7	2.7	30
侯志全	2	3	2.7	2.7	30
侯天荣	2	3	2.7	2.7	30
侯天德	4	6	5.5	5.5	30
侯天华	3	3	4.1	4.1	30

续表

户　　主	承包人口	现有人口	承包面积	其中：旱地	承包年限
村小组：龙关寨					
侯志明	2	5	2.7	2.7	30
侯有和	5	3	6.9	6.9	30
侯兴德	5	5	6.1	6.1	30
侯兴和	2	5	3.4	3.4	30
侯兴荣	5	6	6.9	6.9	30
侯天祥	1	1	1.4	1.4	30
杨万大	6	8	8.4	8.4	30
杨德明	4	4	5.8	5.8	30
侯志荣	3	3	4.1	4.1	30
侯志平	2	3	2.7	2.7	30
村小组：吴家寨					
顾正魁	8	7	8.8	8.8	30
罗文江	6	6	6.6	6.6	30
陶天兰	3	4	3.3	3.3	30
陶兴才	7	8	7.7	7.7	30
陶永成	8	6	8.8	8.8	30
熊志明	5	5	5.5	5.5	30
熊遵祥	2.5	4	2.8	2.8	30
熊召荣	3.5	5	3.8	3.8	30
陶兴国	2.2	5	2.5	2.5	30
陶兴洪	2.6	3	2.7	2.7	30
陶兴福	2.2	3	2.5	2.5	30
陶兴勇	6	10	6.6	6.6	30
陶兴贵	4	6	4.4	4.4	30
陶永明	5	6	5.5	5.5	30
陶兴明	3.5	4	3.9	3.9	30
陶兴华	5.5	10	6	6	30

户　主	承包人口	现有人口	承包面积	其中：旱地	承包年限
村小组：芭蕉托					
顾明福	5	6	3.9	3.9	30
顾明荣	7	7	3	3	30
顾明祥	4	5	3	3	30
熊召权	3	6	2.5	2.5	30
熊召金	4	3	2.5	2.5	30
熊道文	2	4	1	1	30
熊道祥	2	3	1	1	30
王廷香	4	5	1.5	1.5	30
王申洪	2	4	1.6	1.6	30
王申才	2	4	1.5	1.5	30
王申荣	1	4	1.3	1.3	30
王申雄	1	3	1	1	30
杨有英	2	5	1.4	1.4	30
王申权	1	4	1	1	30
王廷金	4	4	2.5	2.5	30
王廷进	6	4	4.5	4.5	30
王廷安	6	8	3.9	3.9	30
王廷周	9	7	6.3	6.3	30
王申福	1	4	1.2	1.2	30
王廷早	5	6	3.8	3.8	30
吴光明	4	6	3	3	30
吴志文	3	3	1.8	1.8	30
吴正兵	1	4	1	1	30
吴正才	1	4	1	1	30

资料来源：马崩村委会提供。

表 3 - 4 中反映的情况，在马崩其他村小组普遍存在。它再一次表明，马崩村人多地少以及一家一户分散、零碎的农业生产的情形是十分突出的。在这样的基础上，要想有大的突破和发展、实现农业现代化，达到小康水平，是不可能的。因此，有组织地实施土地使用权流转，让土地集中到少数种地能手的手中，实施规模化经营，是一条相对有效的途径。而近年来外出务工潮的出现，为土地使用权流转提供了现实条件。

自 2000 年以来，马崩村出现了较大规模的外出务工潮，到 2009 年，大部分家庭都有一名青壮年劳力外出务工，有的家庭是全部青壮年外出，家里剩下老人种地和带孩子，农忙时只能雇工；有的家庭甚至是全家外出务工，土地一般是让亲戚耕种或者撂荒。以马崩中村杨友民家为例，杨家有三个儿子，儿子和儿媳都外出打工，效益好的年景男性收入为每月 2500 元，女性收入为每月 1700 ~ 1800 元，家中只有老人照顾小孩，依靠打工收入已能维持全家人生活。随着外出打工者的增加，通过建立规范土地使用权流转制度，为留在当地务农的人扩大生产规模提供条件是必然和可行的措施。这与国家目前关于承包土地的有关政策亦是吻合的。在很多农村，事实上已经出现了短期的土地使用权流转的现象。在实践中，土地使用权流转，一方面使土地实现了一定的规模化经营，另一方面促进了当地剩余劳动力的转移。

（二）扶持小水窖建设

水是制约马崩村农业和养殖业发展的重要因素。由于属于喀斯特地貌，修建小水库、小水塘，容易造成渗漏，难以蓄水。比较有效的办法是修建封闭式的小水窖。自麻栗坡县开展"三项扶贫工程"以来，马崩村部分条件较好的人家修建了水窖。近年来，在政府的宣传、扶持以及已经修建水窖的人家的带动下，修建小水窖的户数在增加。2009 年马崩村共有 595 户村民，有 286 户修建了小水窖，不到总户数的一半。2010 年 1 月，调查组在毛拜、麻弄等村看到，部分人家正在抓紧农闲季节修建小水窖。但是小水窖的修建成本近年来逐年增加，如 2007 年为 1500～2000元，政府补助 600 元，剩下的由村民自筹，自己出工，人手少的出钱请村里人帮忙修建。随着建材价格的上涨和人工费用的增加，2009 年年底每个小水窖的修建成本增加到8000～10000 元，政府补助的金额为 1200～1300 元，村民需自筹 6800～8700 元，对于基本以自给自足经济为主的马崩村居民来说，负担过重。因此，尚有一半多的家庭至今无力修建小水窖，连人畜饮水都很困难。在 2009 年秋以来的特大旱灾中，饮水问题变得极其突出。为加快小水窖的建设步伐，提出以下建议：

（1）地方各级政府应提高补助金额，并由政府出面为村民担保小额信贷，双管齐下解决资金问题，减轻农户的负担，为马崩村民发展种养殖业，改善生活条件提供支持。

（2）在节约成本上下工夫。可以尝试由政府统一组织购买修建小水窖所需的钢材和水泥。文山有几家大型水泥厂，生产的产品已能满足本地区需要，建议政府可动员这些企业从支持地方经济发展、改善人民生活和回馈社会的角度出发，以优惠或捐赠的形式提供建设小水窖所需的水泥。人工费支出目前在修建成本中增长较快，占总费用的比重也在不断上升，建议组织修建水窖的村民互助共建，减少或无须人工费支出。

（三）通过产业化途径促进养殖业发展

马崩村每户家庭都饲养牛、猪、鸡，部分家庭还养羊。但数量很少，只能满足家庭所需，没有产生必要的效益。可以考虑采取以下措施促进养殖业的发展。

第一，由政府牵头，企业带动，通过农业产业化的道路促进马崩养殖业的发展。牛的经济价值较高，在马崩，每头牛的平均市价为 5000～6000 元不等。当地农户每家都有院子，养殖的场所不是问题。希望通过养殖致富的村民反映，主要的问题是购买牛种和饲料所需的资金问题。通过政府扶持，由企业参与，为农民提供牛种和饲料，与养殖户签订回收合同，推动当地养殖业的发展，是比较可行的。鸡和猪的养殖也适用同样的方式，在绿色环保日益成为现代需求的背景下，当地放养的鸡和用粮食喂养的猪是有较好的市场前景的，关键在于扩大生产规模，产业化是解决这一问题的最好途径。

第二，由政府宣传和牵线，在城市居民和马崩村民之间建立购销合同关系。现在很多城市居民为了吃到绿色和健康的食品，也出现了购买小鸡和小猪，出工钱和饲料请农村村民饲养的现象。当地政府可以通过宣传和牵线，为那些想请人饲养又找不到途径的市民与马崩村民之间提供信息服务，为马崩村养殖业的发展开辟新的途径。

第三，加强防疫知识的培训和宣传。疾病的防治是马崩村民从事养殖业较为担心的问题之一，一旦发生疫情将会影响到全家人的生活。政府的农业技术推广部门应适应村民的需要，积极参与农业产业化过程，定期举行各种疾病的宣传和防治讲座，帮助农户选择和培育良种，及时防治疾病，为农户发展养殖业解除后顾之忧。

（四）从培育村民市场意识入手促进生产发展

改革开放至今已有 30 余年，但马崩地区占主要地位的仍是半自给自足的经济形式，村民市场意识薄弱。这和当地经济的落后状况有着不可分割的联系。

以下黑山村罗志明家为例。罗家有原承包地 3 亩，分家后夫妻俩和小儿子住，1 亩 4 分地要供全家 6 口人的口粮。主要种植玉米，每年收获 7～8 口袋玉米，正常年景够一家人吃到 2～3 月，如果受灾减产，到春节前夕粮食就已吃完了。以往每年都要向镇政府申请救济。这两年，每年都要到市场上购买粮食来补充不足部分。家中养有 10 多只鸡，两头猪。小儿子夫妻俩自己买布加工衣服，每个赶集日到越南销售一次，一个赶集日卖 10 多套，便宜的售价为每套 30～40 元，贵的每套售价 100 多元，但由于卖的人太多，利润微薄，一件衣服的利润只有三四元左右。此外就没有其他收入来源，只能再靠出售少量家禽获得的收入来购买油盐。

罗家的情况在马崩地区是有代表性的。在没有剩余产品的情况下，要培育市场就只能是空谈，而生产的落后是和村民的市场意识淡薄密切相关的。在调查中，很多村民表示从来没想过要把自己家中饲养的家畜拿到市场上出售，也很少考虑增加饲养量用于出售，主要的仍是以自给自足为主。只是为了购买油、盐和其他日常生活用品才有少量的交换行为。且在交换中主要处于购买地位，支出的主要来源是家庭成员的外出打工收入。

外出打工潮和边民互市上的交易活动已对村民的传统

意识产生了重大冲击，促使部分村民想方设法寻找致富途径，这一途径的基础就是适应市场的要求进行商品生产和商品交换。有条件的村民开始增加鸡和猪的饲养量以用于交换和致富。在先富起来的人的示范影响和农业产业化的推动下，再由政府部门做相应的宣传工作，通过市场意识的渗透促进马崩村的生产发展和市场发展。

总之，在马崩村这样封闭落后、基础薄弱，村民意识还较单纯，而又处于边境地区的村寨，自身的发展能力极其脆弱。因此，要发展这些地区的种养殖业，中央和地方各级政府的资金和技术支持力度是关键。

第三节　劳务经济

一　马崩村外出务工劳动力状况

由于经济结构单一，村民受教育程度低，导致马崩村劳动力分布高度集中，主要集中在第一产业，从事种养殖业生产。表 3 - 5 是老马崩村 2007 年劳动力的基本情况，在其他各村亦如是。

表 3 - 5　2007 年老马崩村劳动力总数及行业分布

单位：人

村小组	劳动力总数	劳动力分布情况					
		农业	批发零售	服务及饮食业	卫生体育福利业	科技服务业	外出务工
马崩上村	81	65	2				14
马崩中村	112	93	2		1	1	15
马崩下村	72	58		2			12

资料来源：马崩村委会 2007 年度报表。

近年来，出外打工成为董干镇乃至麻栗坡县农村剩余劳动力转移的最主要途径，每年出外打工的人数呈逐年上升趋势。据董干镇政府统计，2007 年全镇有劳动力 25812人，其中外出打工 9313 人，占劳动力总数的 36%。外出务工人员中男 6191 人，女 3122 人；省外务工 6482 人（男4228 人、女 2254 人），省内务工 1973 人（男 1396 人、女577 人），县内务工 858 人（男 567 人、女 291 人）。有序输出 700 人，占输出总数的 7.5%；帮带输出 6943 人，占输出总数的 74.6%；自发输出 1670 人，占输出总数的17.9%。2007 年创劳务经济总收入 6533.84 万元，占全镇农村经济总收入的 84.17%，创劳务经济纯收入 4146.47 万元。其中高的纯收入为 1 万元/人/年左右。在我们走访的村寨里，建盖新砖瓦房的，绝大多数都是有家人在外面打工的。可以说，劳务经济不仅是董干镇农村经济收入的主要来源，也是个体家庭的主要经济来源。在马崩村，也是如此情形。马崩村 2007 年、2008 年各自然村在外务工人数统计情况见表 3－6、表 3－7。

表 3－6　2007 年马崩各村外出务工人数统计表

单位：人

马崩上	14	上黑山	14	花地坪	15
马崩中	15	下黑山	21	王兴寨	14
马崩下	12	长 弄	6	半 坡	10
龙关寨	10	毛 拜	18	下石板	5
吴家寨	10	小 弄	13	上石板	8
麻 弄	12	大火焰	27	坪 上	32
地 棚	8	上 寨	28	岩 脚	8
芭蕉托	19	金竹山	11	老 寨	6

资料来源：2007 年度马崩村委会农村统计一套表。

表 3 - 7 2008 年马崩各村外出务工人数统计表

单位：人

马崩上	18	上黑山	18	花地坪	19
马崩中	19	下黑山	25	王兴寨	18
马崩下	16	长 弄	10	半 坡	14
龙关寨	14	毛 拜	22	下石板	9
吴家寨	14	小 弄	17	上石板	12
麻 弄	16	大火焰	31	坪 上	40
地 棚	12	上 寨	32	岩 脚	12
芭蕉托	23	金竹山	15	老 寨	10

资料来源：2008 年度马崩村委会农村统计一套表。

表 3 - 6 和表 3 - 7 的统计数字是马崩村委会提供的，可知 2007 年马崩地区出外打工的人数在 336 人，2008 年增加到 436 人。2009 年的外出务工人数由于还没有统计上报，所以没有确切数字，但据村委会干部说，应该在 500 人左右。它至少反映了几点事实：（1）反映出马崩村经济结构单一，土地承载容量小，无法提供能够满足这些劳动力就业需要的机会；（2）经济发展落后，收入渠道单一且收入水平低，除了到外地打工之外没有更好的路子；（3）出外打工比在家务农能有更好的经济效益，所以先出外打工的对后来者有很好的示范作用。

二 劳务经济的作用

（一）改善生活状况

外出务工对马崩村个体家庭的生活状况产生了重要的影响。2000 年以前，马崩村仅有 70% 的人口解决了最基本的温饱问题，自 2000 年劳动力开始较多转移外出务工后，温饱问题得到了较大改善。基本上每家每户都至少有一人外出务工，主要为青壮年，也有的家庭是夫妻同时外出打工；马崩村全家都出去的有 36 户。他们主要是在矿山、建筑工地和木板厂、衣架厂等从事重体力劳动和简单劳动。在早期外出务工者的带动和示范效应下，很多青年在小学毕业后就外出务工。外出务工者的收入对家庭生活状况的改善起到了重要作用。在马崩中村杨姓村民家，有三个儿子，儿子和儿媳都外出打工，年景好的时候男性收入为每月 2500 元，女性收入为每月 1700~1800 元，家中只有老人照顾小孩，不从事种植，也不饲养家禽，依靠打工收入已能维持全家人生活，并新建了砖瓦房。金竹山村杨德财的大儿子初中毕业后外出打工，在广州做电焊工，工资为每小时 7.5 元，除去自己吃用方面的支出外，每年还能带回家 1 万多元，春节后他还要继续外出打工，打算在有了一定的积累后回家自己做电焊生意。

2008 年年底至 2009 年，受金融危机的影响，马崩村外出务工者的收入受到很大影响，均普遍下降。2010 年 1 月调查组在马崩村调查时，部分返乡农民工表示，工作难找、待遇较低，不想再出去了。如下黑山村罗志明家的大儿子夫妇同时外出打工，男的小学毕业，女的读到小学三年级，在广东的一家橡胶厂做工，包住不包吃，实行计件工资，夫妻两人一个月的收入为 1500 元。夫妻俩带孩子到广东上了一年学，因学习跟不上已提前回家。调查组在他家里访谈得知，因为工资太低赚不到钱，他们已不打算再外出打工，而是留在家务农。

据调查组观察，如果仅仅靠在家耕种几亩贫瘠之地，这部分人家的生活水平必然要下降。

（二）更新生活观念

外出打工者也带回了新的生活观念和生活方式，村民的生活习惯亦有了一定的改变。在穿着上，外出务工的年轻人基本上穿汉族服装。马崩街上零售商店的经营者也指出，自从外出务工者增加后，当地居民的卫生状况也有了改善，各种日常生活用品的销售量都增加了。

外出务工者从自身的经历中也感受到教育的重要性，和其他家庭相比，更愿意让孩子上学，对性别的歧视也较轻，家中男孩和女孩都有同等的受教育机会，有条件的夫妇也带小孩到打工地就读，希望孩子能受到更好的教育。

外出务工潮对当地的早婚习俗也带来了一定的影响，当地苗族有早婚习俗，男孩十七八岁、女孩十六七岁左右就结婚了。在外出打工潮的影响下，当地青年人的观念也发生了一些变化，有的青年在外出务工过程中结识当地青年后结婚并在当地安家，结婚年龄后延，也缓解了当地人多地少的问题。

三　存在的问题和建议

近年来，马崩村外出务工人数较多，在改善其家庭经济生活的同时，亦存在一些问题。

由政府统一组织培训出去打工的在马崩地区较少，自己或亲戚朋友带出去的较多。年轻人都想出去，在外面做坏事的极少，倒是被骗上当的较多。

外出务工者的文化素质不高，只能从事重体力劳动和简单劳动，资金和技术积累十分薄弱。从 2000 年至今，有众多农民工外出务工，但从未有人通过从打工中积累的资金和技术、经验回乡创业的。外出务工者的观念亦基本相似，就是趁年轻赶紧出去打工挣钱，挣钱后回家盖房子，等年纪大了，打工打不动了就回家。

在外出务工潮的影响下，很多年轻人小学毕业就不再读书了，而是在亲戚和朋友的带动下外出务工，这对马崩村国民教育的实施带来了很大影响，从长远来看，这是很不利的，将会极大地影响到当地劳动力素质的提高。

外出务工人数的增多，且主要是男性青壮年，也会对马崩村的其他社会事业如修路、教育等造成影响，同时在一定程度上还影响到边防的稳固。

不过在目前的现状下，外出务工仍然是马崩村民增加收入的主要途径，对部分村民来说，甚至可以说是唯一的途径。对此，在没有找到更好的增加经济收入的途径的情况下，应该持积极扶持的态度。

首先，政府部门应承担更大的责任，拓宽服务面，不仅仅是停留在对外出务工积极鼓励的政策宣传层面，更主要的是要多为外出务工人员做实实在在的工作。如：统一组织培训，提高外出务工人员的技能，免收培训费用；积极与内地、沿海特别是珠三角地区的用工企业联系，有组织地输出劳动力，并尽可能地保障外出务工人员的合法权益；选送部分头脑灵活、有一定文化程度的男青年到内地企业务工锻炼，重点扶持，使之回乡后能够成为马崩村致富的带头人。

其次，在教育方面，增加投入、降低村民受教育成本，鼓励年轻人提高受教育程度，为更高层次的就业做准备。关于这一点，将在第五章予以详细分析。

第四节　加工业和边民互市

一　加工业

马崩村有少量手工业，以前主要是家庭作坊，从事纺麻织布，自从政府禁止种麻，再加上成本因素的影响，现已转为苗族成品服装加工。有的是自己到市场买布加工成衣服和腰带出售，也有为老板加工衣服收取加工费的。每个村都有一两个家庭从事服装加工。他们在赶集时到马崩边民互市点出售，每户每周能出售 10 套左右，但利润较低，每套仅三五元不等，只能用来满足家庭购买盐和少量日常生活用品的需要。

老马崩上村的吴正财家是较早从事服装加工的个体户，规模较大和生意较好时，曾雇有 5 名工人帮忙，但随着从事服装加工的人家增多以及竞争的增强，利润减少，吴正财现已不再做服装加工生意了。他向银行申请了部分贷款，于 2009 年 5 月投资 10 万元兴建了马崩村第一家也是目前唯一一家石料厂，投入机器 1 台，雇工 6 名，主要从事采石，将石块粉碎成石砂的工作，产品主要销往本村和邻近的村委会。在政府新农村建设的政策效应推动下，已取得了一定的收益。投资半年即已获利 2 万 ~ 3 万元。为扩大规模，目前他又新购置 1 台机器，增加雇工 4 人，投资规模已达 20 万元。

二　马崩边民互市点建设

原来马崩街在现在的老马崩中村，于 1986 年 12 月 5 日开街。后来，根据改革开放，发展市场经济的实际，董干镇在现在的村委会驻地建设边民互市点。省、州、县支前办分别于 1992 年、1993 年、1994 年连续 3 年拨给无偿投资款共计 48 万元。马崩边民互市点建设于 1992 年 12 月 1 日动工，1993 年 11 月 4 日竣工初验，11 月 10 日举行了开街典礼。

图 3 - 2　马崩街道竣工纪念碑（2010 年 1 月 29 日杨永福摄）

图 3 - 3　建成后的马崩边民互市点一角（2008 年 2 月 19 日李和摄）

马崩边民互市点建设由马崩 25 个村小组投工投劳，政府适当补助，投入工日 7866 个，建成占地面积 3524 平方米的市场。施工中一度资金短缺，得到施工承建方的无息垫资支持，按时限提前投入使用。

街道建设规模为货房 52 格，凉亭 10 间，办事处（现在的村委会）一幢两层办公楼，厕所一幢，平整街心水泥地板 2500 平方米，续建街道附属设施水池容量 1500 立方米，以及路灯设施，最终投入资金 62 万余元。后来，董干镇政府在原来市场的基础上又加以扩建，形成了目前的格局。所建市场权属为董干镇政府和马崩村集体所有，管理使用权为镇政府和马崩村委会。

三　边民互市点现状

马崩街上共有铺面 79 间，包括董干镇政府建设出租的铺面和私人自建的铺面，政府自建铺面中包括由镇政府建设和由村集体建设两部分。老市场是最早建成的部分，由村集体所有，共有铺面 48 间，其中有 3 家商户共租用 9 间，总计有商户 42 户，每间铺面租金每月 50～60 元不等。董干镇政府投资兴建的新铺面 11 间，租金每月 100 元左右。私人自建铺面有 20 间。

马崩街上租用铺面的商户，大多经营日常生活用品。以销售布料和衣服的居多，其中 1 家销售衣服的同时还兼营电话机、电饭锅、高压锅等小型家电。此外，还有 1 家商户批发鞋子，2 家从事面条、面粉以及酒类、饼干和饮料等日常生活用品的批发零售，4 家经营旅店和饭店并兼营日常生活用品，1 家从事摩托修理，1 家经营电机等小型机械并兼营电焊。在农耕季节，基本上每家商户都兼营种子、粮食和农药。2006 年以来，由于矿产品价格上扬，先后有两个矿老板来到马崩街上租房收矿。王姓老板来自红河个旧市，来自广西的老板姓罗。他们每个月有一半的时间在马崩收购矿产品，主要是锑和锡，一般是越南边民一次背来几十公斤出售。在 2007 年以前，锑和锡的售价是每公斤 60～70 元，20 天左右就能收购几十吨，通过销往内地获取丰厚利润。2009 年受金融危机的影响，原矿价格大幅下滑，收矿的生意也不好做。2010 年 1 月调查组在马崩村调查期间，都没有见到王姓和罗姓老板。据悉，罗姓老板几个月前就返回广西，啥时候再来就不知道了。

马崩街上商店的生意基本上集中在赶街（即赶集）天，平时街上很冷清。马崩与麻栗坡其他乡镇一样赶转转街，每月赶街 6 次，除本地固定商铺外，董干镇的流动商户也会用车拉着商品来销售，每个赶街日成交额在 10 万元以上。马崩街上出售的产品主要销往越南，每个街天前来赶街的越南边民均在数百人到千余人。

本地商户和村民每周也分别到越南一侧的同文、普蚌和普弄赶街。边民互市的经营者从中获得了超过当地村民从事种养殖业收入的利润。以李姓老板经营的商店为例，店主是邻近的马坤村人，马崩街开设时即来此经营，已有 10 多年时间。主要批发布料和自己缝制的衣服，布的销售量比衣服多。一个街天可销售衣服上百件，便宜的 10 元左右一件，贵的 20 元左右一件，每件衣服的利润在 2～3 元。每年 9 月销售旺季时，因订货太多以至于不能把所订衣服加工完。除衣服外，她还兼营电饭锅、高压锅、电炒锅等小型家电和洗发水、洗洁精等日用品。电饭锅和高压锅销售较好，价格在 80～110 元之间，每个锅的利润为 4～5 元。

图 3 – 4　从马崩赶街返回的越南边民（2008 年 2 月 19 日田景春摄）

商品 2/3 以上销往越南，基本上在赶街天销售，其他日子就专门在家缝制衣服。李老板每周都要到文山进货，一般是租本地人经营的货车到文山拉货。扣除商品成本和运费后，年利润在 10 万元左右。经过十几年的努力，李老板在马崩街上建起了自己的砖混住房，孩子也快大学毕业了。

在马崩街上，经营日用品或者从事加工的个体户一般都不雇小工，唯一一家固定雇工的是邻近的马坤村陶顺碧（音）经营的服装加工店。1993 年开始经营，房子为老人留下的旧房。雇了马崩地棚、上寨村的三户苗族亲戚为其加工衣服和腰带。每户每周能加工衣服 30 ~ 50 件，加工费每件 3 ~ 5 元，加工腰带 100 ~ 200 条，加工费每条 1 元。加工收回的衣服腰带基本能销售完，90% 销往越南。扣除布料的成本和加工费，年利润在 2 万 ~ 3 万元。

2010 年 1 月，调查组在马崩村驻地调查时，得知马崩小学的一位姓刘的年轻女教师利用原来马崩哨所旧址开了一家酒吧，主要经营越南咖啡、啤酒。据笔者亲临观察，顾客不多。因为对于一般居民来说，这是超过承受能力的高消费了。据说，平时光顾的主要是部分小学教师以及边防检查站的武警官兵。

四　存在的问题及建议

经过调查组较为深入的调查和访谈，发现马崩边民互市点这几年逐步在发展，影响亦在扩大，有以下特点。

第一，当地人从事经营活动的极少。在马崩边民互市点的 73 户商户中，只有 9 户是马崩村的苗族村民，其他商户主要来自邻近的马坤村，占到了商户总数的 2/3，有少量商户来自邻近的普弄村和者挖村，亦主要是汉族。

第二，村委会每年收取 2 万多元的铺面租金，每个赶街天时收取 100 多元的卫生管理费，作为村集体收入。

第三，边民互市点对当地经济发展和改善村民生活所作的贡献较少。

在马崩街上从事经营的商户获得的收入，很少用于在当地消费，也基本上没有雇工行为。外地经营者的想法就是先挣钱，等有了一定的积蓄和孩子参加工作后就离开，缺少服务当地和为改善当地人生活作贡献的意识和行动。

马崩街上的两个矿老板每个月有一半时间在马崩收购矿产品，通过销往内地获取丰厚利润。他们除了在当地租房和吃用等必要支出外，都是回原籍地消费。

当地村民的商业活动意识还较为薄弱，买多卖少，主要是赶街天在市场上出售自制的玉米酒和粑粑，基本依靠外出打工收入购买日常生活用品。大火焰村的部分村民在赶街天时受雇为外来商户搬运木头和矿石等简单劳动，获取微薄的报酬。

当地居民参与经营活动较少，除商业意识薄弱外，主要还是缺乏资金、技术和销售渠道以及相关经营人才。在当地政府的扶持下成立农民专业合作组织是村民参与受益和发展当地社会经济的可行途径。

（一）发展苗族服装加工业

布料和苗族服装是通过马崩边民互市点销往越南的主要商品，一直占有较大的市场。和其他地区的苗族一样，马崩苗族制作传统服饰有较好的基础，虽然近年来因为政府禁止种麻，制作传统的麻布衣裙已经在马崩绝迹，但目前马崩村每个村小组仍有一两户在从事服装加工业，赶街天自己背到马崩街或越南一侧的集市销售，因此发展服装加工业具有一定的技术基础。从劳动力资源来看，由于土地数量较少，即使青壮年男性多外出务工，家里的种植和养殖并不需要太多的劳动力，这就使居家女性有了从事加工业的时间。从目前的情况看，需要政府扶持建立专业合作组织，使分散的服饰加工集中起来，提高效率，增强抵御市场风险的能力。

专业合作组织主要从购、销和技术培训等环节为参与合作组织的村民提供服务。现在从事服装加工的家庭都是从互市点或是商店购买布料回家加工，成本高，减少了获利空间。一家一户的销售行为也增加了销售成本，减少了从事生产的时间。而且随着苗族群众生活水平和审美标准的提高，对服装款式更新的要求也在不断提高。

以马崩街上杨盛财（音）夫妻经营的服装店为例。服装店由夫妻俩自己经营，购有手动式缝纫机一台，价值400

元，新式自动缝纫机一台，价值 1400 元。一星期可缝 70 ~ 80 件衣服，一件售价 30 ~ 35 元，利润 4 ~ 7 元，主要以批发的形式销售给越南商人。但旧款衣服销售困难，新款式则基本能完全售出。为此，夫妻两人在进货时就尽量寻找新款布料来加工衣服，以促进销售。

图 3 - 5　马崩街上苗族服饰加工店（2010 年 1 月 30 日杨永福摄）

通过成立专业合作组织，可以做到统一进货、统一销售，并根据市场需要提出款式改进的要求并对合作组织中的生产者进行培训。通过降低成本和不断适应市场需求，使参加到合作组织中的村民都能从中受益。

（二）成立购销合作组织

马崩村当地资源较少，而邻近的越南则有较为丰富的大牲畜和矿产资源。

马崩市场上前几年的大牲口交易已有一定规模，越南人买小牛去养，拉大牛来卖，在最好的时候，外地来的收购者每周收 3 车牛，每车 11 ~ 12 头，主要销往弥勒。每头牛可获利 200 ~ 250 元。羊以每斤 5 元的价格收购，6 元的价格销售，当地苗族也有少量的参与。但由于马崩通道层次较低，只有边防检查站，而没有海关等通关机构，随着国家对进口动物检疫制度的严格规范，近年来大牲口交易大量下降，大牲口交易市场已基本没有交易活动。

邻近的越南还有丰富的矿产资源，主要是锑和锡。在马崩街道上现在主要有来自红河州个旧市和广西的两个老板在收购。当地商户中也有 3 家零星收购，每周能收 2 ~ 3 吨，以每公斤 4 ~ 5 元的售价转卖给外来收购的矿老板。也有内地的商人直接去越南收矿到内地销售，从中获得较为丰厚的利润。

从当地居民的经济状况和营销能力看，以家庭为单位从事购销活动是非常困难的。可以考虑由政府牵线组织，由村民通过整合资金和劳动力，成立购销合作组织，推选懂得经营管理的人具体负责，由此带动马崩村民更多地参与到市场经济中来。地方政府主要是创造良好的政策环境为合作组织的发展壮大提供服务。

（三）发展以苗族传统服饰为主的旅游产品

以麻布为原料缝制的苗族传统妇女服饰制作工艺精湛、颜色艳丽、图案美观大方，一直深受苗族妇女的喜爱。随着改革开放的深入和旅游产业的发展，苗族传统妇女服饰已经成为海内外旅游者喜爱珍藏的旅游产品。在文山，一套苗族妇女传统服饰可以卖到几千元。但是，近年来，在马崩村已经难以找到一套以传统麻布为原料、按照传统工艺制作出来的苗族妇女服饰。按照传统的观念，苗族妇女一生必须要有一套传统衣裙，因此，马崩村及周围村委会的苗族妇女只有到越南一侧集市上购买。据当地村干部介绍，主要原因是政府从 2000 年前后就禁止种麻了。据说从麻的茎叶中能够提炼出大麻，所以就禁止栽种了。

笔者认为，长期以来，滇东南地区的苗族就以麻纤维纺线织布，制作传统服饰。虽然从麻的茎叶中能够提炼出大麻，但只要加强管理特别是边境管理，限定在一定的范围内种植，完全可以杜绝提炼大麻的行为。而恢复苗族传统服饰的制作工艺，既是传承苗族传统物质文化的重要途径，又能够为马崩村带来预期的经济效益，是值得政府有关部门考虑的。在马崩村，仍然具备制作苗族传统服饰的基础，一是部分中老年妇女还懂得制作工艺，二是农闲时节，很多妇女闲居在家，有较为丰富的人力资源。可以由州县旅游部门或有资质的旅游公司出面，提供资金和订单合同，马崩村民负责从种麻、煮麻、洗麻、纺麻到织布、缝制成衣的全部过程，然后由前者负责按照合同回收、出售。这种"公司＋基地＋农户"的模式，既能保证苗族传统服饰作为旅游产品的质量和原汁原味，又能增加马崩村民的收入，还可以达到传承苗族传统物质文化的目的，是一举多得的好事。

第四章 马崩村的民族与宗教

第一节 民族种类及源流

马崩村的主体民族是苗族，还有少部分人口是彝族倮支系，主要分布在花地坪村，马崩下村也有 5 户彝族倮支系。在村委会所在地大火焰村（即边民互市点）有少数汉族人家，都是从外地来这里经商做生意的。边防检查站的武警官兵都是从外省或是本省外地州来到这里驻守戍边的，可以视为流动人口。

一 苗族源流

关于麻栗坡县境内苗族的来源，《麻栗坡县志》这样写道："明洪武十五年（1382）朱元璋派兵 30 万征云南，除了派大批汉军屯兵云南和迁来大批汉民开发云南外，同时也强征大批苗军和苗民屯田云南。麻栗坡县苗族大多是这个时候入境的。沐英在今广南、富宁、麻栗坡 3 县交界的木央、木伦、木令等地派驻'蒙冷营'，'蒙冷'即苗族中的花苗。'蒙冷营'现已更名为木令、木伦等地名，其营盘遗址尚残存，现也有'蒙冷'仍然居住在那里。""清康熙十二年（1673），吴三桂反清，苗族跟着吴三桂反清，吴三桂战败，苗族被迫迁居到中老、中缅边境一带。咸丰、同治年间，文山地区闹红、白旗，中越边境苗族跟着闹红、白旗，越南堂上苗族头领朱荡攻入城子上、南温河，并占领麻栗街，屠杀居民数百人，被居民杀死于麻栗坡街头。红、白旗余党在董干地区进行了十余年械斗，建造了董干营盘（现镇子南边的山峰仍叫营盘山）、董浪营盘、吴万营盘、花地坪营盘、半坡营盘等，部分苗族因战败而被迫继续迁往中越、中老、中缅边境一线。"① 这是一个大致的情况。实际上，马崩村苗族的迁入离不开这个大背景。

在谈到马崩村苗族的源流问题前，有必要先谈一谈滇东南和中南半岛北部苗族的概况。总体来说，滇东南和中南半岛北部是苗族的重要分布区，分布有 200 万左右的苗族人口。其中，滇东南的文山州和红河州有苗族人口近 70 万，占云南省苗族人口的 2/3 左右，是云南省苗族人口最集中的地区；而越南北部、老挝、泰国北部等地则有苗族人口 100 多万，是国外苗族人口最集中的地区。无论是滇东南还是中南半岛北部，苗族都是当地人数较多、分布较广的少数民族之一。与瑶族分布区一样，滇东南和中南半岛北部的苗族分布区在自然地理上连为一片，除了近代以来逐渐明晰的国界线外，并没有天然的自然地理屏障将他们分隔开，因而滇东南和中南半岛北部的苗族在历史上来往非常密切，特别是边境线一带，相互迁徙、通婚的情况非常普遍，双方都有很多亲戚在对方，直到今天仍是如此。笔者在大火焰、下黑山、上黑山三个自然村随机抽样的 20 户人家中，有 16 户就"是否有亲戚在越南"这一问题进行了回答，

---

① 《麻栗坡县志》，云南民族出版社，2000，第 159 页。

其中有 12 户明确回答有亲戚在越南，占回答户数的 75%，而且经常来往。在下黑山村长家，我们了解到，全村近 30 户人家，约有一半的人家娶的媳妇是越南妇女。

　　滇东南和中南半岛北部的苗族有共同的来源，他们大多于 19 世纪时因躲避战乱、开荒等原因从贵州等地迁徙而来。从有关史料反映的情况来看，在 18 世纪末以前，滇东南和中南半岛北部是没有苗族分布的。苗族最早从贵州迁入滇东南和越南北部沿边一带大约开始于 18 世纪末 19 世纪初。根据 1836 年云贵总督伊里布的奏稿，道光三年（1823）时，开化府曾对境内流民进行稽查，发现安平厅（即今马关县、麻栗坡县、西畴县、河口县一带）沿边有来自贵州等地的苗族人口生活，"砍树烧山，种包谷之类"，由于经常迁徙流动，地方当局在稽查后并未进行编户。同一时期的越南史料《大南实录》也开始提到越南北部邻近中国云南省开化府安平厅的地区有来自中国的苗族人口生活，越南北部地方官吏向越南阮朝中央请求对他们进行编户以便收取租税，得到允许。越南史料提到的这些苗族人口与云贵总督伊里布提到的安平厅沿边的苗族人口很可能就是同一个群体，因为他们都生活在同一个地域，这些苗族人口很可能就是 18 世纪末 19 世纪初从贵州迁入的。自此以后，又有苗族人口不断从贵州流入滇东南及越南北部沿边。到了 19 世纪 50~70 年代，由于云南爆发回民起义，全省大乱，清朝云南当局的统治陷入瘫痪状态，全省各地方、各民族纷纷拉起武装，或自卫或相互攻杀，致使云南各地武装派别林立，到处战乱不休。这些武装派别各自以"红旗军"、"白旗军"为号召，"红旗军"主要指清军和与清军站在一起的地方团练武装，而"白旗军"则主要指回民军及响应回民军的各民族武装，迁入滇东南和越南北部不久的苗族人口大量卷入"白旗军"起事，与"红旗军"对抗。当苗族和其他民族的"白旗军"相继失败后，又有大批苗族难民纷纷从滇东南流入相邻的越南北部和老挝。董干镇和马崩村苗族的来源应与上述背景密切相关。

如前所述，所谓"白旗造反"即1857年到1873年前后云南许多民族响应回民起义的事件，当时流入滇东南和越南北部的许多苗族群众参与了"白旗军"，与全省各地的"白旗军"武装一样，主要以被称为"红旗军"的地主团练武装和清军为对抗的对象。根据有关志书和调查材料的记载，在滇东南地区，文山、丘北、广南、富宁、麻栗坡等地都有苗族武装参与"白旗军"，而在今麻栗坡县城和董干镇等地，苗族"白旗军"武装与"红旗军"武装曾经有过非常激烈而又残酷的争战。据《文山州民族志》记载：同治十一年（1872），杜文秀所属"白旗军"与秦昭、雷美的"红旗军"激战于麻栗坡董干，双方伤亡惨重，后经议和停战。绅士张大纵出钱挖坑埋尸，后人称"万人坑"①。

那是一个充满了暴力和恐惧的时代，也是一个极端混乱和悲惨的时代，在长达十多年的血腥仇杀争战中，难以数计的各族人民要么悲惨地死去，要么成批地逃离故土，远徙他乡，沦为难民。从有关资料来看，当时由越南管辖的猛硐和黄树皮一带曾有很多苗族难民从滇东南流入，如后来称雄于猛硐的项从周就是1863年时（当时7岁）在其

---

① 文山州民族宗教事务委员会编《文山州民族志·大事记》，云南民族出版社，2005，第15页。

父亲带领下从靠近内地的西畴一带迁徙而来的，而当时正是麻栗坡、西畴等地红白旗争战最为惨烈的时期。

据村委会主任顾玉洪介绍：其祖上是从贵州搬迁而来，先到老寨岩脚洞歇脚，后来繁衍，又不断迁徙，一支迁往上寨、半坡、小弄，现在广南也有本支。听老人讲，是在满汉之争时，为了躲避动乱搬迁而来的。到他这一代已有7代了。

据老马崩上村村长王姓老人（时年68岁）介绍，每年过年，苗家都要祭献逝去的祖先，要一代一代地往上喊。他数了一下，从迁移到老马崩的先祖算起到他已有6代了。在他之后，已有3代，所以应该有9代。

据马崩村市场管理员杨德祥讲，他的祖辈是从贵州迁徙过来的，一开始先迁到越南那边，生有9个儿子，后因为人多地少，老五一家就搬到大火焰（即今天村委会所在地），后来一支又搬到金竹山，到他已有7代。

根据上述关于苗族迁徙到老马崩、上寨和金竹山自然村的时间和原因的追述，马崩一带的苗族先民无疑也是在前述大背景下从内地迁徙流入的。

二 彝族源流

彝族的先民唐代称为"乌蛮"，分为北部乌蛮、西部乌蛮、东部乌蛮三大部分。东部乌蛮分布在今楚雄以东的曲靖、红河、文山一带，南诏末期至大理政权时期，演化为众多部落，统称三十七部。大理国创立者段思平就曾得到三十七部的支持。今文山境内有强现、牙车、教化等部。至清代，今文山境内已广泛分布有彝族各支系，（道光）

《开化府志》卷三《里甲附》记载了当时的村寨及民族分布①，其中可辨明的彝族支系有仆拉、倮罗、母鸡、阿成、阿戛等。今麻栗坡境内的彝族主要有仆拉、倮倮、普标、拉基等支系。马崩村花地坪的花倮属于倮倮支系的一支，据《麻栗坡县民族志》介绍：据说其祖先来自昆明五华山，先迁至富宁县的木央，明末清初进入麻栗坡县董干地区定居。据马崩村文书介绍，听老人说，他们是从楚雄辗转迁来的，至今已有七八代。根据文山的地方志等史料记载，彝族先民很早就在今文山州境内居住，其居住历史要比州境内的苗族悠久。其支系众多，主要居住在环境较为恶劣的山区半山区。在这一大的背景下，个别的短距离的迁徙是很自然的。

第二节　宗教

由于彝族（花倮支系）在马崩村人数很少，处于弱势地位，长期受到苗族的影响，很多男性都会讲苗话，其自身的民族特点亦逐渐弱化。因此，这里主要介绍马崩村苗族的宗教信仰。

马崩村的苗族主要还是民间传统信仰，现代宗教在马崩地区基本没有传播。与麻栗坡县境内其他地区的苗族相似，马崩村民信仰多神，如信奉灶神、门神、柱神、堂神、龙神等，在祭祖时必须给门、柱、灶等烧香。在天神中，苗族崇拜三位神，第一位是祝融，祝融是天上管理人间的总神；第二位是"牛弯"老爷，牛弯老爷是主管凡人命运

---

① （道光）《开化府志》，娄自昌、李君明点注，兰州大学出版社，2004。

的，凡人的生死由他决定，人死了都要到他那里去报到；第三位是使也，使也是天上的神医，魔公做法事时请来为凡人治病的就是使也。

其次是自身的"魂"。马崩村的苗族认为在自身肉体之外，还有灵魂的存在，魂是支配一切的精神动力。平时灵魂与肉体是合在一起的，一旦魂与肉体相分离，就会生出许多不好的后果。所以，生病后要叫魂，跌倒要叫魂，过生日要叫魂，身体衰弱也要叫魂。如果家里有人生病，很长时间都不见好转，就要请先生（会魔功的人，即魔公）来卜算，看看是否为鬼神附体，如是，就要做法事。一般要挑选吉利日子，然后由先生到阴间去把该病人的魂叫回来。在这一过程中，先生口里念念有词，说一些奇怪的话，动作也怪怪的，形同与鬼神在搏斗。

再次是五海鬼。苗族民间有相信五海鬼的说法。在马崩村的苗族当中，至今仍有这样的观念，认为出现不好的情况如生病等，主要是某人放了五海鬼的结果。中华人民共和国成立前，苗族生病时，是不去求医的，而是求魔公来做法事，魔公猜测某人会放五海鬼，某人就会带来杀身之祸。中华人民共和国成立后，破除迷信，魔公师减少了，闹五海鬼的事件也减少了。但至今在马崩部分苗族中间仍旧相信是有五海鬼的。

苗族是一个历史上迁徙频繁的民族。麻栗坡县包括董干马崩地区的苗族都自认为是从贵州迁徙而来的。人死后，都要念指路经，让灵魂回到祖先居住的地方。因此，他们非常重视祖先崇拜，每逢过年、三月三、七月十五等重大传统节日时，每家每户都要杀鸡杀猪宰羊祭祀祖先，在祭献时，要一代一代地喊，请各位先人的灵魂来享用牺牲。

魔公是苗族社会中的一个特殊群体。在普通人看来，他们是阳间与阴间的中介者。据调查组访谈得知，马崩村现在也还有魔公。但活动已经不多了，主要是为人看病，或者是在一些祭祀活动上出现。据马崩上村村长老人说，有个别人在医院已经医治不好，抬回村后，让魔公使法、吃药竟然治好了。由于特殊原因，调查组没有能够采访到马崩村的魔公。

第三节　禁忌

与麻栗坡境内其他地方的苗族一样，马崩地区的苗族在长期的生产生活中形成很多禁忌，主要有以下几方面的禁忌。

一　饮食禁忌

苗族不论哪个支系，凡是杨姓，一律不食动物心脏。公众场合会餐，若肉食砍成小块煮熟，那么杨姓公民则只挑食心脏以外的部位。苗族都知道杨姓忌食心脏的风俗，因此，无论在什么情况下，只要有杨姓的人，厨师都不会将动物心脏与其他部位一起剁碎炒煮。杨姓在自己家里宰杀畜、禽时，心脏可让他们的母亲和妻子食用，因为她们是外姓不必禁忌。

杨姓忌食动物心脏的传说是：从前有一对杨姓兄弟，大哥名叫阳老，小弟名叫刷老。兄弟俩虽已结婚生子，但是仍然生活在一个大家庭中，互爱互敬。一天，全家欢天喜地地杀猪过节，猪肉煮熟后，怎么也找不到猪的心脏，于是，大哥便问是不是小弟的儿子将猪心吃掉了。小弟气不过，立即将其子杀了，剖开肚子，其子胃里并无猪的心脏。待肉吃完，汤喝尽，才见到猪的心脏粘在锅底。看着猪的心脏和死去的儿子，兄弟俩发誓此后再也不食动物心脏。这一习惯沿袭至今，便成了杨姓忌食动物心脏的习俗。

李姓忌食动物的脾脏，也是古代流传下来的遗训。所以杨姓和李姓这两个姓氏的后代就不食动物的心脏和脾脏。

二 生活禁忌

苗族认为山神有灵性，因此每家都在房前屋后寻找合适的地点，盖一个小山神庙，逢年过节，就要敬奉山神，不允许在山神面前说脏话、粗话，这样就会亵渎山神，会遭到报应。苗族崇拜月亮，认为月亮是神圣的，禁止对月亮指手画脚，不然晚上你睡觉以后月亮就会下凡来割你耳朵，使耳朵长期发炎，难以医治。

"忌脚"在苗族中比较普遍。如果哪家院中央木桩上戴有一顶笋叶帽或门前插有一种名叫"马扒"的标记木牌时则该户正在"忌脚"，该户人员不得外出，外人也不得进入该户。"忌脚"前一天，先把柴、水准备好，"忌脚"这天不准出门去，外人在外面喊叫也不能答应，要是答应了，鬼魂就会进家来，就会生病。苗族认为森林有"老病婆"存在，如果到森林里去，同伴不在身边，禁止直呼其名字，只能吆喝，不然同伴的名字被"老病婆"知道就会摄去其灵魂，回家来就会生病甚至死亡。苗族很忌讳野马进家，因为苗族人死亡后，一般都要砍竹子编成一种叫"阴马"的，把人停在上面，叫人念"指路经"送死者回故乡，因此野马进家是不吉利的，会给这家人带来灾难。苗族人还认为夜晚有鬼魂游荡，因此禁止在晚上梳头。上山打猎时不能泄露天机，不然会遭到猎物的报复。

马崩村苗家，如果大人需要出远门时，家里的孩子或妇女不宜一起吃饭。因为，万一小孩子吃饭时将筷子掉在地上，就会认为不吉利，一般就要改变出门的日期；如果非要当天出门，则路上一定要非常小心。

在马崩村苗家，家里的老人有一段时间身体不适，并且眼见得一天天虚弱，于是儿女们就要给老人举行"添粮"仪式。首先请先生（魔公或是村里德高望重的男性老人）选定一个吉利日子。届时，儿女（一般多是儿子）背着玉米或谷子等粮食在大门外等候，先生在正堂屋里向外问话，比如"什么人"、"从哪里来"、"到哪里去"、"要去做什么"等，外边等候的人于是每回答一个问题，就向屋里撒一把玉米或谷子等，一直到先生问完话，念诵一番后，仪式便结束了。之后，家里便杀鸡炖肉款待先生，全家人也大吃一顿。有的老人因此精神便好转起来。

苗族妇女坐月子时，外面的人去到家里也不忌讳，但是禁止把家里的东西带走，据说会把产妇的奶水带走。

三 婚姻与丧事禁忌

婚姻禁忌。一般来说，马崩苗族同一姓氏的青年男女不能通婚。苗家认为同一姓氏，就是一家人，同一姓氏的青年男女便是兄妹，所以一般是不通婚的。当然也有例外，如马崩上村组长家姓王，他就与王姓妇女结婚。这是很个别的例子。还有，在雷雨天气不能结婚，因为马崩苗族认为雷雨天气不吉利；新婚没有回门的新娘不准进别人家。个别姓氏老父亲在场时儿媳不得上楼。

丧事禁忌。苗族人死后下葬，不能把铁器随之埋葬，认为若将铁器埋进去，死者就不得安宁，还会给后代带来各种病痛；在外面死亡的人，不能抬进家里，若要抬进去，要拿一碗水给死者喝，然后说"这个人不行了"，才能抬进家里；人死后，停放在家里，禁止人从死者身上跨过或狗、猫从死者尸体下面窜过。他们认为，如果狗、猫窜过，尸体就会动。

禁忌是苗族在长期的生产、生活中形成的，它体现了民族共同的心理特征，是苗族群体文化的表现形式，是苗族心理、信仰、认知的反映。有的禁忌随着社会的发展，已经消失，有的依然保留着。随着时代的发展，苗族的有些禁忌也逐渐失去了约束力，而有些则仍被严格地遵循着，谁也不敢越雷池半步。如以前正月初一不可进入别家这一禁忌，先是演变为男可进、女不可进，后来又演变为一般男女可进而经期和妊娠妇女不可进等。而忌食动物心脏则至今仍为马崩杨姓苗族之头条戒律。据我们了解，不仅是马崩的苗族，就是文山州内其他地方的杨姓苗族亦如此，不仅乡村农民，就是机关职工甚至领导干部均严格遵循此条戒律。有些禁忌还有处罚规则，如若未回门之前的新婚夫妇误入别人家，就要被罚36元6角6分钱和6个5分硬币、数十粒玉米和谷子、3尺6寸（119厘米）红布、1只大公鸡、36炷香、3刀草纸、0.8公斤酒，并请巫师举行严格仪式为对方挂红祛邪。

第五章　马崩村苗族传统文化

第一节　苗族文学艺术①

一　苗族语言文字

苗语属于汉藏语系苗瑶语族苗语支，其内部分为东部方言（湘西）、中部方言（黔东）、西部方言（川黔滇）三大方言，麻栗坡县的苗族讲西部方言。白苗、花苗、青苗语言基本相通，而且能互相交流。

文山州境内苗语为川黔滇方言（也称西部方言）川黔滇次方言第一土语。由于受地理环境和共同文化及共同心理素质的影响，苗族较完整地保留了自己的方言。同时，由于长期与其他民族交往，不少人兼通汉语，部分人还兼通壮语、彝语或瑶语。族内活动一般使用苗语，族际交往使用汉语。马崩村苗族属于白苗支系，但在语言文字方面与文山州内其他支系并无大的区别。例如，跟随调查组一起到马崩村调查、充当翻译的文山学院 2007 级学生熊柱石、

---

① 此部分内容参考文山州民族宗教事务委员会编《文山壮族苗族自治州民族志》，云南民族出版社，2005，第二章"苗族"部分。

2008 级学生杨友光分别是马关县的花苗和砚山县的青苗，但他们与马崩村民在交谈沟通方面完全没有障碍。因此，下面介绍的虽然是文山州苗族层面的基本情况，但亦能反映马崩村苗族在语言文字以及其他方面的基本情形。

（一）语音

苗族语音有如下特点：（1）声母多。（2）双唇、舌尖、舌面、舌根、小舌等音位的塞音或塞擦音声母齐全，如 p、t、ts、t、th、k、q 等，并有送气与不送气（如 p 与 ph、t 与 th 等）、清音与鼻冠音（如 p 与 mp、t 与 nt 等）完整的对立系统。（3）有一定的音位的鼻音、边音、边擦音、擦音和半元音声母。（4）有复合声母，如 pl、tl 等。（5）没有不送气的塞浊音和不送气的塞擦音。不送气塞清音、不送气塞擦清音、浊鼻音、浊边音、浊擦音与阳上、阳去声调结合时变为送气浊音。如 p 为 bh、m 为 mh 等。（6）元音不分长短松紧。（7）没有促声韵母，只有舌尖鼻音 n 和舌根鼻音 n 可作韵尾。（8）声调系统与汉语相同，四声各分阴阳。（9）两个一定的音节组成双音节词时，受第一个音节声调的影响，第二个音节可能发生变调。（10）不同支系苗族的语言有细微的差异：①"蒙施"、清鼻音并入浊鼻音，如 m 为 n 等。②"蒙豆"部分韵母发音部位前移，后鼻音韵母变为前鼻音或腭化元音，如 an 为 an 或 a，a 为 ia 等。③调序相同调值有异，且"蒙施"、"蒙豆"有并调现象。韵母可以自成音节，如 ang（土），ed（背）。

（二）词汇

苗语词汇分为单纯词和合成词两种。

单纯词又分为单音节词和双音节词。单音节词在苗语中数量最多，如"日"叫"no^{43}"（诺），"我"叫"ko^{55}"（果），"好"叫"zon^{44}"（绒），"妈"叫"na^{24}"（那）等。双音节词在苗语中数量很少，如"准备"叫"$tshi^{24}li^{21}$"（刺利），"大雁"叫"$qu^{55}qeu^{13}$"（革狗）等。

合成词有几种构词形式。一是由一个基本成分加一个附加成分构成，如"森林"读"$ko^{44}zon^{55}$"（果绒），"姐姐"读"$a^{43}ve^{55}$"（阿威）等；二是由两个基本成分构成，如"年岁"读"$na^{31}con^{44}$"（纳兄），"舒服"读"$zon^{44}nao^{43}$"（绒鸟）等；三是苗语中的四音格词，如"兄弟姐妹"读"$ku^{55}ti^{31}ve^{55}ntcou^{21}$"（古地威九），"狂风暴雨"读"$nan^{13}so^{43}nan^{13}tcua^{44}$"（囊梭囊加）等。

（三）语法

苗族的词、词组、句子成分、句子分类与汉语大致相同。所不同的是，由两个基本成分构成的合成词，其词序与汉语相反，即当名词修饰名词表示事物的类属，形容词修饰名词表示事物的状态时，其中心词的位置在前，如"松树"读"$nton^{44}tho^{55}$（冬拖）"，其中"$nton^{55}$"（冬）为"树"，"tho^{55}"（拖）为"松"；"红花"读"$pan^{31}la^{43}$"（榜拉），其中"pan^{31}"（榜）为"花"，"la^{43}"（拉）为"红"。表示方位和时态的的词，以及由这些基本成分构成的词组、短语直至句子，其词序也与汉语相反，如"桌下"读"$qan^{43}ton^{31}$"（刚众），"那时"读"$thou^{33}i^{44}$"（透衣）等。再者，苗语的状词比较丰富，如（dlangx）lif、（nzhuab）sab、（dleub）bous中的lif、sab、bous等，均附在形容词和动词的后面，表示状态，如（mongl）hlaot的hlaot。

（四）文字

历史上，苗族曾有过自己的文字，称"逗"。清代的《宝庆府志》记载，苗族曾使用一种类似汉字篆文的苗文。由于清朝统治者的疯狂镇压，大搞民族压迫歧视，禁令苗民使用苗文，所以，苗文早已失传。近代苗族文字的出现始于清光绪二十八年（1902），由英国传教士柏格里与苗族知识分子王树德、杨雅各、张武、李斯提反等一起创造出一套拼音苗文，称"老苗文"，曾在操滇东北次方言的苗族地区使用过。中华人民共和国成立后，党和人民政府组织专家于 1957 年创造了以拉丁字母为文字的东部方言、中部方言、西部方言三种苗文。与此同时，美国、法国学者在东南亚国家创造了东南亚苗文，如今，国外苗文已在世界各国苗族中通行使用。麻栗坡县境内推广使用西部方言苗文。这套苗文共有 56 个声母、27 个韵母、8 个声调。苗文的推广，对苗族文化经济的发展起到了积极的推动作用，尤其是对苗族历史、习俗研究以及文化遗产的抢救等工作提供了有效的帮助。

20 世纪初以来，曾有一些外国传教士和苗族知识分子设计了几套记录苗族语言的文字方案，因条件限制而未能推广普及。1956 年，中国科学院派出少数民族语言调查工作队，对苗族语言进行了调查研究，并以拉丁文字母形式创制了苗文方案。1956 年 10 月 30 日至 11 月 7 日在贵州省贵阳市召开了苗族语言文字问题科学讨论会，讨论和通过了苗文方案。该方案于 1957 年经中央民委批准试验推行。1982 年，民族语言工作者对原苗文方案进行了修订，继而编印教材在苗族人民中推行使用。

文山州苗族人民使用的是川、黔、滇方言文字案。声母、韵母、声调及例词如下：

声母 57 个

b	p	nb	np		
bl	pl	nbl	npl		
m	hm	f	v		
d	t	nd	nt	n	
dl	tl	ndl	ntl	l	hl
z	c	nz	nc	s	
dr	tr	ndr	ntr		
zh	ch	nzh	nch	sh	r
j	q	nj	nq		
ny	hny	x	y		
g	k	ng	nk	ngg	h
gh	kh	ngh	nkh	w	

韵母 22 个（文山不用的借词韵母不列）

a	ai	ang	ao		
een	er	eu			
iang	iao	in	iu		
o	ong	ou			
u	ua	uai	uang	ue	un

其中，er、iang、iao、iu、uai、uang、ue、un 是现代汉语借词专用的。

声调 8 个

b　x　d　l　s　k　f　w

例词

ndox　　天　　deb　　地　　hnob　　日

hlit	月	god	我	gaox	你
mol	去	lol	来	sahib	看
uat	做	naox	吃	nongs	听
rongt	好	prf	坏	dleub	白
lab	红	shab	高	ghel	矮

例句：

God geuf ndeud. 我读书。

Cuat zhangd minx cux yaos ib yif. 各族人民是一家。

Luad hlit rangx hlit ndox sob chab. 正月二月是春天。

1956 年 10～11 月，文山专区派出了冯德（汉）、黄寿云、项朝宗、吴成元、罗大等 7 名代表出席中国科学院在贵阳市召开的苗族语言文字问题科学讨论会。1956～1959 年，文山选送了 21 名学员到贵州民族学院参加了 3 届苗文班学习。1957 年、1958 年，中共文山地委党校先后开办了 2 期苗文培训班，参加学习人数约 80 人，教员是罗朝明、杨廷林、熊树成、陈志强（汉）等。后来，由于极"左"路线的干扰，苗文培训工作被迫停止。

1978 年中共十一届三中全会后，在落实党的民族政策的过程中，文山州苗文的培训和推广工作得到了恢复和发展。1979 年 6 月 20 日，文山人民广播电台开播苗语节目。1979 年，文山州电影公司设置了苗语电影译制组。1982 年 10 月 20 日，文山州民族干部学校开办了苗文培训班。1984 年，文山州民族事务委员会成立了民族语言文字研究室。2009 年，文山州电视台开始用苗语播报新闻。从此，文山州的苗文推广工作进入了一个新的发展时期。

但是，在马崩地区，由于各种原因，只有极个别人懂苗文。至于语言，全民族男女老少都会说，新鲜、时尚的词汇，则要借用汉语说法。青壮年男性还兼通汉语，老人、妇女和小孩会说一些，但往往词不达意、表达不流畅。越南边境一线的苗族，则夹带有交趾语。中越边境两边的苗族互相对话，完全没有障碍。

二　苗族文学

在漫长的历史长河中，苗族人民在自己的生产劳动和生活、斗争实践中创造了丰富多彩、光辉灿烂的文化。苗族的文学有民间流传的口头文学和作家创作的书面文学。文山州过去的苗族文学主要是口头文学，而书面文学则是20世纪80年代中期才发展起来的。

苗族民间文学主要有散文体式的神话和传说，韵文体式的唱词、曲艺，以及谚语和谜语等。

（一）神话

在文山州，苗族民间流传着许多古老而神奇的神话故事，其中有创世神话、人类起源神话、洪水神话、射日射月神话、事物起源神话等。《造人烟的故事》是苗族对人类祖先来源的解释，讲述的是远古时期波蚩和佑聪造出了天和地，农董勾造出太阳和月亮后，祝融派敖古和敖玉下到人间成亲繁衍人烟的故事。二神在天空追逐嬉戏，在他们的身影投射到的地方生出了人烟。后来人间发生了瘟疫，世间仅剩一名男子，祝融又派女神波绍下凡与其成亲。他们采来了朵朵桃花，将花瓣四处抛撒，于是一簇簇花瓣又变成了一批批人类。不久大地上暴发洪水，灾后余生的蓝哥与紫妹根据天神的意愿成亲生子，并将其所生的卵形儿剁碎抛撒四野，使无数的碎片变成了无数的人，并很快形成了各个不同的姓氏和宗族。《公鸡和太阳》讲的是从前天上有9个太阳和8个月亮，晒得大地枯焦，万物俱灭。勇士阳亚用弓箭射落了8个太阳和7个月亮，吓得剩下的一个太阳和一个月亮躲藏起来，大地变成一片黑暗。公鸡以其悠扬的歌声唤起了太阳和月亮，使大地恢复了光明。《吃死人的风俗是怎样改变的》讲述了苗族祖先由众人分死者遗体发展到吹笙打鼓送死者亡灵回归祖宗故里的故事，把人们从远古那种茹毛饮血的时代带到现代文明世界中来。

（二）传说

传说在苗族民间文学中占有重要的分量，这些传说紧紧围绕着苗族的社会生活、风俗习惯和苗族地区的山川景物等展开，既有比较丰富的文化内涵，又具有重要的史料价值。如《札里易俗》、《踩花山的来历》、《芦笙的传说》、《孜尤的传说》，等等。

（三）故事

在苗族民间故事中，容量最大、最能反映苗族生产生活和心理状态的作品要数生活故事和爱情故事。这些故事以人和人的关系为基础，在既有现实又有假想成分的情节中表现人们的社会生活和对人物的评价。《孤儿当皇帝》讲述一个孤儿有幸娶到天神祝融的幺女为妻，皇帝得知后，仰慕幺女的容貌而与孤儿换妻并将皇位让给孤儿。幺女设计置皇帝于死地后返回天庭并生育一女，又与其子历尽千辛万苦与孤儿团聚后共同治理国家。这个故事通过对孤儿从穷苦孩子到当皇帝的描写，展现了苗族人民渴望幸福、进取向上、不畏权势、英勇斗争的精神面貌。《扎董丕然》

讲的是苗族青年追杀虎霸解救心上人的动人故事，情节曲折、首尾呼应、结构严谨、完整紧凑，在苗族人民中广为流传。《诺施与龙女》通过青年诺施进龙宫娶龙女的曲折经历以及对人物感情纠葛的描写，把人们带到一个扑朔迷离的世界。《幺豆代与蒙丝彩奏》讲述了聪明英俊的苗族青年幺豆代在花场上与美貌无双的姑娘蒙丝彩奏巧妙周旋，并在家里三难美人最后终成眷属的故事，歌颂了苗族青年忠贞的爱情，是民间故事中最具现代特色的一个。另外，像《癞蛤蟆姑爷》、《琛姑娘与瑙姑娘》、《乔妮》、《两兄弟》等也是流传很广的故事。

苗族民间故事中还有不少动物故事、寓言、童话和笑话，如《狗找主人》、《猴子蚂蚱之战》、《嘀嘀鸟的歌》、《蚂蚱蹬雀蛋》、《梭云的故事》等。这些故事，通过幻想和虚构的情节，寓褒贬于诙谐幽默之中，具有浓厚的情趣，为人们所喜闻乐道。

（四）民歌

民歌的篇幅短，但容量最大，内容最广，使用的场合最多，形式最灵活；礼仪词包括婚词、丧词等，由于篇幅很长，因此又称为长诗，其使用的场合有限；芦笙词主要是丧葬礼仪方面的内容，也有节庆时的娱乐内容。文山州已搜集整理成书的苗族长诗主要有《苗族古歌》、《金笛》（又名《扎董不然与蒙丝彩奏》）、《丹甘罗匝》、《哭郎调》等。

（五）曲艺

苗族曲艺曲种目前已经鉴定的有 4 种，即 "然更"（rangx ghenx）、"腊叭"（lax bat）、"洛抓"（lol ndrual）、

"洛啦"（lol luas）。

"然更"，意为芦笙词。据有关史料记载和苗族口碑，在距今 1000 多年前的唐代后期，"然更"就已经初步形成。"然更"普遍用于丧葬祭祀和过节庆，通过千余年的运用实践，形成了"祭祀"、"抒情"、"叙事" 3 个部分的曲调，其表演形式有只吹不说、又吹又说和又吹又唱 3 种。主要曲目有《指路调》、《断气调》、《花山节来历之歌》、《开天辟地》、《九个太阳八个月亮》等。

"腊叭"是随着"然更"的发展而形成的一种说唱形式。明末清初，苗族大量迁入云南，"腊叭"这种曲艺也就随之传入，距今已有 600 多年的历史。"腊叭"一般出现于丧葬场合，以安慰死者家属为目的。表演形式通常以一问一答的形式在芦笙的伴奏下进行。主要曲目有《天地溯源》、《说天道地》、《笙与鼓》、《朵奏学笙》等。

"洛抓"，即故事。"洛抓"的讲述场地随意性大，不论田边地角，房前房后都可以演出，其曲目繁多，流行广泛，代表作品有《扎董丕然与蒙丝彩奏》、《虎爹爹》等。

"洛啦"亦即笑话。苗族的"洛啦"流传很广，内容大多以生产生活的情节对好人好事和愚昧落后的事和物进行褒贬，如《父子乘船》、《肉砧板》等。

三 苗族音乐舞蹈

（一）芦笙舞

苗语统称芦笙为"更"，一种叫做"更升"，一种叫做"更郎"，但这两种芦笙调变化不大，芦笙吹奏水平高的人，两种芦笙都可以使用。

　　苗族舞蹈主要以芦笙舞蹈为代表。从表现形式看，芦笙舞可分为两种：一种是传统双人舞或集体舞，这种舞蹈有较规范的动作和程序，有两人吹芦笙多人共同配舞，以芦笙节拍为舞步，男女同舞，舞中多以对踢、双脚侧打等对称动作为主，要求配合默契，力度适中。另一种是单人舞，这种舞蹈有完整的动作套路，舞蹈者可根据自身技巧创造发挥，动作有转、吸腿转、退腿转、转跌脚、跑、滚等。这种舞以个人表现方式出现，带有武术、杂技特点，讲求高难度动作。

　　从表现内容看，芦笙舞又分丧事舞和自娱性舞两种。丧事舞用于丧葬活动，自娱性舞用于日常生活中的休闲和社交活动。

　　芦笙音乐十分丰富，有吹谱（单人舞曲）和吹词（双人舞曲）之分。

　　从内容上来讲，芦笙调有三大调，即丧调、烧灵调、牛鬼调，每个大调中又分为很细的小调，如办丧调就有上马、交畜、祭饭、交纸钱、迎客、出场、收场、送葬等。但总体上来讲，又分为补调和散调，补调为主调，散调为次调。散调为起调、词调，它的结构分为起、转、小索、小挪度、小巴、大索、大挪度、大巴、热姑都、早姑都、诈、都检12个部分，这些小调的内容十分复杂，吹奏每个小调就有6个回合。烧灵的芦笙也和办丧调的一样，但吹奏时在名词上加以区分，如办丧调中称为"死者"，而烧灵调则称为"男灵"或"女灵"。牛鬼调则简单。

　　芦笙除补调中规定的外，散调全部是以诗歌形式表现，每首诗都有上下阕，必须前后押韵，内容繁多，有的是叙述古代的故事，有的是叙述后人对死者的哀悼。在这些诗

110

歌里完全保留了古代的词调，很少有人创新。

从吹奏形式来看，麻栗坡县境内的芦笙又分为 3 个种类，即白苗芦笙调、花苗芦笙调和偏苗芦笙调，其中白苗芦笙、花苗芦笙调相近。

总之，苗族芦笙舞蹈舞曲内容极为丰富，苗族民间有"读不完的书，跳不完的芦笙，学不尽的芦笙调"的说法。目前，已收集整理的曲谱有发表在《云南省民族民间舞蹈集成文山州麻栗坡县资料卷》上的《吹曲》、《吹词》两部分芦笙乐谱。

（二）乐器

芦笙　芦笙是苗族传统文化的代表之一。芦笙属管簧乐器，由发音管、吹管和音片组成，吹管用岩松木制成，发音管用芦笙竹、甘竹制成，发音片用铜片制成，6 根发音管中有 7 片发音片（其中，右手拇指指挥的管内有 2 片发音片）。芦笙起源于何时、何人创造无从考证，但从芦笙调子中的古歌来分析，芦笙是很古老的，至少在商代就有了。

响篾　响篾是苗族民间的又一乐器，响篾用优质铜片制成，用铜管加工成 1 厘米宽、5 厘米长的铜片，手握端成锥形，中间向外割成发音片，发音片成 V 形往外开放。顶端为手指操作端，形式来自水笔尖，使用时左手拇指和食指捏紧锥形端，将响篾放于嘴唇处，右手拇指轻轻弹尖端，弹奏人根据自己所需歌词在放气时于喉咙发音，此时响篾发出的音清脆、明朗。响篾是用作表达爱慕之情的一种乐器，一般吹奏的都是情歌。

巴乌　巴乌的大小长短和笛子相同。制作时在吹端开一个小口，口内放入发音铜片。巴乌除了上方有 6 个孔外，前端下方还有 1 个小孔，由左手拇指控制，此孔为最高音。巴乌是传递爱情与表达内心痛苦的乐器。

直箫 直箫用竹子制成，吹口处为斜口，斜口间留一个外斜的长方形小口，然后将斜口外层划破，垫上两根 1 厘米长的稻草即可，下端发音孔与笛子相似。直箫的用法与响篾、巴乌相同。

四 苗族传统工艺

（一）刺绣

刺绣是苗族的传统工艺。苗族的刺绣很独特，其内容多半是按想象刺成，动物及其他物体的图像，在苗族刺绣中是很少见到的。苗族刺绣有他的风格，常以浪漫和形象的表现形式出现，多呈四方连续图案和二方连续图案。

（二）蜡染

蜡染工艺主要表现在花苗、青苗支系的服饰之中，这些支系的妇女裙子都必须通过蜡染成花纹后方可加工制成，苗族在做蜡染工序时，用蜂蜡加热后，根据所需图案，用蜡笔蘸蜡点在布上，然后用蓝靛作染料将布染黑或染蓝，最后将染好的布放入开水中，蜡即化去，被蜡粘处即是花纹。苗族的蜡染有独特的风格，是一项珍贵的民间工艺。

（三）织布

织布技术充分展现了苗族的精巧技艺。苗族自己种麻，自己能生产布料。苗族的织布机用木头制成，苗族使用的织布机有两种，一种是前面只有一个支架，用双脚拖拉上下纱网织成布，这种织布机简单但梭子很大，直接用梭子挤压横线，达到加大密度的作用。另一种织布机是前后用木架作支撑，所用织布的线均放在机器上，人只需坐在机器上操作即可，梭子很小，但两头尖，织布时梭子在人工的操作下来回运转非常迅速，织布的速度比前一种快。

　　近年来，由于政府禁止种麻，以麻为原料纺线织布、制作传统衣裙在马崩村已经绝迹。调查组采访了很多自然村的农户，得知这些家庭妇女都已经不自己纺织了。她们平时穿的全都是街上出售的以涤纶等布料为原料机器缝制的衣裙。在马崩街上做苗族衣裙加工的个体户有四五家，调查组采访的 3 家都是用机织布为原料，加工的衣裙已经与传统式样有了较大的区别，颜色、款式更为丰富多样（见图 5 - 1）。不过，按照马崩苗族传统的观念，一个女人一生必须要有一套传统的麻料衣裙，结婚的时候穿，死去的时候要带走。所以，马崩妇女需要麻料衣裙的话，就只能到边境越南一侧的集市去购买。

图 5 - 1　马崩街天出售的苗族服饰（2009 年 2 月 13 日金军摄）

五　苗族传统体育

苗族在漫长的历史发展过程中，根据传统习惯和自然环境以及生产生活的需要，创造出了丰富多彩的体育项目。在马崩村苗族中，主要项目有射弩、吹枪、踢脚架、爬花杆、舞芦笙、打鸡毛毽、打陀螺等。

（一）射弩

射弩就是采用弩弓进行射击的一项活动。射击姿势有立姿和跪姿，射击距离为男 30 米、女 20 米，参赛者的性别、年龄不限。射弩运动在麻栗坡县猛硐乡及毗邻地区盛行，该乡香草棚村李成文先后 11 次参加全国、省、州民运会射弩比赛并 8 次获得跪姿、立姿及全能冠军。1991 年春，他还随云南代表团应邀赴日本东京，在古武道演武大会上进行射弩表演。马崩苗族以往也盛行射弩，近年来，因为年轻人大多出外打工，现在很少举行此类活动了。

（二）吹枪

吹枪用的竹枪是将一竹管固定在木把上做成。射击时，把湿软的泥丸装入枪管，用嘴对着竹管尾部吹气使泥丸飞出。射击姿势有立姿和跪姿，射击距离为男 15 米、女 10 米，参赛人员不限性别、年龄。吹枪运动在麻栗坡县董干镇马崩及毗邻地区盛行，当地群众常用吹枪射鸟等。随着鸟类的减少，现在，这样的活动只能在传统民族体育运动会上才能见到了。

（三）踢脚架

踢脚架是苗族男性青年喜爱的活动。踢脚架为两人对赛，赛前需穿球鞋或赤脚。比赛时，运动员双手弯曲置于腹部，侧身互视，以脚背、脚尖、脚跟等踢击对方的腿部、臀部和背部。严禁用手，禁止从正面踢击对方的腹部、胸部。比赛以踢倒对方（或对方手触地）者为胜。原先踢脚架也是一种芦笙舞，双手置于小腹前就是持握芦笙的姿势，现今此项运动流传到附近的兄弟民族之中，因此已不再带芦笙，但双手仍置于腹部。踢脚架这项运动简单易行，又不用器械，无论休闲在家，还是劳作在田边地角都可以较量一番，因此很受人们的欢迎。

（四）爬花杆

爬花杆是踩花山节日中的精彩节目，分顺爬和倒爬两种。顺爬与人们平常爬树差不多，参赛者两手抓紧花杆，两脚屈膝夹住花杆，一下一下地往上攀；倒爬杆时，参赛者先背对花杆而立，往后仰身，反抱花杆，使整个身子倒立起来。然后双腿屈膝缠住花杆，一下一下地往上蹭。爬花杆是体力、技巧和胆量的综合运动，谁爬得越快越高，谁就会赢得喝彩和得到花山主的赏赐。

（五）舞芦笙

这种舞蹈有完整的动作套路，舞蹈者可根据自身技巧创造发挥，动作有转、吸腿转、退腿转、转跌脚、跑步、滚等。这种舞以个人表演为主，带有武术、杂技特点，讲求高难度动作。舞芦笙柔中有刚，刚柔相济，也是一个体育项目。以往，舞芦笙是苗族男青年必须学习的一门技术，芦笙舞得好的男青年，往往容易受到漂亮女性的青睐。现在，随着马崩村苗族社会逐步走向开放，男女青年大多出外打工，受到内地汉文化等异质文化的影响，能够完整地舞芦笙的男青年已经很少了。

（六）打鸡毛毽

鸡毛毽类似羽毛球，用三羽鸡翅毛插在一个小竹管里做成并用一块铲形木板抛击。还有一种玩法是将玉米壳裹成小团代替竹管，插上鸡毛，用手掌打击。由于鸡毛毽抛得不远，也无复杂的比赛规程，不受场地、人员、时间的限制，因而男女老少都喜欢这种活动。

打陀螺、武术也是马崩苗族人民喜爱的体育运动项目。武术是苗族的传家宝，是苗族人民同大自然作斗争的精神财富。苗族武术有拳、棍、大刀、牛角叉、三节棍、二节棍、双刀、溜砣等。苗族武术一般在丧事和踩花山时才公开表演。

第二节　苗族建筑

过去苗族人民频繁迁徙，居无定所，以至于产生了"乌鸦无树桩，苗家无地方"的歌谣。中华人民共和国成立以后，苗族人民结束了频繁迁徙的历史。苗族的住所也由过去的叉叉房、篱笆草房向现今土木结构的瓦房、土库房乃至砖木结构、砖混结构房的方向发展。

叉叉房的建造不受地点限制，它是苗族游居时代的产物，现已无人居住。叉叉房的做法是用一根长木杆、两根短木杆搭成三角形房架，长木杆为横梁，短木杆为斜梁，屋面铺上茅草而成。

篱笆草房不同程度地保留了苗族游居生活的遗迹。建盖这种房子必须选择地基。苗族多居住在山区，故房屋依山而建。在向阳的坡面上选择一块较为平缓的地基，将其铲平。在地基上竖几根木桩搭成房子的基本框架，在四周用大竹子攞起来或者编上竹片、木条。屋顶为两片水草屋面，正屋一般为三开间，也有的间数不限。一楼一底，楼下住人，楼上堆放粮食。房前留有院井，有的人家还用木条、竹子将院井围起来，安上栅门，并在院内饲养畜禽，这种篱笆草房通风透光好，夏天居住凉爽舒适，且造价低廉，搬迁容易，但冬天难以抵御寒风，且防火性能极差。随着苗族地区经济的发展，这种篱笆草房逐年减少，取而代之的是土木结构的长久住所。

瓦房是苗族土木结构的长久住所。瓦房地基的选择与篱笆草房相同，但建瓦房时在地基平好后要挖坑支砌地基。石脚起到支撑墙体的作用，又能阻隔地面上的水分，保持墙体干燥。房子的主要框架用大而直的木头做成，包括柱子、楼棱、梁条、椽子等，这个框架起到支撑屋顶、建造楼面、辅助固定墙体的作用。墙体用黏土做成，即用木板做成模架，将黏土倒进模架里夯实后拆除，俗称舂墙。用干燥且沙质较重的泥土舂成的墙体，风吹日晒不开裂，但表面较为粗糙；用潮湿且黏性很好的泥土舂出的墙体，表面光滑细腻，平整美观，但当水分蒸发后，泥土收缩，墙体就会出现较大的裂缝。瓦房一楼一底，楼下住人，楼上堆放粮食。正屋为三开间，正堂安放神位，就餐、堆放杂物也在正堂，左右两间设灶房、火塘、床铺。石磨用来粉碎玉米，有的安放在屋里，有的安放在屋檐下，有的安在厢房。现在，随着多功能小型粉碎机的普及，马崩村苗族家庭已经不再使用石磨了。畜禽圈一般在房前院心两侧，也有关在屋里饲养的。人畜同居一屋，既保暖又防盗，充分体现了苗族人民爱护牲畜的传统美德。

改革开放以来，马崩地区的经济社会有了一定的发展，苗族也成为一个定居的民族。房屋建筑在苗族生活中的地位日益重要。但是，由于马崩地区恶劣的自然环境，使当地苗族经济发展受到极大限制。茅草房在当地仍占有一定的比例。"十一五"期间，文山州政府在边境及山区等民族贫困地区开展"三项扶贫"工程，即改造茅草房、修建小水窖、修建沼气池。通过努力，现在马崩地区的茅草房已全部被改建为瓦房。

马崩地区苗族的建房选址，一般要请魔公看风水、风向。选好房址后，先打好地基，用石块砌起高 40 ~ 50 厘米的石脚，然后用木料搭建好房屋构架。一般的村民就近取土，春起土墙，条件好的也有砌砖墙的。大部分住房为横阔三格，一楼一底，底层中间为堂屋，左边靠里面的半部是灶房，靠外的半部是卧室，右边靠里面的地方是火塘，靠外的部分是卧室。楼上一般堆放粮食，不住人。正房前面，一般在左或右，简单建盖耳房，下面关牛、猪，上面堆放柴火。在政府的帮助下，马崩地区的部分苗家在房前屋后建起了小水窖，有的还修建了沼气池。

目前，马崩地区大多数人家的房屋都是瓦房。墙壁有的仍采用春墙的方式，有的采用砖垒砌，还有的已经使用水泥砖。生活富裕的个别苗族人家盖起了砖木结构甚至是砖混结构的住房。这反映出马崩苗家的生活方式和生活水平日益发生变化。

第三节　苗族饮食习俗

马崩地区的苗族以玉米为主食，其次是杂粮，逢年过节才买点大米。这是因为地处山区，没有水田，无法种植水稻的缘故。中华人民共和国成立后直至改革开放前，马崩苗族一年四季吃的都是玉米饭。而且，每年很多人家都要依靠政府救济。改革开放以来，特别是近几年出去打工的增多了，经济来源比以前有所好转，逢年过节，大多数人家都可以从市场上购买一些大米，改善一下生活和口味。不过，总的来看，大米只是在节日期间或是有客人来的时候，才能吃到，平时主要还是吃玉米饭。蔬菜有青菜、白菜、豆类、瓜类；肉食有猪肉、鸡肉、牛肉、羊肉、狗肉。马崩地区杨姓苗族，以及部分汉族不吃牛、猪等动物的心包（心脏）。所以，老人过世以及集体吃饭的场合，心脏不能与其他部位的肉一起煮，不管有没有杨姓人员在场。不过，这种禁忌只是针对男性，男孩子一生下来就不能吃，而女性则可以吃。魔公不吃狗肉，打铁匠也不吃。据说，因为狗是吃屎的动物，因此，吃了狗肉办事会不灵验。鸡肉是苗族同胞接待客人的上等佳肴，鸡头、鸡爪一般先敬客人；不过，如果有老人同桌，客人要推让，敬给老人，否则，会让对方心里反感。在马崩，苗族同胞喜欢饮酒。以前，因为粮食金贵不够吃，所以酒便成了稀缺的东西，如有远方客人来到，上桌吃饭时不喝酒，下桌后才在火塘边（夏天在大门口），每人倒上一杯酒各自喝着闲谈。现在，生活情况有了较大改善，客人来到，酒是饭桌上必不可少的。一般苗家同胞不劝酒，客人喝够尽兴即止。除了白酒外，现在一般的人家特别是年轻人开始喜欢喝啤酒。

马崩苗家具有一些特色的风味食品。

玉米饭　马崩地区主产玉米，不产水稻。因此，这里的苗家常年四季以玉米饭为主食。苗族将玉米磨成面粉蒸制玉米饭供日常食用。做玉米饭时，将碾细后的玉米面粉放在簸箕里，洒上冷水拌潮搓散，放进木甑子蒸熟，便可食用。做得好的玉米饭细腻、滑润、柔软。调查组在调研期间，在老马崩上村村长家有幸品尝到了这种玉米饭。不过，由于马崩村苗族长期以玉米饭为主食，当地苗家并不以此为自豪。现在，如果有客人来到，一般家庭都会以大米饭招待，除非客人特别提出要吃玉米饭。玉米面还可以用来做稀粥喝。

狗肉 改革开放以前，文山州境内的苗族吃狗肉的习惯是远近闻名的。马崩苗家亦不例外。逢年过节，或者有远方贵客来访，或者在办丧事时，是苗家杀狗的日子。料理狗肉与别的畜禽有一些差异。先用木棍将狗击倒，用尖刀刺喉放血，然后用开水淋烫拔毛，再把狗的胴体放到火焰上烧烤，至皮肉焦黄洗净破肚去脏，将其胴体肢解成大块放进大锅煮熟，捞出切成小块再次放入汤里稍许煮一下即可食用。也有的将生狗肉切成小块炒香后再加水煮熟食用的。吃狗肉很讲究蘸水的作料。作料首推薄荷和辣椒，其次是草果、大蒜、花椒等。过去有人认为狗是秽物，现在狗肉已登上大雅之堂，不仅街头食品店有这道菜，而且是宾馆酒楼少不了的美味佳肴。由于城里的居民兴起了吃狗肉的风气，狗肉的价格连年涨高，在文山城的饭馆酒店里，一斤熟狗肉已经卖到 25～30 元，因此，以前喜欢吃狗肉的苗族同胞现在反而很难吃到了，因为价格贵，吃不起。

鸡生 马崩苗族还有一道菜叫鸡生，其做法是将 0.5～1 公斤重的半大母鸡宰好清理干净后连肉带骨剁细，拌以辣椒、竹笋、生姜、大蒜等作料用沸油炒熟。这样的鸡生香中带辣，是一道很开胃的下饭菜。

马崩苗家的菜肴比较简单。由于缺水，以及种植习惯，马崩苗族极少自己种蔬菜。马崩街天出售的蔬菜品种主要有：白菜、土豆、莴苣、菠菜、花菜、香芹、蒜苗、青菜等，这些蔬菜绝大多数都是从董干镇甚至是100多公里以外的州府文山运来的，因此，价格要比文山以及董干镇还要高。调研期间，笔者住在马崩村委会驻地，对此有亲身体验。由于蔬菜价格太贵，马崩本地苗家很少购买。夏秋季节，在玉米地里套种一些南瓜、豆类；冬春时节，则在地里撒种油菜、白菜。这些就是马崩苗家平时吃的蔬菜。调查组两次于冬春时节在马崩村调研期间，在金竹山自然村计生宣传员家里吃饭，所吃的就是油菜或白菜。

第四节　苗族服饰

马崩苗族是苗族中白苗一支。白苗服饰以白色百褶裙为主要标志，妇女的折叠裙长过膝，腰系镶边围腰和飘带，腰带为布料，飘带为丝绸，背部有背肩，臀部有臀垫。上衣为开领无扣短衣对襟，领的两边镶有两块红色布条，衣袖有各种颜色布料打3至5道，穿时只要交叉拉拢系上即可。小腿打绣边绑腿。中华人民共和国成立前苗族民众多赤脚或穿草鞋；中华人民共和国成立以后，大部分穿鞋袜。头帕是里三层外三层，一层比一层裹得大，形似一顶高帽，故称"高头苗"。喜欢胸前佩戴银、铜质项圈或项链，戴耳环、手镯、戒指，女性穿着像一群白蝴蝶。男性服饰，头包白布或纱帕，身穿白麻衣，上衣滚边，一件比一件短，长在内短在外，名曰"叠水衣"以显示富有，裤为扭裆裤，长筒滚边脚打绣边绑腿。胸佩银、铜质项圈或项链，戴耳环、手镯、戒指。

中华人民共和国成立以后，马崩苗族的服饰随着经济情况的变化而有一些变化。女性的服饰在款式上没有大的变化，质地以麻料为主。男性的服饰变得简单，至今没有大的变化，上衣仍是立领，对襟，布纽扣，黑色、藏青色为主，头戴黑色带檐布帽，下身着黑色长裤。以前主要穿仿军用胶鞋，好走山路；现在穿皮鞋的逐渐增多。

图 5-2　马崩男性服饰（2010 年 1 月 29 日杨永福摄）

改革开放以来，女性的服饰颜色变得丰富起来。随着政府禁止栽种麻，马崩村苗族女性的衣裙发生了很大的变化。最大的变化就是质地从麻料变为涤纶、腈纶等布料，而且完全是机器缝制了。还有就是衣裙的款式变得简单，头饰也变得简单了。另外，衣裙的颜色也变得丰富多样。调查组在马崩上村王村长家和下黑山罗村长家采访时，他们都谈到了这一点：女人穿的衣服、裙子都是从街上买的，自己早就不做了。这两年价格涨了不少。3 年前，一条普通的裙子只需要十几二十元，现在差不多翻了一番。裙子的布料，改革开放以前主要是麻布，现在都是腈纶等，而且都是机器制作（见图 5 - 3、图 5 - 4）。

图 5 - 3　马崩村苗族妇女服饰（2008 年 2 月 19 日李和摄）

图 5 - 4　马崩中老年妇女的传统服饰（2010 年 1 月 29 日杨永福摄）

第五节　苗族节庆与人生礼仪

一　节庆活动

(一) 春节

春节又叫过年，是马崩苗家最大、最隆重的节日。过春节的时间与麻栗坡其他民族一致，活动时间包括腊月末到次年正月中旬。

到了农历腊月下旬，马崩苗家就纷纷砍柴准备柴火、杀年猪，为过年做好准备。除夕这一天中午时分，家家户户开始清扫房屋。扫屋时，户主手握一把砍来的新鲜金竹条或树枝条，口中念诵扫屋词，并用金竹条或树枝掸扫天花板、墙壁、板壁、篱笆上的烟灰、尘土，灰尘落地后，用扫帚清扫出门。扫屋仪式意味着扫除秽物，祛除病灾，迎接吉祥和幸福。扫完屋后，接着在堂屋、房门、灶、床、畜禽圈，以及碓、磨、犁、耙等用具上贴上纸钱，并在正堂神龛下方的地上、灶边、火塘边、大门边等处焚香和烧纸钱。所谓纸钱，即把草纸裁成长方形的小张，用一种半圆凿子打出几排相连的印迹。马崩苗族一般不像汉族家庭那样在正堂屋后墙中间设置"天地国亲师位"牌位，而是钉一沓草纸，上面粘上三五根鸡毛，即是神位（见图5-6）。也可以在大门两边张贴对联和年画，但并不是规矩所需，纯粹是为了美观而已。

马崩苗族非常重视除夕这顿年夜饭，因为它是一家人一年辛勤劳动成果的标志，所以做得越丰盛越好。一般的

图 5 – 5　马崩苗家宰杀的过年猪（2008 年 2 月 21 日李和摄）

图 5 – 6　马崩苗家正堂屋墙上的神位

（2009 年 2 月 13 日金军摄）

食物有猪肉、鸡肉、蔬菜、水酒、米饭等。开饭前先敬祖先。盛上一碗饭、一碗肉、一壶酒放在屋子正中的桌子上，家长坐在桌旁靠大门方向的凳子上，面向神位，用饭勺舀起一勺饭，虔诚地念诵献饭词。念诵完毕，将饭勺里的饭倒在桌面上，又撕一片肉放在饭上，再斟一点酒倒在桌上，也有先敬饭，再敬酒，又敬肉的。每舀一次饭、撕一片肉和斟一次酒即敬一对先人，如爷和奶、父和母、叔和婶等，从上到下把已去世的祖宗三代敬完。敬毕家神还要到门外献野鬼。然后，焚烧纸钱和香，表示送钱给祖宗"买路走，买田买地种，买地盘居住"。做完这些仪式后，摆好饭菜，一家人围上桌来，享用佳肴，抚今追昔，总结以往，筹划未来。

晚饭后，用树疙瘩在火塘烧起旺火，点起油灯或蜡烛，一家人围着火塘守岁，直到深夜。点油灯或蜡烛是风俗所需，如今即使通了电，电灯照得满堂生辉，仍然要点上油灯或蜡烛守岁。

正月初一，吃罢早饭，人们便自动聚到村中或村旁比较平坦宽敞的场地上打陀螺、对歌、跳芦笙舞等，苗族称这种活动为"跳年"（tlat zhab）。初二以后，如果附近有"花山"活动，年轻人便邀约着去踩"花山"，如果没有"花山"，便继续"跳年"三五天。晚上，又集中到某一家，唱歌、讲故事、猜谜语，有的村寨还举行放扫把神等娱乐活动。初三送祖，十五过大年。过大年时，家家户户杀鸡、煮猪肉、做年饭、敬祖宗，并宴请家庭人员或邀约亲朋好友一起过。

杨姓苗族在大年三十晚上还要组织族人仿效军人清点人数再过年，叫"躲鸡圈"，寓意杨姓苗族是随军而来的，不能忘记军人的生活习俗。届时，主持者手拿一只大红公鸡，把族人集中起来，由长者带着族人钻进茅草圈中，钻完圈，把鸡杀死，滴血一周，然后在每人头上点一滴血表示点名，点完名，回家洗个热水澡再过年。部分项姓苗族提前一天过年，寓意项姓古时被人追杀，须提前一天过年。

（二）花山节

花山节又叫踩花山，是苗族最隆重的节日。

农历正月初，是苗族人民踩花山的节日。活动的时间，过去一般是第一年3天，第二年5天，第三年7天，现在一般为3天。

头年腊月十六，花山主就选择一个比较平缓、宽敞的小山包或垭口，竖两根高十多米的杆子，一木一竹，木杆顶端挂着红彩带，竹竿顶端挂着蓝彩带，俗称"花杆"。让人先知道这里有花场，到了正月初二就开始踩花山。花山节活动的内容主要有唱歌、跳芦笙舞、练武术，以及赛马、斗牛等，其中参与人数最多、持续时间最长的是男女青年之间的对歌活动。

上午10点多钟，人员基本到齐，花山主宣布踩花山活动开始，并同时宣布一些注意事项。说完，由花山主引领着数十人组成的芦笙、民歌、民间武术队，沿着花山场巡游一圈。随后，花山主邀请芦笙手在花杆下边吹边舞。一曲终了，芦笙手把芦笙背在背后，接着表演爬花杆。爬花杆有顺爬和倒爬两种，其中以倒爬最为艰难和精彩，一天中有许多人参加这个爬花杆项目，以此比试各人本领的高低。同时，在花杆下还有一些人表演溜砣、链夹、钩镰、三节棍以及赤手搏斗等。在离花杆稍远一点的地方，男女青年们则这里一双、那里一对地进行对歌，歌声吸引着众多的观众，围观的人一层又一层。有的青年还通过对歌产生了爱情并结成了终身伴侣。下午 2 点左右，花山主安排进行斗牛表演。来自各个村寨的一对对牯牛在斗牛场上拼命角斗，互不相让，精彩无比。

关于花山节的来历有多种说法。一种说法是为了求子而立。苗族中不会生育的人家为求得孩子立花杆踩花山，主人一办就是 3 年，头年踩 3 天，次年踩 5 天，第三年踩 7 天。另一种说法是为了纪念特定的人物的日子：远古时候，苗族的祖先蚩尤部落在黄河下游繁衍生息，黄河上游的黄帝部落向下游发展时与蚩尤部落发生冲突，此后黄帝便联合炎帝打败了蚩尤。蚩尤战败后，苗族举行了大规模的迁徙。迁徙途中，每到一个宿营地，苗族首领就竖立旗杆挂起旗子招呼人马歇息。后来，苗族到西南边疆定居后，忙于发展生产，没有时间每天竖杆挂旗，便定于每年冬春之交立杆挂旗召集苗胞抚今追昔，并商议重大事务，筹划生产劳动。年复一年，代复一代，逐渐形成了苗族踩花山的习俗。还有的老人讲道：过去朝廷派兵进犯苗疆，苗族首领蒙子尤设计引诱朝廷军队进入包围圈并挂旗指挥苗众，取得了战斗的胜利。但是，蒙子尤的 9 个儿子、8 个女儿也阵亡于这次战斗中。战斗结束后，人们便聚在花杆下，唱起怀念阵亡者的歌，并祝愿蒙子尤再生 9 个儿子、8 个女儿。这一天是农历腊月十六。以后，每年腊月十六这一天，人们便会立起花杆，回首往昔，祭奠死难者，并比试武艺，以提高战斗本领。久而久之，这种活动便形成了今天的花山节。

改革开放以来，花山节增添了新的活动内容：专业文艺团体到花山场上表演节目，各村各寨的业余文艺队也赶来参加表演。附近兄弟民族群众还前来与苗族人民同乐，商贩也把日用百货、饮食、文化娱乐品带到花山场上来做生意。有关部门对花山活动给予一定的经济扶持。现今花山节的活动，不仅是苗族人民缅怀先祖和开展文体娱乐活动的群众性集会，同时也是各民族加强团结、增进友谊、激励人们去开创美好新生活的一种很好的形式。

在马崩地区，大年初二就开始踩花山活动。花山场一般设在老马崩街上，也有时设在通向花地坪的岔路口。1993年1月30日，马崩举行"踩花山"活动。这是中越恢复正常邦交关系后马崩村第一次举行大规模"踩花山"活动。越南苗族边民近千人入境参加此项活动，增进了双方的相互了解和两国边民的友谊。1994年2月马崩苗族"踩花山"活动期间，美籍亚裔加利福尼亚苗族协会副会长罗多龙、协会秘书长张惠若等前来参加活动。

据了解，这两年，马崩村很少举办花山节了。原因主要是马崩村属于喀斯特石山区，没有一块较大的平坦的场地。老马崩村已经失去了政治、文化、交通中心的位置，而村委会驻地则没有立花杆的地方，其他地方又比较狭窄。另外，近年来年轻人出外务工的较多，对传统的节日已经不那么钟情了。而政府很少给予资助也是原因之一。

（三）清明节

马崩苗族一般是集体上坟，到时族人都集体到坟上给已故的亲属扫墓，清除杂草、填土，在坟前献饭、烧香纸。表示对死者的缅怀和尊敬。上完坟，上供的鸡肉可在山上或拿回家煮着吃。

（四）端阳节

五月初五日为端阳节，一般主要是杀鸡或煮一块猪肉做刀头，到地里祭献土地神，乞求土地老爷保护庄稼。祭献完毕，回家邀请亲朋好友前来过节。

（五）祭祖节

又称七月十五祭祖节，即把祖宗接回家中过节，苗族称"过半个年"，节日隆重，仅次于春节。以往一般都以村为单位宰杀黄牛，邀请亲朋好友前来过节。如今，随着外出务工的人数较多，在家留守的多是老人、妇女和小孩，以村为单位过节的做法已经消失了，基本上是一家一户各自祭献先人，然后邀约同村和邻近村子的亲朋好友到家来同过。

上述传统节日，在改革开放以前甚至直到 20 世纪 90 年代末的马崩村，仍然是比较隆重的，而且节日的气氛比较浓。近年来，随着年轻人外出务工的人数逐年增多，受到外界的影响也在增大，一些传统的节日其形式和内容在发生缓慢的变迁。不过，由于地处边远，交通不便，从海外传入的节日，如圣诞节、情人节、愚人节、父亲节、母亲节等，在内地大中城市里已渐成风气，但在马崩地区的苗族社会生活中，还见不到这些节日的丝毫印记；而我们国家的法定节日，如国庆节、劳动节、儿童节、青年节，对本地苗族生活亦没有什么影响。

二 人生礼仪习俗

在马崩村，关于人生成长过程中如出生取名、周岁等一些关节点，要举行独具特色的仪式。

（一）取名仪式

在马崩村苗族社会，给刚出生的孩子取本民族的名字是十分重要的。因为它将伴随着孩子从小到大整个一生，到离开现实世界归宗到老祖宗那里，也需要本民族名字。取名字要举行独特而隆重的仪式。孩子出生以后，父母家人即做好给孩子取名字的各项准备。取名字的仪式一般由村里德高望重的男性老人主持，所以，决定请谁来主持仪式要在头一天通知到。孩子出生后第三天，正式举行取名字的仪式。孩子父母事先准备好一碗玉米面、一个鸡蛋、一炷香，在大门口摆一张四方桌，将上述物品置于桌子上。取什么名字事先由家里祖父、父亲决定。早晨吃过早饭后，仪式开始。主持仪式的老人，站在大门门槛内侧，面向门外，嘴里念念有词，然后大声喊："快来吧！"喊完，向身后丢一把剪刀。如果剪刀尖端开口一头朝向正堂屋祖先神位，就要这个名字。否则，又重新叫一个名字。如果四五次都喊不来，就会说是小孩不同意这个名字。但是，无论如何这天一定要喊到一个名字。这个名字是本民族小名。家族之间乃至本民族内部的交往，都使用这个名字。

孩子的大名即书名，一般是上学或者与本民族之外的社会交往时使用。书名的获得相比较而言就随意得多了。基本上是孩子父亲到村委会计划生育宣传员处登记的时候所取。一般来说，书名要按字辈取，一般是三个字，而最后一个字随意取。其结构为：姓氏＋字辈＋名。

（二）孩子周岁叫魂

在马崩地区，苗族家庭孩子满周岁时，要举行一种特殊的叫魂仪式。叫魂仪式必须要请村里德高望重的男性老人来家主持。以往一般是请村里或是周围村寨的魔公，现在魔公人数大为减少，很难请到，所以村里上了年纪、德高望重的男性老人也可以担此重任。头几天，孩子的家人就要商量确定由谁来主持。到举行叫魂仪式的头一天，就要到老人家里，跟这位主持仪式的老人说好，务必第二天要到家里。到了这一天早晨，主持仪式的老人来到家后，主人就把事先准备好的桌子摆放在大门口，上面放一碗玉米面，一个煮熟的鸡蛋，再点上一炷香。然后老人站在大门口就开始叫孩子的魂，嘴里喃喃念诵，大意是告诫小孩的魂不要到处乱跑，避免碰到鬼怪邪神之类不好的东西。类似这样的仪式要连续举行3年，使用同样的道具，叫的是同样的内容。之后就不再举行了。这种仪式是为了保证孩子能够从小就健健康康成长，在成长的过程中免遭那些孤魂野鬼的骚扰。

苗族家庭一般不办满月酒。满周岁时，条件不好的就杀一两只鸡，自己一家人吃顿饭，不邀请亲戚好友；如果家里条件好一点，还要杀一头猪，叫亲戚一起庆贺。家里每添一个子女都要这样做。

这种仪式不像汉族的抓周仪式。文山地区的汉族家庭，孩子满周岁时，一般都要摆上几桌宴席，邀请亲戚好友一同庆贺。在中午吃饭之前，要举行抓周仪式。在正堂屋中间，摆一床凉席，满周岁的孩子坐在正中间，在孩子前方，呈弧形摆放着大葱、算盘、钢笔、纸币、玩具等物品。这时，就让孩子去抓。看孩子先抓什么，其次抓什么。不管抓着什么，都会是一番恭维的话，如：抓着大葱，就会说这孩子长大了一定聪明；抓到算盘，就会说这孩子长大了会计算，会做生意；抓着钢笔，则会说这孩子长大了读书成器，是读书的材料；抓着纸币，也会说孩子长大了会挣钱。总之，抓周只是一种形式，表明这个孩子经过这样的仪式之后，就会正常成长。因为，一个人如果不经过别人允许到处乱摸乱搞，就会被人说"小时候没有抓过周"。

（三）拜干亲

即一般说的找干爹。以往，苗族社会比较盛行拜干亲，就是为自己的孩子找一个干爹。这可能是长期以来苗族不断迁徙，面对恶劣的自然环境和其他民族的竞争，一般的苗族家族和家庭为了更好地生存，需要拓展自己家族的力量的缘故，而最好的方式就是联姻或者以孩子的名义结拜干亲。据了解，随着社会环境的变化，现在马崩地区的苗族家庭一般都不找了。只有在下列的情况下才找，即如果家里的孩子哭得厉害，整夜整夜地哭，或者很淘气不听话，那么就可以给他找一个干爹。首先是要决定找不找干爹。决定之后，就要选一个比较吉利的日子。到这个吉利日子的早晨，就装一碗水，放在正堂屋的桌子上，3 天之内第一个来到家里找水喝的男性就是干亲；如果 3 天之内没有人来，又重新摆一碗水，设置 3 天为期。如此下去，直到找到一个干亲为止。这其中没有什么严格的仪式。如果确认了干亲，那么干亲便从自己衣服上扯下一根线，系在小孩的左手腕上。以后每年的大年初二，家里父母就带小孩去拜干亲。

三　其他礼俗

（一）躲鸡圈

"躲鸡圈"主要在白苗中盛行，时间为大年初一。这天，在本户的家门口栽上一株小树，用各种颜色线拧成绳系在小树尖上端，斜拉下来，一家老小围坐于树下，由长者手抱大公鸡围着小树转，一边转一边念驱邪词，念毕一刀砍下绳索，即算仪式完毕。

（二）祭火笼猪

过去，马崩苗族长期处于自给自足的半封闭的自然经济状态，交通闭塞，缺医少药，生产力低下，遇有灾祸，往往举行一些宗教仪式祈求神灵驱除病魔，保佑人丁康泰、六畜兴旺、五谷丰登。祭火笼猪就是典型的代表，一般人结婚生子自立门户后都要举行这种仪式。

若是饲养老母猪繁殖猪仔出售的人家，可以从某一胎小猪中选择一头打上记号留待做仪式用，而一般人家则是从集市上购买小猪来饲养待用。

祭火笼猪多半在大年初二举行，也可以在有事需要举行的时候做。在未举行时主人事先从居所的东方摘来一片树叶，放于主人的床头上。到了初二这一天，家族里的人全部到齐，先在屋内正门边挖一个约50厘米宽、80厘米深的洞。傍晚，该户的男主人举着火把，捧着鸡蛋到大门外念祭祀词。念完关闭大门，将约10～15公斤重的一头小猪用绳子吊死，不用刀杀。把猪拿到火塘边着水，一边烘一边去毛，一直到把毛除尽为止。刮毛剖肚洗净切块放入锅内烹煮，并将猪毛、粪便等秽物掩埋于门内事先挖好的坑内。猪肉煮熟时，主人用一个特制的小葫芦瓢或竹筒舀一点汤尝一下，然后召集在场的小孩子来喝。接着，在主人的床上摆放一个簸箕，在簸箕里放置若干个碗和若干片叶子，将猪肉各个部位用筛子装好抬到床边，切成小块装到碗里和叶子上。这是祭火笼猪仪式最关键的一环，碗和叶子的数量是区别不同姓氏、不同宗族的密码。这个环节叫"摆字"，这里的"字"是苗语的音译，大意为"簇"，而并非汉语"文字"之义。一个碗为一"字"，一片叶子为一"斗"，"斗"是汉语"堆"的意思。有的姓氏或宗族摆 5 个碗，有的摆 7 个、9 个、11 个、13 个，称为"五字"、"七字"、"九字"、"十一字"、"十三字"。另加 3 片叶子的称为三斗。主人将猪头、脑、血、四肢、心脏等切成若干份装进开头的几个碗里和放在叶子上，猪鼻子和尾巴在最后一个碗里。完毕，男主人手握小葫芦或竹筒，双手交叉在簸箕上方摆动并念祭祀词，叫做"收字"，表示将猪交给神灵。"收字"完毕后，将葫芦瓢或竹筒悬挂于主人床头上方或大门上方。接着在房间内将簸箕里的肉切成小块，由在场的人分食，吃完碗里的再分食锅里的。

　　祭火笼猪有几个规矩：第一，除主人家可以全家男女老少一起参加外，其余亲戚如兄弟等的家庭只有男性可以参加。第二，整个仪式过程中不准讲外族话。第三，猪肉最好一次吃完，若肉太多一顿吃不完，要妥善保存起来，不得赠送亲友，不得带出门外。第四，仪式后三天内不许外人进门。

（三）叫魂

苗族把叫魂看得十分重要，认为"魂"支配着人们的身体健康、运气、命运等。小孩出生第三天，必须叫魂才能取名字，小孩或大人若跌伤等也要叫魂，大年三十晚上也要叫魂。"叫魂"有两种：一种用鸡，一种用鸡蛋。叫魂时由族中长者手抱鸡或鸡蛋，加三炷香，站在大门边叫，若有跌伤情况，则到跌伤现场叫。叫魂调的意思是："魂啊快归来，到北方了快归来，到东方了快归来，来归身吧！不要染上病魔，到东西南北各方不闯病魔不闯鬼，一生平平安安。"叫魂后即将鸡宰杀，随后看鸡卦即可。

（四）魔公

魔公在马崩苗族社会中占有重要的地位，家里人生病，一般都得请魔公（苗族叫"蛊能"或"蛊磨"）来走阴治病。魔公师来到后，主人家在堂屋上摆放一箩谷子或玉米，放上一元人民币，插上香，让魔公坐在一条长凳上，头戴帕子，帕上插3根用草纸裹成长圆条的纸棒，脸上盖上一张草纸，开始走阴。走阴时双脚不停地跳，一边跳一边大声地唱魔公调，其调子基本上分4个步骤，即：召回兵马来抽烟饮茶；下阴间游街；查看病情，反馈给阳间，让家人知道治病的方法及药方；放兵马归阴间。随着科学技术的发展，现在大多数苗族已不再相信魔公，有病都先去吃药打针。

（五）祭祖宗

苗族是一个崇拜祖先的民族。祭祖宗是苗族的传统习俗，马崩苗族亦不例外。逢年过节都必须首先祭祖宗方能用餐。敬献时分三代，首先祭祀父辈，再祭献爷爷，然后祭献与自己同辈或下辈已死去的人。祭祀时必须一人一人地点名请到。

（六）放祖宗

马崩苗族每逢大年三十晚上，每家每户均由男主人祭献老祖宗，意思是接祖宗来家过大年。过完年后必须送祖宗回去，称为"放祖宗"。放祖宗时各个家族的习俗不同，有的家族是用一个簸箕放于堂屋，把家中舂的第一个糯玉米粑粑放在簸箕中，再放上三把茅草，意为筷子，然后一把茅草代表一代祖宗地进行祭献。祭献后即烧纸，让祖宗回去。一般在没有放祖宗时不得出门串寨，本家也不欢迎外人来串门。

第六节　丧葬习俗

一　报丧

马崩村苗家人死后，以往首先是朝门外放三枪，吹三声牛角号，表示某家已有人死亡。寨邻听到枪声和牛角号，无论做什么活计或半夜三更都得前来奔丧。现在，家里有老人去世了，一般都是放一挂鞭炮，远处的亲戚则用电话告知，特别亲近的如舅家等俗称后家的，仍需要孝子亲自上门去报丧。有亲戚、邻居来吊丧，孝子（死者的儿孙们）都得向来人一一磕头，递上香烟表示感谢。来者问明死因及情况后，帮助死者家属料理丧后事宜。其次是给死者洗身换衣服,按男左女右的规矩停在堂屋的左侧或右侧。再次是选择吉日,什么时候起榇,什么时候安葬,丧办多少天,好通知亲属。最后是报丧,丧男要通知丧男的姐姐或妹妹,丧女要通知丧女的哥哥或弟弟。死者家派去报丧的人到主人家后要磕头,说明死因及办丧日期。若正常死亡,其亲属准备拉牛上祭,除打发来者数角钱外,还要摘3片竹叶或树叶给来者带回交给死者亲属,表示拉牛上祭,死者家属好准备一头牛陪杀。若死者为女性,且属非正常死亡,其后家有责任追究死因。

二 办丧

办丧开始,左邻右舍和亲朋好友都要前来奔丧相助。死者家属先委任一至三人为管事,负责处理丧事事宜。又委任一些人为厨官、饭将、水头、酒官等,这些人一切听从管事安排。先由管事敬给他们双杯酒,并交代任务,又由丧家磕一个头,宣布完毕,大家各自办事。

治丧班子确定后,立即请指路师为死者指路。指路师坐在死者身旁,怀抱公鸡,手持竹卦,口念指路词。指路词历数死者居住过的地方,迁徙历经的地点,以及生活经历等,将其亡灵指引回到祖先发祥地。在指路过程中,根据程序,指路师边念诵边逐一将饭、酒、鸡、蛋等祭品献给死者,并送纸伞给死者让其在回归途中遮阳挡雨,送弓箭让其防身护体,送草鞋让其翻越毛虫山,用麻团堵塞龙嘴虎口,用纸扇扇去山中云雾,用纸钱请人护送其越疆过界等。念完最后一句指路词,孝子家人立即用米饭和鸡蛋为指路师招魂,不让指路师的灵魂随着亡灵一同离去。指路完毕,孝子、孝女、孝媳们放声哭丧。

紧接着，根据族规，将死者入棺或上马架。入棺木，就是将死者的遗体放进事先准备好的棺木里。上马架，就是将遗体放在一种叫马架的竹木编成的床上停尸办丧数天，待安葬时再将其移入棺木内，这种马架苗语叫"能"（nenl）。需要上马架的人家，孝子得安排人到山中砍来竹木编制马架。马架的结构是，纵向两边2根约手臂粗、3米多长的木杆，中间3根约脚拇指粗、约2米长的木棍，横向3道约长0.2米的竹篾。马架做好放在正堂屋中，先由芦笙手吹奏祭马调，然后将死者放在马架上，再把马架卷成筒状，把死者包在马架中心，用两块麻布将马架兜起吊在正堂屋靠墙的位置，约与人胸同高。上马架的意思是让死者骑马回到祖先居住的地方。有的家族不用马架，直接把死者装入棺材，摆于堂屋中间，头朝日出、脚朝日落方向，有的是头朝灶房，脚朝火塘（苗族灶房一般设在左侧）。鼓挂于日落方，也有的是男挂左、女挂右。丧事期间，芦笙手自始至终都要吹奏。鼓手随芦笙师击鼓伴奏，直至丧事结束。与此同时，用3根木棒在堂屋中支稳架上牛皮鼓。鼓手有节奏地敲着牛皮鼓，芦笙手围绕着牛皮鼓边吹边舞。

同时，孝子们分头去向邻村的亲属报丧。报丧的顺序很有讲究：若死者是男性，要先通知其同胞姐妹家人；若死者是女性，则先通知其同胞兄弟姐妹家人。孝子到了亲属家门外时，先磕一个头，进屋后在堂屋再磕一个头，亲属家人见了就会招呼孝子到火塘边就座，这时，孝子便向亲友通报老人去世的消息，并请亲属前往吊祭。停尸期间，孝子们要轮流守灵和哭丧。"家长"每天向死者献饭3次。献饭之前要举行巡逻仪式，苗语叫"左找"（nzol draos）。苗族分随军而来和非随军而来两种，随军而来者，办丧期间要巡逻，不属随军而来者不巡逻。巡逻白天3次，夜间3次。巡逻队伍作古装打扮，芦笙师带队，依次是扛火药枪、扛弩、背大刀、吹牛角号、学猫头鹰叫等，队伍7~9人。巡逻时，先由"家长"在灵堂"祭兵"，接着芦笙手吹发兵曲，从灵堂走出大门，绕着房屋行进，巡逻队边走边吹号角，摇旗呐喊以壮声威。若死者是男性，要先顺时针方向行进5圈后再逆时针方向绕行4圈，共9圈；若死者是女性，要先逆时针方向行进4圈后再顺时针方向绕行3圈，共7圈。也有些姓氏和宗族是13圈的。每绕行一圈，芦笙手要边吹芦笙边用脚在门槛上轻轻一碰。有的姓氏和宗族要两个芦笙手，一个芦笙手带领巡逻队在外行进，一个在灵堂吹芦笙守灵。有的姓氏或宗族只要一个芦笙手，芦笙手带队行进时由鼓手在灵堂击鼓守灵，每绕房屋一圈后芦笙手进灵堂绕鼓一圈再出屋继续巡逻。每行进一圈巡逻队伍增加一人。行进完规定的圈数后，巡逻队伍回屋，将火药枪、弩箭、号角、旌旗收拾停当以备再用。在行进开始、反向和行进结束时，枪手各鸣枪一响。这样的巡逻，一天要进行几次，连续进行数天，直至出殡。

出殡的前一天是吊祭的日子，苗语称为"夸子"（khuat zul）。这一天，死者的亲属无论远近都要组成一二十人的吊祭队伍，带着香、纸、牲、粮及芦笙队，有的还要吹唢呐、扛树钱前来吊祭，苗族称为"瓦好夸"（uat houd khuat）。亲属包括男方同胞姐妹家人、女方同胞兄弟家人、本人已出嫁的女儿家人，无论死者是男是女基本都如此。当吊祭队伍来到门边时，管事便领着孝子向吊祭队伍中的男性成员一一下跪拜谢，对方同时也必须下跪还礼。接着，双方人员便一起到灵前哭孝。

出殡这天清早，将棺木或马架移到屋外的空地，宰牛杀猪祭献死者，马崩苗族称为"出场"（chuf changd）。

午后发丧，由数十人的队伍将死者抬到墓地安葬。发丧时，芦笙手吹着芦笙在前引路，死者的儿媳或女儿点着火把随后，管事跟着火把。接下来便是8人抬的棺材或4人抬的马架，其余家族人员和亲朋好友跟在队伍最后。行进中，只要遇到岔路，芦笙手和举火把者便从棺材或马架下穿过返家，其余人员护送死者到墓地。

马崩苗族实行棺木土葬。实行装棺木习俗的家族，挖好墓坑后，先将抬到坑旁的棺木打开，让死者看天地，然后合好棺盖，把棺木放入墓坑，盖土，垒坟。实行上马架习俗的宗族，挖好墓坑后，将送葬队伍带去的棺材散板在墓坑里组装好，再把马架解开，搬出遗体移入棺中，合上棺盖，掩土安埋。苗族坟墓有横葬和竖葬两种，垒坟形式有用石块砌高的，也有不用石头而仅壅土的。

如何办丧事，如死者是男性，由其姐姐或妹妹说了算；若死者是女性，由其哥哥或弟弟说了算，充分尊重亲属意见。对死者的棺木、埋葬地点，如果舅方或姐妹方有人提出不同意见，要坐下来商谈，直到双方达成共识为止。死者死因不明的，舅舅或姐妹方有权干涉过问。

三　安葬

抬死者上山埋葬时，先由死者女婿抬出家门，然后大家轮流换抬。在将死者下葬时，还须由族内媳妇们将死者的陪葬品（盖、垫布）进行清理，以免有人插上针类的铁器（马崩苗家认为这类东西与死者同葬不吉利，会引来后人的灾祸）。尚未盖上盖板时，由一长者用刀轻轻划一下死者的盖嘴红布（苗语称此为扇子），说："汉人抢你的扇子时你可要说扇子破了。"然后再分别划一下头帕、衣服、鞋子和裤子等，都要说以上这句话。盖上盖板时，抬三下放三下，说："看明天、看天命，结束了你的一生。"下葬后，死者家属还要为死者送斋饭，族中长者用一根竹片指着死者的坟说："明天我们将为你送斋饭，你看这竹片插在哪里，你就来哪里吃饭。"然后将竹片插在回家的半路上，第一天给死者送斋饭时就送到竹片处，第二天早上送得更远一些，第三天早上就一直送到死者坟上。这天，族里人一早来到死者坟前，砌坟、围坟，用石头支砌，或用竹子围。过去围坟时，男死者围 9 围，女死者围 7 围，现在简便了，只在一圈上围上 9 片相重叠的竹片即可。

四　烧灵

葬后第十三天一般要为死者烧灵，烧灵有两个步骤，第一步叫"斯"，第二步叫"召比"或"召网"。有的家族"斯"了就不再"召比"，而有的家族"斯"后还必须"召比"。

有的烧灵是葬后第十三天进行，有的则是要过一段时间或者多年以后才进行。烧灵的意思是将死者的阴魂送归祖宗，死者才能再投生。不为死者烧灵，死者就不能再投生。烧灵时，有的家族到死者坟前请灵，有的用弩放一箭，有的用火药枪放一枪，有的敲几下鼓，即算死者的"灵"已经到来。接灵时，有的在屋门外做一道小门，在小门外杀一只小狗，把狗血洒在小门边，由芦笙师在小门外吹接灵调将阴灵引到家中。灵位设在一个小簸箕上，簸箕中央置一假人，男性死者，用其生前穿过的衣物套上，包上头帕，形似男者；女性死者，用其生前穿过的衣服，包上头帕，形似女人。祭祀所用饭菜，全部盛在簸箕内。烧灵事毕，送死者阴灵回归时，将假人、簸箕及饭菜全部倒在岔路口，让猪、鸡、狗抢着吃，祭祀即算完毕。

五 做牛鬼

做牛鬼是继烧灵之后的又一祭祀活动。马崩苗族有句俗语："父亲欠儿子一位妻子，儿子还父亲一头牛。"其意思是说，做父亲的有责任给儿子娶一个媳妇，做儿子的有责任给父亲一头牛，而这头牛就是做牛鬼的牛了。

做牛鬼不是每个死去的人都做，而是看死去的人来不来讨要。若活着的人平时生病或者生活上有不测，请魔公到家中做法事，如果魔公传话给家人说："你家父亲向你讨要一头牛。"那么，家人就得准备做牛鬼了。

在做牛鬼之前，首先要做鸡酒、猪酒，才能做牛鬼。做鸡酒就是用一只鸡或者一个鸡蛋煮熟后，用一副卦、一根草，把鸡肉或鸡蛋切成三份摆在堂屋正中进行祭祀，第一份祭品献给讨要牛鬼的去世老人，第二份祭品献给跟随前来讨要牛鬼的同伴，第三份祭品献给其他去世的亲属。祭词为："某某向我讨要鸡酒，我已从东西南北讨得回来，现煮熟祭献给你们。吃完，请保护我全家老小安康，人畜兴旺，来年再做祭祀。"做完鸡酒，时隔数月或数年再做猪酒，第一碗肉祭献给前来讨要牛鬼的去世老人，第二碗肉祭献给随同前来的伙伴，第三碗祭献给其他已去世的亲属。祭祀完毕，草和卦收藏在门背后，待来年祭祀牛鬼时继续使用。数月或数年后就要做牛鬼，做牛鬼特别隆重，要把整个家族召集起来，一房房、一代代地进行清理，凡是死者的名字都要一一念到，念错或念落名字都要从头再来。祭祀极为复杂，祭祀前要先做两个假人，一为讨要牛鬼的死者，二为随同前来的伙伴。祭师从家里正堂屋引魂到房前西方进行祭祀，牛交给讨要的去世老人，牛要杀死；猪交给随同前来的伙伴，用火烤一下即可放走，不杀死；再用一只鸡献给所有的去世亲属。牛肉煮熟后，要切成33碗零3捧或13碗零3捧，视家规而定。第一碗祭献给讨要的老人，第二碗祭献给随同前来的伙伴，第三碗以下的依次献给所有的去世亲属。招魂时和整个祭祀活动中都要吹芦笙、打小鼓，芦笙吹的是牛鬼调。祭祀完毕，拆除灵棚，草和卦等丢向西方，表示从此后老人再也不会找儿孙的麻烦，儿女也对老人尽完了一切责任。

第六章　马崩村苗族的婚姻与家庭

第一节　苗族的婚姻

一　婚姻的种类与形式

苗族是一个具有悠久历史和丰富文化的古老民族。由于诸多复杂的原因，较长时期以来，麻栗坡境内的苗族包括马崩村苗族，在婚姻习俗上有着较多的特色，主要有抢婚、转房婚等。

（一）抢婚

抢婚一度在马崩苗族中间较为盛行。某个男青年相中一位姑娘后，一般是事先派两个朋友到女方村寨附近守候，等姑娘出来就立即抢走。到男方家大门前，先用一把雨伞将姑娘象征性地罩住，再由一个老年妇女，手抱公鸡，当姑娘用左脚跨进大门时，在其头上绕圈表示捉魂。经过这种仪式后，姑娘就正式成为男方的家庭成员了，无论是自愿被抢来或被强行抢来的，都不得离开男方家。三天之后，男方家才正式派两个媒人，带上烟酒到女方家求婚，共同商议结婚日期、彩礼数额和酒肉数量等。女方父母在形式

145

上虽然要吵骂几回，但事实上也只有答应男方的要求。抢婚发生后，如果女方的兄弟知道了，还要进行追赶，叫做"撵牛脚迹"。男方家无论如何要招待追赶者吃喝一顿，并付给每人一定数额的"草鞋钱"。苗族的抢婚习俗，实际上是原始社会末期和奴隶社会初期，部落或宗族倚仗强大势力野蛮剥夺弱小者妻女的遗迹再现，后来逐渐形成一种婚姻习俗。

（二）包办婚姻

流传在麻栗坡县一带苗族中的《苗族古歌》说，远古时候的婚姻，是把儿子嫁出去，将姑娘留下来管理家中的事务，等儿子长大了，女子就来选他去做新郎。可是儿子嫁走以后，爹妈的房子坏了，姑娘却无法砍树来修补。儿子听说后很着急，只得进山去砍树来修补房子。房子修好以后，阿爹说话了，儿子不能嫁出去，要把他留在家里帮助老人盖房子种庄稼。从此，人类的婚姻才有了变化，家中有姑娘的，长大了就嫁出去，让长大的儿子娶媳妇进家来生儿育女，侍候爹妈。这一传说，曲折地反映了母系氏族向父系氏族过渡时期的婚姻状况。

包办婚姻在麻栗坡的苗族历史上曾占有很大比例。在包办婚姻中，姑舅表婚最为突出。据调查，麻栗坡县塘子边的苗族，在民主改革前结婚的27对夫妻中，有7对就属于姑舅表婚。[①] 由于家庭不仅是经济生产单位，而且还是宗族集团，婚姻的缔结与经济因素和政治因素密切相关，因

---

① 宋恩常：《云南民族民俗和宗教调查》，云南民族出版社，1985，第40页。

此，子女在婚姻问题上接受父母的包办是理所当然的事情。这种婚姻带来的直接结果就是"嫁娶必多取资"，即在婚嫁时，男方除了必须准备足够用来待客的酒水肉类外，还要为新娘准备较多的彩礼、如衣裙等。在马崩村苗族中间，改革开放以前，父母包办的婚姻还比较普遍。随着时代的进步，新型婚姻法的宣传，出外务工的青年男女越来越多，现在自由恋爱、结婚已经成为马崩村苗族婚姻缔结的主要形式。

（三）转房婚

在长期的历史进程中，由于频繁的迁徙流动，苗族的经济社会发育十分缓慢，生活条件极为艰苦，医药卫生非常落后，所以人的寿命相对较短，中年去世是普遍的现象。为了在家庭中找个成年人继承死者的地位和财产，以保住家庭的既得利益，曾经实行过兄死弟接班或弟死兄顶替的制度，这就为转房的产生创造了条件。特别是在自然经济时期，由于转房对壮大宗族势力，稳定家庭关系，教育子女以及搞好生产、发展经济都较为有利，所以在苗族历史上得以长期存在。

关于苗族的转房习俗，清代段汝霖曾在《楚南苗志》中记载：苗人"子死收媳，兄死收嫂，弟亡收弟妇，子孙收父祖妾，颇弗为嫌"。这虽然讲的是今湘西一带苗族的情形，但此习俗在滇黔一带苗族中也都不同程度地存在过。滇东南今文山、麻栗坡一带的苗族其转房习俗是：兄弟死后，哥哥或弟弟都有资格娶其寡妻；如果死者的亲兄弟不要，可以转给堂兄弟，堂兄弟也不要，外家才能娶走。占有寡嫂的办法，是用一把雨伞插在女方房屋正堂后墙上，被用雨伞"号"占的寡妇，如果准备嫁人就一定要嫁给该男子；如果同时被两个男子"号"下，寡妇有权利决定自己嫁给谁。麻栗坡县马崩村苗族的整个转房过程很简单，只要男方向家庭中的年长成员磕三个响头，就算取得了合法的权利。有的学者认为，苗族转房作为一种再嫁的制度，"应是兄弟群婚的一种形式，是氏族社会中族外群婚制的一种遗俗，也是群婚制向对偶婚制过渡的一种形式"①。时光进入21世纪，这种转房婚姻的习俗在马崩村已经绝迹了。

（四）自主婚姻

随着历史的发展和社会的进步，自主婚姻在苗族内部也逐渐得到发展。特别是中华人民共和国成立以后，人民政府提倡婚姻遵循当事人的意愿，自由恋爱，自主婚姻。改革开放以来，滇东南边疆苗族社会也逐步走向开放。苗族婚姻形式随之发生了很大变化，抢婚、包办婚姻、转房婚等形式的婚姻大大减少，自主婚姻不仅为青年男女所赞赏，也为双方父母所认可。

在文山州沿边地区，特别是麻栗坡县董干镇马崩、麻栗堡一带的苗族，迄至今日，居住仍然较为偏僻分散，远离经济文化中心，交通十分不便，信息还很闭塞。因此，苗族青年男女的交往场所和择偶活动，和以往相比没有多大的变化，仍旧是以下几种渠道：一是踩花山。麻栗坡一带的苗族踩花山，时间一般在每年春节过后、正月初二至初七这几天。届时，周围苗族村寨的咪多、咪彩（即男女青年）们都要身着节日盛装，纷纷赶到花山场上参加各种

---

① 陶大镛：《社会发展史》，人民出版社，1982，第160页。

文体活动。男青年或是爬花杆，或是吹芦笙，或是表演武术；女青年则吹弹响篾，唱情歌，表演舞蹈。他们借此机会寻找自己的意中人。二是参加婚宴。虽然马崩一带苗族的经济直至今天仍较落后，家境并不宽裕，但总要尽己所能办好婚宴，因此显得特别隆重而热闹，吸引着周围村寨的男女青年前来参加，这就为彼此的认识和了解提供了机会。三是赶集。在滇东南苗族地区，赶集既是进行物资交易、购买生产生活用品和获取信息的场所，也是青年男女进行社交、选择对象的重要场合。笔者老家文山县德厚镇，是当地方圆几十里较大的集市。每到街天，很多苗族青年男女都会穿上平时舍不得穿的漂亮衣服，三五成群，为寻找意中人或是与情人幽会而来。四是亲戚朋友的介绍。由于马崩地区的苗族居住较为分散，每一个村寨的户数规模都不大，一般是十几户、二三十户，最大的村子就是老马崩村；因此，每一个个体生产生活的空间范围相对较小，这就使得男女青年之间平时接触较少，交往半径亦较小。很多都要借助于上一辈的亲戚或朋友关系。在马崩村乃至麻栗坡县其他地区，一直到今天，苗族男女青年的社交方式和择偶渠道，主要的依然是以上几种。近年来，随着青年男女外出务工的增多，一同出外打工也成为男女双方结交、择偶的一种新的途径。男女双方经过接触和一段时间的了解，如果彼此情投意合，要么请媒人到女方家求婚，要么男女双方私下议定，等准备好一应物品后，就可以选定吉日良辰，正式举办婚礼了。

（五）哭婚

滇东南一带的苗族女青年以往在出嫁时，一般都要放声大哭。男婚女嫁原本是人类生活必须经历的过程，也是生理上的自然现象。按常理，女子出嫁应该是一件大喜事，但历史上苗族就有哭婚的习俗，直至今天，在马崩村及周围的麻栗堡一带，仍能寻到哭婚的痕迹。

当新娘离家前，要在室内放声啼哭，有时母女会哭成一团，难分难舍，迎亲娘见状，只得进屋去，一边劝慰并把新娘牵出来，一边给新娘母亲手里塞点"释手钱"，并将新娘交给其表兄弟牵出门外，这时，新娘会哭得更加伤心。流传在文山地区的苗族《哭嫁歌》这样唱道："我的阿爹和阿妈，你们贪人家的白尾牛，把彩丹嫁到高山头；你们图人家的花斑马，把彩丹小小就嫁走。你们花起钱财来，就像泥沙溜山谷，想让你们的彩丹，忘掉啼哭的山路。我不是条小牛犊，我不是匹小马驹，让人关到厩里去，随便打骂随便骑。请求你们把钱财，凑足还给人家吧，让我彩丹转回家，耕田种地又除草……"[1] 这种哭婚，其实是姑娘对自己的婚姻不能做主而产生强烈不满的一种控诉方式和抗争手段。

另一种哭婚表达的则主要是对父母的依依惜别之情。滇东南苗族一直以来绝大多数居住在深山密林之中，生产力水平低下，生产工具十分简陋，生存环境相对恶劣，因而需要不断加强家族或宗族之间的团结互助，以便共渡生活难关。为此，早婚现象较为普遍。其实，到今天，马崩地区苗族结婚年龄依然偏低，大多数男女青年成婚时都没有达到我国《婚姻法》规定的结婚年龄。在这样的情况下，

---

[1] 文山州苗学会编《文山苗族民间文学集（诗歌卷）》，云南民族出版社，2006，第163页。

姑娘的婚姻权往往操在父母之手。当姑娘长到十多岁时，只要有人家看上了，就会遣媒人前来说亲，如果女方父母对男方的家境和人品也满意，就会答应男方的求婚，并决定将姑娘嫁出去。在整个说亲过程中，姑娘始终处于被动的地位，没有什么发言权，一切都以父母的意愿为主。尚未完全长大成人的姑娘，还不谙世事，对父母和兄弟的依赖依旧很强烈，一旦出嫁，独自到一个陌生的环境里去过婚姻生活，心中是无底的。因此，在出嫁时向父母及亲友哭诉，表达的就是一种依依不舍的离别之情。

随着社会的发展和进步，麻栗坡苗族地区的生产生活条件有了逐步的改善，自主婚姻也逐渐占主要地位。哭婚便逐渐演变成为一种时尚，一种习俗。女孩到十一二岁，就开始向有经验的中老年妇女学习哭嫁，以便将来真正出嫁时能哭得抑扬顿挫，感人肺腑，否则，会被人耻笑为没有才智和贤德，而要急于出嫁。这种事先经过反复练习的哭婚，虽然到真正出嫁时看起来是号啕大哭，实际上只是一种表演而已，姑娘内心深处并不悲伤。但由于姑娘的哭嫁造成了一种悲剧性的气氛，与新婚之喜形成了强烈的反差，因之依然受到人们的认可和重视。

哭婚作为一种苗族的婚姻习俗，有着深层次的历史文化内涵。历史上，由于政治、经济、军事等诸多原因，苗族长期处于颠沛流离、迁徙不定的状态。这种居无定所的生存方式，使得其生产力十分落后，农业生产始终处于粗放状态，粮食自给困难，严重制约了苗族经济社会的发展。生产生活的不稳定，人口素质的低下，在频繁迁徙中财富的不断流失，导致苗族不可能形成强大的民族集团和政治势力。为了不断强化内部的凝聚力和认同感，共同抵御外部势力的侵扰，一方面实行民族内婚，另一方面就是在举行婚礼时，显得特别豪爽大方。结果是既严重浪费了好不容易积攒起来的钱财，又无力帮助出嫁的姑娘解决开始独自生活时的燃眉之急。姑娘在娘家的十几年里，作为家庭不可缺少的劳动力之一，不仅付出了自己的艰辛和努力，而且为整个家庭创造了必要的财富，可是一旦出嫁了，就什么也没有了，心里自然感到伤感。在以父系氏族为主建立起来的个体家庭里，姑娘的地位是低下的，她只有借助出嫁之时的哭诉来表达自己的不满，通过哭诉来指责不合理的社会现象。

二 婚姻范围

历史上，由于苗族在发展进程中受到汉族等民族统治集团的压迫和欺凌，迁徙频繁。苗族迁徙到滇东南时已经是一个晚到的民族。很多生存条件较好的、资源较为丰富的坝子、河谷以及低山丘陵地带已经为别的民族所占有。加之在长期的迁徙过程中形成并熟悉的游耕兼狩猎的生产生活方式，致使苗族群众只能向生存条件较差的山区半山区迁移，并且不可避免地会与其他民族因为争夺土地、水源等资源发生冲突。在这样的背景下，加上苗族的思想意识、社会心理、价值取向、生活习俗等与其他民族也存在明显差别，增强苗族一般民众的民族认同感以及凝聚力便显得重要起来。而婚姻就是能够起到增强认同感和凝聚力的最基本的手段和途径。因此，长期以来，苗族的婚姻就是民族内婚。经过长期的自觉提示，民族内婚成为滇东南地区苗族群体的集体意识。中华人民共和国成立以后甚至改革开放以来，这种情形并没有发生大的变化。据调查，目前在马崩地区，苗族婚姻基本上是族内通婚，也有跟彝族通婚的，主要是在老马崩村里，而且属于极个别情况。不过，从越南过来的苗族妇女，也有嫁给汉族男子的。至于出外工作的，也有跟汉族通婚的，主要是娶汉族媳妇。当然，这种情况同样极为少见。本地老人认为，娶到汉族女孩，可以显示自家男孩本事大；但又担心汉族女孩不习惯苗族的风俗习惯，特别是不习惯苗家的生活环境。所以，当地老人一般都反对和外族通婚。

　　在滇东南地区，苗族婚姻还有一个较为明显的特点，即同姓不婚。他们认为，同姓就是同一个家族，同姓的青年男女，就是同一辈的兄弟姐妹，兄弟姐妹之间是不能结婚的。在马崩地区，王、杨、顾、陶、熊等是比较大的几个姓氏。据当地老人讲，同姓是一家人，所以不能结婚。这样的观念在当地非常普遍。据笔者调查，只有王姓有通婚的例外情形。现在马崩上村村民小组长家就是王姓，他家就与另一王姓苗族结亲。因为双方老人认为，虽然是同姓但并不同宗，所以并不违背传统的婚姻禁忌。应该说，这带有较为原始的氏族外婚的痕迹。

　　马崩地区的苗族迄今居住环境依然是交通不便、信息十分闭塞，现代化的通信手段虽逐步引入，但男女青年的个人交往仍然习惯于传统的方式和渠道：一是踩花山。二是参加婚宴。三是赶集。四是亲戚朋友的介绍。近年来，随着青年男女外出务工的增多，一同出外打工也成为男女双方结交、择偶的一种新的途径。

三 择偶标准

中华人民共和国建立后至改革开放以前，与麻栗坡县其他地区差不多，马崩地区苗族社会中，父母对子女婚姻的干预程度依旧很大。因此，父母对择偶的看法具有很大的影响力。随着苗族社会的逐步开放，男女青年恋爱、婚姻自由的观念也逐渐为一般的父母所认可。不过，在择偶标准方面，几十年来，并没有多大的变化。首先，看对方是否勤劳能干。男青年看女孩子会不会挑花刺绣，因为挑花刺绣是苗族妇女聪明能干的具体表现。因此，为了能熟练地挑花刺绣，使周围的人公认是一个能干的女性，苗族女孩从七八岁起就开始学习绣花，到十七八岁时逐步地熟练起来。现在随着政府禁止种麻，马崩地区自行纺麻织布、缝制传统衣裙已完全消失了，但能做一些手工技艺仍然被认为是女性能干的标志。女孩子看男方的标准则是会不会犁田耙地，会不会吹芦笙。其次，看双方的属相、生辰八字是否相吻合，不相冲克。现在，随着马崩苗族青年逐步走向大山外面的世界，婚恋观念亦逐渐发生变化。只要是年轻人愿意，互相看中，家里老人一般都是随年轻人的意愿。

四 结婚年龄

历史上，由于迁徙无固定居所，为了保证氏族或家族一定时期的人口数量，增强族内的凝聚力，苗族男女十几岁就结婚，逐渐形成了早婚的观念意识。中华人民共和国建立以后特别是改革开放以来，早婚的现象逐渐有所改变，但相较其他民族而言，婚龄仍然较小。在马崩村，直至今天，早婚早恋的风气依然存在，还没得到很好的控制。苗族女孩一般在读书的黄金时节，就早早地被卷进婚恋的旋涡，女的十四五岁、男的十七八岁就已经结婚的现象是比较普遍的。这远低于国家的法定结婚年龄。女孩到十六七岁如果没有结婚，就要被人歧视，或受人闲话。为了能在十六七岁结婚，就只有尽早地谈恋爱。笔者在马崩上村调查期间，就得知村小组组长的媳妇结婚时才十四五岁。马崩市场管理员杨德祥的儿子在外省打工，20 岁回家结婚，媳妇才 16 岁。由于还不到法定结婚年龄，当然就无法到民政部门登记领取结婚证书。不过，在苗家看来，举行传统结婚仪式，得到村寨社会的认可，就可以视为结婚。所以，一般都是结婚后生了孩子，才到村委会补办登记手续。

马崩村苗族青年男女结婚年龄普遍偏低，据了解，主要原因是历史上早婚观念的延续所致。下黑山村村长（罗志明，62 岁）认为，还有一些现实的原因，如从老人的角度讲，儿子早点有一个生活伴侣，能够让他做事踏实，早些负起生活的责任，老人也就放心些。受出外务工潮的影响，马崩村很多男女青年都想出外打工，家中老人担心子女出外几年回来，儿子找不到漂亮、能干的姑娘，或女儿找不到能干、孝顺的小伙，有的老人则担心子女外出务工后，对家里照顾不到，因此，家长都希望男女青年结婚以后再出外务工。由于生活条件艰苦，仍在为温饱问题而发愁，老人们对子女今后的日子缺乏长远的打算，只好让子女尽早回家干活，或者尽早娶妻生子，增加劳动力，或者让子女外出打工。马崩村苗族居住在大山里，交通不便，经济困难，很多适龄青少年无心上学，家里也无力供孩子上学，导致老人、孩子缺乏对外面世界的认知，只能抱着随遇而安、生活就是如此的消极心态。政府对马崩村苗族早婚现象亦缺乏有效的引导政策。由于上述因素综合作用，导致马崩村苗族早婚现象的普遍存在。

调查组认为，最根本的原因在于马崩村经济社会发展的落后，从而决定了教育的落后，以及村民思维、观念、意识的落后。发展经济，提高教育水平，改善交通条件，使村民树立起新的观念、意识，是逐步转变马崩村苗族早婚观念、提高人口素质的根本途径。

五　结婚的过程

青年男女相互看中，男方就准备向女方家说亲。说亲时，媒公、伯叔、小伙子带上一把伞、两三斤酒、两斤旱烟或一两条香烟、三四百元钱，一只公鸡和一只母鸡前往女方家。说亲时间一般在晚上。男方两个媒人向女方父母及家人敬酒，并在堂屋正厅摆上一张桌子，桌子上放置6个小碗，斟上酒，然后邀请女方媒人和伯叔入席议事。按规矩，男方媒人坐上席，女方媒人坐下席。右、左侧席由双方伯、叔就座，女方父母和其他人员随便坐在火塘边或灶门前。

双方人员入席后，男方媒人敬烟敬酒，说明来意。但女方家似乎并不急于谈亲事，而是专门找岔子。这时便会有一两人前来说道："你们几位来说亲，姑爷来了没有？"男方媒人明白指的是所带来的一只公鸡和一只母鸡，便答道："姑娘姑爷已经领来交给父母了。"女方家又有人过来用手摇摇桌子，说道："要想今日把亲说，哥弟不齐意见多。哥哥住在酒坛寨，弟弟家居金鸡坡。劳驾二位速来，亲事话题才好说。"其实，女方家是想先吃消夜再议亲事，所谓酒坛寨就是想吃酒，金鸡坡就是想吃鸡肉。

吃罢消夜便谈彩礼。彩礼一般由四部分组成，即正价、副价、酒肉、嫁妆。正价即男方应付给女方父母的一笔表示该身价的钱；副价即男方需给女方爷奶、父母和哥嫂的一笔小费，以表示报答对该女的身价的钱；酒肉即男方需提供给女方家备办婚宴所需的酒肉等物品；嫁妆是男方所缝制送女方家验收后带回男方家日后穿用的几套衣物。在商议这些事项的过程中，女方媒人可能提出："你们男方是打算吃稀饭还是吃干饭？是从桥上走还是涉水过河？要喝冷水还是用热汤？"所谓吃干饭和桥上走就是把酒肉和嫁妆折成现金交给女方家，而吃稀饭和涉水则是要按传统方式逐项兑现，喝冷水是马上娶亲，用热汤是指婚期可往后推。

双方通过四五个小时的商议并将各种事项确定下来后，男方媒人便连夜赶回男方家汇报。

娶亲的日子一般选择在冬季和初春。在娶亲期间，男女两家都要操办数十桌的宴席，本家族人员以及亲戚朋友欢聚一堂，俗称"办酒"和"吃酒"。婚宴一般男方办一天半，女方办两个半天。

娶亲队伍一般由以下人员组成：媒公二人、伯父母或叔婶二人、新郎和伴郎、押礼者、小帮手等。去时必须是单数，返回时加上新娘和女家送亲队伍必须是双数。娶亲队伍到女方家时，先被女方管事及两位媒公挡驾在门外稍事休息。女方代表用筛子端着烟茶向男方娶亲人员一一敬上，接着双方便一问一答对起了"烟茶调"。女方媒公唱道："今日娘家喜事临，门外站着何方人？有何要事快来报，无事不走是贼人。"男方媒公唱道："娘家门前站的人，本是远方娶亲人。明辨是非要仔细，莫把亲人当坏人。"接着，双方先从手中的烟茶唱到当前的婚事，有时甚至天文地理面面俱到。最后男方代表向女方家人献上一首谢烟谢茶歌，女方代表才恭恭敬敬地把娶亲人众请进家门。

娶亲队伍进家后，女方管事便在堂屋铺上一床席子，由男方把带来的彩礼清点交接，俗称"清礼"。清礼时，男方媒人坐在堂屋桌子的上席，女方媒人坐下席，两旁坐双方家长等人。男方代表把所带的彩礼一件件地清点交给女方代表，稍有欠缺女方都不依不饶。一般彩礼数量如下：正价少的几百元，多的3000元以上，一般在2000元左右；副价100元上下；肉50公斤上下；嫁妆3套左右。清礼完毕，双方人员便一起共进晚餐。

入夜，举行新郎跪拜仪式，也称拜堂。苗族跪拜礼不是新郎新娘同拜，而是新郎和伴郎同拜，新娘则避而远之。跪拜仪式意在认识女方家人，报答父母养育之恩，感谢女方家的款待及各方宾客的捧场。跪拜前，先在正堂屋地上铺好一床新的席子，席上放着36元6角6分钱。新郎和伴郎站在席子边靠大门一方。跪拜开始，男方媒公逐一念诵女方家人和有关人员的名字，每念一个名字，新郎和伴郎就磕头叩首作揖两次。跪拜的顺序是：一拜祖宗，二拜爷奶公婆，三拜父母伯父伯母叔姊，四拜管事媒公，五拜厨官饭将，六拜哥嫂弟妹，七拜帮忙弟兄，八拜双方娶送亲人，九拜亲戚朋友。

这期间还要举行认亲仪式，认亲时间可在跪拜仪式结束后，也可以在第二天早上返程前。认亲时，由男方媒公领着新郎和伴郎一一找到女方家人，每人敬上两杯酒并行跪拜礼。认亲跪拜不铺席子，也不限场地，往往是在哪儿找到女方家人就在哪儿跪拜，即使是泥土粪堆也不变换地点。

深夜，一切重要的仪式完毕后，就开始对歌活动。歌唱的内容，先由双方管事、媒公等吟唱几首与婚事有关的民歌，然后，参与者就海阔天空任意发挥。对歌活动是婚礼中最快乐、最活跃、最自由的高潮部分，常常对个通宵达旦。

第二天早上吃罢早饭，娶亲队伍和送亲队伍就要上路。这时，新娘放声大哭，有时还会拉着父母和兄弟的手不放。遇到这种情况，男方伯父母或叔婶就会往新娘手里塞上一点钱，这样双方就得放手。也有些是新娘拉住兄弟后其兄弟掏钱给的。

女方家的送亲队伍一般由以下人员组成：媒公二人、伯父母或叔婶二人、伴娘、兄或弟、押礼者、小帮手等。

苗族娶亲不兴坐轿，路程近的步行，靠近交通线的坐车，有的还兴吹唢呐，但普遍不敲锣、不打鼓。

娶亲队伍无论去程还是返程，也不管路程远近，都要在半路吃一顿晌午饭，即使男女两家是同村邻居甚至只隔着几步路，也要有意绕上一圈以履行此项仪程。吃午饭不用碗筷，就地摘树叶来当碗，折根棍子来做筷。来程的食物由男方家提供，返程的食物由女方家提供。

娶亲队伍回到男方家门口，由新娘的哥哥或弟弟和表哥或者表弟半撑着一把布伞罩遮在新娘和伴娘头上，有的还用一只公鸡为新娘招魂，然后才进屋。稍事休息后，在正堂摆一桌酒席，由媒人把女方家的陪嫁物品清点交给男方父母，并且转达女方父母的嘱咐。当晚还要举行一次跪拜仪式，其内容和形式与新人在女方家的大体相同，只是受拜的主要对象为男方家人而已。

婚后第三天，男方伯父母或叔婶携新郎、新娘，带着鸡、肉、酒等礼物到新娘父母家回门。回门之前小两口不能同房。

六 离婚

男方女方感情破裂，可由宗族里有威望的人来调解，若多次调解不成，可自行离异，自行商定赔偿，没有较严格的制度。中华人民共和国成立后，离婚均通过民政和司法机关按法律程序办理。马崩村的苗族离婚率很低，在马崩苗族社会里，离婚的情形极少，主要是考虑子女可怜，如果是不到年龄结婚而又离婚的，只要老人同意认可就可以。

七 跨国婚姻及其困境

马崩地区地处边境，苗族在这里跨境而居，因此跨国民族婚姻较为普遍。有的学者将中越之间的跨国婚姻划分为三个阶段，即古代的互相自由嫁娶，无所谓人口基数多少和人口性别结构是否平衡阶段；到了20世纪，中华人民共和国成立前至60年代，中越边民互有嫁娶，但中方娶多嫁少，跨国婚姻人口结构仍较为合理稳定；目前，中越跨国婚姻出现一边倒的阶段，中方一般只娶不嫁。[①] 由于诸多

---

① 周建新：《和平跨居论——中国南方与大陆东南亚跨国民族"和平跨居"模式研究》，民族出版社，2008，第221页。

原因，这些婚姻极少进行登记。

根据麻栗坡县的调查材料，从 1950 年至 1999 年 7 月，非法入境结婚的越南妇女 449 人、男子 2 人，他们入境时没有入境证明，也没有身份证明，入境时多数年纪较小，不到我国法定结婚年龄，只有 7 人办理了结婚证，还有 444 人没领结婚证，有 364 人结婚后生育子女 575 人，有的未到婚龄已生育两胎，早婚早育现象严重。全县 12 个乡镇、94 个村公所（办事处）、1895 个村委会，12 个乡镇均有中越跨国民族婚姻，占 100%；94 个村公所（办事处）中 50%（47 个）的村公所（办事处）有跨国婚姻；1895 个村委会中 247 个村委会有跨国婚姻，占 13.03%。与越南接壤的乡镇，特别是村公所一级较多，如董干镇就有 225 户 784 人。当地涉外婚姻有半数以上是贫困家庭，加大了当地的扶贫难度。①

在马崩地区，跨国婚姻的情形亦较为普遍，且全部是民族内婚。这方面具体的统计数字难以掌握，但想来不是个别的。调查组在下黑山村调查时，据村长罗志明介绍，该村约有半数的家庭娶的都是越南妇女。在其他自然村，迎娶越南妇女的情形也较多。可见，跨国婚姻在马崩各自然村是较为普遍的。现任马崩村委会主任顾玉洪、村委会副主任王仁兴的妻子也是越南嫁过来的。而且，与麻栗坡县其他沿边村寨一样，在马崩村，中越跨国婚姻出现一边倒的情形，只有越南妇女嫁到中国一方的，没有中方妇女嫁到越南去的。

---

① 周建新：《和平跨居论——中国南方与大陆东南亚跨国民族"和平跨居"模式研究》，民族出版社，2008，第 223 页。

跨国婚姻的存在既有历史的传统，也有诸多现实的原因。

首先，自古以来，中越边境地区就存在着互通婚姻的习惯。主要原因，一是在近代中越之间正式划界之前，双方并不存在明晰的国界线，边境两侧的人民往来十分平常；二是中越边界麻栗坡段两侧，主要居住着苗、瑶、壮、傣等民族。这些民族历史上迁徙无定，导致他们跨境而居。虽然后来由于政治上的原因，边界两侧的民族被分割属于不同的国家，但民族内部的亲缘关系却不曾断绝。他们语言相通，风俗习惯相同，村落相望，土地和山林相连，鸡犬之声相闻，相互来往很容易，历史上牛马经常放到对方，甚至到对方耕田种地，互相通婚很普遍，因而双方都有很多亲戚在对方那边。笔者在马崩村的大火焰、毛拜、下黑山等自然村随机抽样 40 户访谈调查中，对于"在越南是否有亲戚"这一问题进行明确回答的共 36 户，其中 20 户回答在越南有亲戚，占回答这一问题村民的比例高达 55.6%。据我们了解，他们所说的亲戚都是老一辈的亲戚，大多是在中越边境战争以前互相通婚、迁徙所形成。中越边境战争期间，由于边界封锁，双方边民很少来往，也几乎没有互相通婚的情况，但战争结束后，双方又恢复了来往，相互赶街、走亲戚的情况很普遍，这为边民互相通婚创造了条件。

其次，是双方各有所求。从人口结构看，中越之间存在着人口结构势差，主要是越南经过几十年的战争后，国内女性人口较多，而中国边境地区则是大量女性人口流失。在麻栗坡县边境地区，很多女性前往沿海各省打工后就不再回来，造成沿边地区很多村寨男性"打光棍"现

象。在中越关系正常化后边民可以自由交往的前提下，越
南边境地区的一些女性人口便填补了中国边境地区流失的
女性人口空缺，缓解了中方边境地区大龄男青年结婚难这
一问题，因而受到了中国边境村民的普遍欢迎。从经济的
角度看，中越边境麻栗坡中方一侧，虽然与内地相比，有
很大差距，但相对越方一侧却又要稍好一些。就越南边境
居民的情况来说，由于过去越南长期处于战争状态，无
暇从事经济建设，因而越南北部边境各民族的生活水平
低于中国边境同族居民的生活水平，虽然近年来越南政
府加大了对其边境的建设力度，投入大笔资金修路、建
房、修水渠、发展农副业生产，但由于起点较低，贫困
面较大，越南边民的生活水平仍没有达到中国边境同族
居民的生活水平，嫁入中国是很多越南边境各族女孩提
高生活水平的理想选择，因而得到了很多越南边境家庭
的支持。因此，经济生活水平的差距是重要的原因。正
是双方的这种需求，使得中越边境跨国婚姻有了存在的
基础。

最后，边境管理相对宽松为边民通婚创造了良好环
境。从政策的层面看，中越两国都实行了开放边境的政
策，且两国都有限制边民通婚的法律法规，但是种种原因
使得执行起来难度很大。中越边境战争结束以后，中越双
方派部队扫除了埋设在边界一带的大量地雷，为中越边民
的相互来往创造了条件。另外，中国方面对越南边民入境
的管理相对较为宽松，很多越南边民到中国赶街、走亲
戚都不带通行证，再加上边界一带并没有天然屏障，因
而入境和出境都很方便。据说，嫁到中国的一些越南妇
女被遣送回国后，负责遣送他们的人还没有回到乡镇上，

这些被遣送回国的妇女已经从小路回到了中国的家中。总之，相对宽松的边境管理为跨国婚姻的形成提供了良好环境。

近年来，中越之间单向流动的跨国民族婚姻虽然解决了麻栗坡边境村寨部分贫困村民的婚姻问题，得到了边境居民的普遍欢迎，但马崩村乃至董干镇、麻栗坡县边境地区大量的跨国婚姻，也带来了一些难以解决的社会问题，最主要有以下两点。

首先，也是最主要的困境是：对于婚姻当事人来说，由于跨国婚姻所涉及的相关法律程序非常复杂，以他们现有的经济和社会条件而言，几乎不可能完成这些法律程序，因而所有跨国婚姻都没有正式登记，没有合法的手续，也就没有任何法律保障。中越两国都制定了有关涉外婚姻的规定，《越南公民与外国人之间的婚姻家庭法》规定：越南中央政府对涉外婚姻等关系实行统一管理，"涉外婚姻登记、收养非婚生子女、收养子女由省人民政府、中央直辖市人民依法办理。在国外的，由越南派驻在国的外交代表机关、领事机关负责办理"①。

就调查组了解的情况而言，我国涉外婚姻的登记权限在省一级，州市、县和乡镇无权给跨国婚姻当事人进行结婚登记。另外，跨国婚姻登记需要对方提供很多证件，如护照或国籍证件、中国公安机关签发的入境、居留证件，该国公证机关出具并经该国外交部和中国驻该国使、领馆认定的婚姻状况证明（或该国驻中国使、领馆出具的婚姻状况证明）。对于有机会阅读本报告的很多读者而言，要获

---

① 徐中起：《越南法研究》，云南大学出版社，1997，第118～119页。

得这些相应证件、成功地完成跨国婚姻登记也许并不困难，但对于麻栗坡县边境地区和与之相邻的越南北部边境村民来说，要获得这些证件、成功地在中国进行婚姻登记，以他们现有的经济和社会条件来说，几乎是不可能完成的，特别是在中越双方政府都不鼓励边民通婚的背景下就更是如此。由于很难通过合法途径进行婚姻登记，加上边疆各族边民历史上很少与官府打交道，过去结婚一般以本民族习惯法认可为准，不一定进行婚姻登记，因而包括马崩村在内的董干镇乃至麻栗坡县的中越边民跨国婚姻基本上都没有进行婚姻登记，都没有合法的手续。因此，这些跨国婚姻均属于事实非法婚姻。

由于没有合法的手续，从法律的角度来说，这些跨国婚姻都是非法的，都没有法律的保障。要生育无法办到准生证，生了小孩被看做非婚生育，面临着被罚款、无法正常落户和上学、相关权益没有保障等困境；对于嫁入中国的越南妇女而言，由于她们无法在中国落户，不仅不能享受到国民待遇，而且属于非法居留，因而相关合理权益很难得到保障，随时面临着被遣返、被迫与自己的子女分离的局面；对于娶越南女子的中国家庭来说，有时会面临着被骗婚而又投诉无门的局面，曾有一些越南女子拿到钱后就跑回国内，被骗的中方家庭只能默默承受损失而没有任何办法。

其次，就地方政府的管理而言，跨国婚姻也使其管理行为面临着很多困境。由于跨国婚姻都没有合法手续，嫁到中国的越南妇女大多属于非法居留，使得计划生育政策的执行、户籍管理、边境管理都面临着极大的困难，如果不按相关政策、法规执行，地方政府等于不作为，违反了相关政策和法规；如果按政策和法规执行，对已生育的婚姻当事人进行罚款、将越南妇女与他们的子女分离并强制遣送回国，又必然违背民意，容易激化边境地区社会矛盾。有一段时间，我方地方政府曾经组织清理这些嫁过来的越南妇女。可是当我方工作队离开时，她们又绕道回到了村子里，地方政府为此非常头疼。

我们在马崩村听到村干部反映，当地嫁过来的越南妇女，只要在中国停留很短一段时间，越方就注销户口，而且还会牵连到其家人亲戚。即使我们清理出来后送回，对方也拒绝接受。由此产生的后果，使得中国地方政府越来越难以处理跨国民族非法婚姻问题。另外，由跨国婚姻造成的边境地区的计划生育、妇女儿童权益保障以及犯罪问题等，都是很棘手的问题。

鉴于中越边境跨国婚姻的特殊性，且这种跨国婚姻有利于缓解中国边民因男女性别比严重失调所带来的种种社会问题，在麻栗坡县边境地区深得当地村民欢迎，建议相关部门应该尽早采取切实有效的措施使这种婚姻规范化，最好是合法化，一方面使婚姻当事人的合理权益得到保障，有利于边境地区的稳定；一方面也有利于县、乡（镇）政府和边防机构对边境地区的管理。

第二节　家庭

一　苗族家庭

苗族家庭是一夫一妻制的父系家庭。家庭有两代、三代、四代等，一般以三代同堂居多。这种情形在马崩地区也是很普遍的。

如果一个家庭有两个以上的男孩，排行大的孩子结婚生育后便自立门户。分家时，按家中兄弟姐妹及父母的人数平均分配财产，分家后，父母带着属于自己的一份财产与最小的儿子居住。苗族分家后感情并不存在隔阂，家庭的重大事务都要由兄弟们聚到一起商议确定。因此，苗族青年的婚事也必须由伯父母或叔婶出面周旋，家庭成员丧亡时，在世的兄弟姐妹及其子女也必须聚到一起操办其丧事。

只有女儿没有儿子的家庭可以抱养亲侄做后嗣，也可招婿。入赘女婿同样享有财产继承权。

从调查组了解的情况来看，在马崩村苗族的家庭关系中，男性长者是这个家庭的家长，负责管理家政、安排生产生活、协调家庭人员间的关系。每个家庭成员，既从事农业生产，同时又兼营其他副业。成年男性通常从事农业生产中的耕种、薅草、收割、搬运等重体力劳动，以及生产生活所需的农具及家具的制作；由于马崩地区山高坡大，从家到地里没有通行大车的道路，运送肥料、种子以及收获玉米，全部要靠人力搬运，所以成年女性一样要参与上述劳作。除此而外，她们还要承担纺织、制作服装、做饭、饲养畜禽等家务。现在，随着政府禁止种麻，织麻纺纱织布等传统家务劳动减少了。但其他方面的劳动并未减少。近几年来，男性劳动力出外打工的很多，有的家庭地里的生产、家务劳动全部由成年女性以及未成年人担当。未成年人在10岁左右就参与田间和家庭劳动，15岁左右的孩子就可成为全劳动力。

马崩村苗族的家庭关系良好，家庭比较稳定、和谐。

小的争吵各家各户都会有一些，但大吵大闹或大打出手的情况是没有的。内地汉族家庭中婆媳关系普遍紧张、难处的情况在马崩村的苗族家庭中是非常少见的。离婚的情况有，但极少，都是女方嫌弃男方好酒而跟其他男人远走高飞所致。

老人一般跟子女一起生活。如果有的子女已经成家而有的尚未成家，则先成家的子女大多分家另过，老人跟未成家的子女一起生活。如果子女都已经成家，老人跟其中的一个儿子家生活。过去由于小儿子最后成家，一般跟小儿子家一起生活，现在则跟哪一个儿子生活的情况都有。至于分家时的财产（主要是土地）分割，一般做法是：父母留一份养老田地，其余由儿子均分，谁养父母，父母的那一份田地就归谁。也有的父母不留养老田地，而将所有田地平分给儿子（女儿不分），父母在哪个儿子家住，那家就不用出粮，但过年需买新衣，其他儿子家每年要给老人口粮若干，老人生病就医，各个儿子共同分担。

老人一般都从事力所能及的劳动，如放牛、找猪食、煮饭等，除了生病外，一般没有在家闲着的情况。

二 彝族（花倮支系）家庭

花地坪的彝族（花倮支系）与周围的苗族家庭相似，一般是一夫一妻制的小家庭。如果一个家庭有两个以上的男孩，排行大的孩子结婚生育后便自立门户，组成新的小家庭。父母一般与最小的儿子同住。所以也有三代同居的家庭。通常情况下，男性长者是这个家庭的家长，负责管理经济收支、安排生产生活、协调家庭人员间的关系以及祭祀祖先等事务，家庭财产只有男性有继承权。妇女在家庭中的地位居于次要地位。

第三节　计划生育与人口

一　十几年来马崩村人口变动情况

马崩村从中华人民共和国成立至 20 世纪 80 年代的人口情况，由于村委会没有能够保存下来相关的统计档册，因此很难进行描述。下面，调查组对掌握的两个年份的人口数据进行粗略分析。

据麻栗坡县 1996 年自然村人口统计，马崩各自然村的人口状况是这样的：马崩苗族 73 户 340 人；龙关寨苗族 23 户 107 人；吴家寨苗族 15 户 91 人；麻弄苗族 16 户 71 人；地棚苗族 13 户 61 人；芭蕉托苗族 24 户 113 人；下黑山苗族 20 户 106 人；老寨苗族 10 户 42 人；岩脚苗族 13 户 60 人；坪上一队苗族 25 户 122 人；坪上二队苗族 24 户 122 人；上石板苗族 14 户 58 人；半坡苗族 17 户 81 人；下石板苗族 9 户 31 人；王兴寨苗族 26 户 124 人；花地坪彝族（倮支系）23 户 87 人；金竹山苗族 16 户 77 人；上寨苗族 33 户 163 人；长弄苗族 10 户 42 人；上黑山苗族 19 户 86 人；小弄苗族 21 户 85 人；毛拜苗族 27 户 111 人；大火焰苗族 37 户 176 人。[①] 具体情况见表 6-1。

---

① 云南省麻栗坡县地方志编纂委员会编纂《麻栗坡县志》，云南民族出版社，2000，第 96 页。

表 6 - 1　1996 年马崩村各村小组民族、户数、人口统计

单位：户，人

村　名	民族	户数	人口	村　名	民族	户数	人口
马　崩	苗	73	340	坪上一	苗	25	122
龙关寨	苗	23	107	坪上二	苗	24	122
吴家寨	苗	15	91	上石板	苗	14	58
麻　弄	苗	16	71	下石板	苗	9	31
地　棚	苗	13	61	半　坡	苗	17	81
芭蕉托	苗	24	113	王兴寨	苗	26	124
下黑山	苗	20	106	花地坪	彝	23	87
老　寨	苗	10	42	金竹山	苗	16	77
岩　脚	苗	13	60	上　寨	苗	33	163
长　弄	苗	10	42	上黑山	苗	19	86
小　弄	苗	21	85	毛　拜	苗	27	111
大火焰	苗	37	176				

2007 年末，马崩村总人口为 584 户 2537 人[①]，各自然村的人口情况如下：马崩苗族 81 户 341 人、彝族 5 户 18 人；龙关寨苗族 24 户 113 人；吴家寨苗族 20 户 94 人；麻弄苗族 19 户 78 人；地棚苗族 14 户 56 人；芭蕉托苗族 31 户 142 人；下黑山苗族 26 户 108 人；老寨苗族 12 户 46 人；岩脚苗族 14 户 67 人；坪上一队苗族 28 户 122 人；坪上二队苗族 31 户 128 人；上石板苗族 16 户 66 人；半坡苗族 19 户 93 人；下石板苗族 11 户 48 人；王兴寨苗族 26 户 129 人；花地坪彝族（倮支系）22 户 87 人；金竹山苗族 20 户 88 人；上寨苗族 39 户 182 人；长弄苗族 10 户 45 人；上黑

---

①　据另外的统计口径，2006 年，马崩村有人口 599 户 2554 人，比 2007 年竟然多出 15 户 17 人。见《马崩村委会 2006 年调查表》，http：//www.ynszxc.gov.cn/szxc/villagePage/vreport.aspx? departmentid =184032。

山苗族 20 户 77 人；小弄苗族 23 户 96 人；毛拜苗族 30 户
128 人；大火焰苗族 43 户 185 人。见表 6-2。

表 6-2　2007 年马崩村各村小组民族、户数、人口统计

单位：户，人

村　名	民族	户数	人口	村　名	民族	户数	人口
马　崩	苗(1)	86	359	坪上一	苗	28	122
龙关寨	苗	24	113	坪上二	苗	31	128
吴家寨	苗	20	94	上石板	苗	16	66
麻　弄	苗	19	78	下石板	苗	11	48
地　棚	苗	14	56	半　坡	苗	19	93
芭蕉托	苗	31	142	王兴寨	苗	26	129
下黑山	苗	26	108	花地坪	彝	22	87
老　寨	苗	12	46	金竹山	苗	20	88
岩　脚	苗	14	67	上　寨	苗	39	182
长　弄	苗	10	45	上黑山	苗	20	77
小　弄	苗	23	96	毛　拜	苗	30	128
大火焰	苗	43	185				

资料来源：马崩村委会 2007 年度报表。（1）其中马崩下村有彝族（花
倮）5 户 18 人。

由上面两个表可知，马崩村 2007 年的总人口为 2537
人，比 1996 年的 2356 人，11 年间增加了 181 人，年均增长
率约 6.98‰。25 个村小组每年增加 16.5 人，平均每个村小
组每年还不到 1 人。这样的增长率并不算高，甚至低于这一
时期的全国平均水平（约 8.6‰）。在计划生育政策较为宽
松即一对农村夫妇可以生育两胎、特殊情况下可以生育三
胎的边疆民族地区，可以说是较为失常的。造成这种情况
的原因大致有以下几点。

第一，20 世纪 80 年代后期以来，计划生育政策在董
干、马崩村得到了较为严格的实施，马崩村已经极少有生

育三胎、四胎的现象。特别是最近几年来，由于云南省对农村户口独生子女户推行"奖优免补"政策，马崩村的一部分年轻夫妇主动放弃了生两胎的权利，在生了一个孩子后就自愿办了独生子女证。正是由于计划生育政策的严格实施，马崩村人口自然增长速度并不快。

图 6－1　马崩街上的计划生育宣传口号清晰可辨
（2010 年 1 月 29 日杨永福摄）

第二，20 世纪 80 年代末以来，包括麻栗坡县在内的云南边疆民族地区的女性大量流失，这有一个全国性的大背景，即内地及沿海地区的部分大龄男青年结婚困难，在本地难以找到对象，于是便来到云南边疆找对象。由于经济上的原因，与嫁在本地相比，内地及沿海地区显然对边疆适婚女性具有较大的吸引力。除此之外，一些人贩子也以找工作、介绍对象等为借口，拐骗边疆妇女卖到内地。笔者老家文山县德厚镇，那段时间里，就有几十名妇女嫁到浙江、山东等地区。21 世纪初，随着边疆农村劳动力转移出现高潮，麻栗坡县部分女性又以出外务工的渠道较多地流入内地省份或本省内地城市。通过上述渠道流出的大量本地女青年或被骗、拐到外省，或进城务工并落脚于城镇。除了极少数人外，大部分外流的女青年都没能回来。马崩地区或多或少亦受到此种情形的影响。

第三，据调查组了解，马崩村 2007 年上报的人口统计数字中，并不包括近 10 年里从越南嫁过来的妇女，而近 10 年马崩村嫁出的女性亦没有包括在内。这样，统计上报的人口总数自然就增加得少了。

二　家庭规模及性别比概况

1996 年，马崩村有人口合计 508 户 2356 人，户均规模 4.6 人。2007 年总人口为 584 户 2537 人，户均规模 4.3 人。具体到各自然村或村小组，情况有细微的差别（见表 6 - 3、表 6 - 4）。

表 6 - 3　1996 年马崩村委会各村户数、人口统计

村　名	户数	人口	户均规模	村　名	户数	人口	户均规模
马　崩	73	340	4.7	坪上一	25	122	4.9
龙关寨	23	107	4.7	坪上二	24	122	5.1
吴家寨	15	91	6.1	上石板	14	58	4.1
麻　弄	16	71	4.4	下石板	9	31	3.4
地　棚	13	61	4.7	半　坡	17	81	4.8
芭蕉托	24	113	4.7	王兴寨	26	124	4.8
下黑山	20	106	5.3	花地坪	23	87	3.8
老　寨	10	42	4.2	金竹山	16	77	4.8
岩　脚	13	60	4.6	上　寨	33	163	4.9
长　弄	10	42	4.2	上黑山	19	86	4.5
小　弄	21	85	4.0	毛　拜	27	111	4.1
大火焰	37	176	4.8				

资料来源：据《麻栗坡县志》第 96 页数据整理而成。

表 6 - 4 2007 年马崩村各村小组户数、人口及性别比概况

村小组	户数	口数	其中：男/女	性别比	户均规模	村小组	户数	口数	其中：男/女	性别比	户均规模
马崩上	28	113	64/49	100:76.5	4.0	毛 拜	30	128	89/39	100:43.8	4.3
马崩中	35	149	71/78	100:109.8	4.3	小 弄	23	96	47/49	100:104.3	4.2
马崩下	23	97	58/42	100:72.4	4.2	大火焰	43	185	99/86	100:86.9	4.3
龙关寨	24	113	62/51	100:82.3	4.7	上 寨	39	182	97/85	100:87.6	4.7
吴家寨	20	94	53/41	100:77.4	4.7	金竹山	20	88	49/39	100:79.6	4.4
麻 弄	19	78	40/38	100:95	4.1	花地坪	22	87	44/43	100:97.7	4.0
地 棚	14	56	28/28	100:100	4.0	王兴寨	26	129	67/62	100:92.5	5.0
芭蕉托	31	142	75/67	100:89.3	4.6	半 坡	19	93	49/44	100:89.8	4.9
上黑山	20	77	41/36	100:87.8	3.9	下石板	11	48	25/23	100:92.0	4.4
下黑山	26	108	55/53	100:96.4	4.2	上石板	16	66	31/35	100:112.9	4.1
长 弄	10	45	24/21	100:87.5	4.5	坪上一	28	122	64/58	100:90.6	4.4
坪上二	31	128	71/57	100:82.3	4.1	岩 脚	14	67	38/29	100:76.3	4.8
老 寨	12	46	26/20	100:76.9	3.8						

资料来源：根据马崩村委会 2007 年度报表整理而成。

从上面两个表的情况看，1996 年马崩地区的家庭户均规模在 4.6 人，具体到各自然村，规模最大的是吴家寨，为 6.1 人，规模最小的是下石板为 3.4 人；至 2007 年，马崩村家庭户均规模减小为 4.3 人，具体到各自然村，规模最大的是王兴寨为 5.0 人，规模最小的是老寨为 3.8 人。家庭规模总的呈现减小的趋势。导致这一现象的原因大抵是：一是计划生育政策的持续推行，村民超计划生育必须付出的代价也越来越大，因而多数村民都遵照政策只生两胎。二是由于包产到户后所生的孩子没有土地也没有口粮，多生孩子意味着这些人家的人均耕地将会大大减少，生活也将会变得困难。如下黑山村罗村长家承包土地时家里有 3 口人，之后出生的 3 个儿子现在均已成家，2009 年家庭总人口增加到 10 人，3 个人的土地要供养 10 个人的口粮，这让

罗村长发愁不已。村民的观念因此也相应发生了一些转变，不再多生孩子，家庭规模因此相应缩小。三是马崩村早婚现象较为普遍，1996 年统计时的未婚人口到 10 年后的 2007 年相当部分已经成婚，许多年轻人结婚后与父母分家另过，形成了较多的一对夫妇和一两个小孩的三口、四口之家。不过，这 10 年间，马崩村新增加户数 76 户，每年增加七八户，这个速度并不快。当然，由于马崩村 1996 年前的人口相关数据缺失，所以不同阶段的家庭规模变动情况难以掌握，也就难以进行深入的对比分析。

关于马崩村的人口性别比。由于缺乏 2007 年前的人口男女比例的相关数据，性别情况如何难以掌握，笔者在此仅仅以马崩村 2007 年人口性别比的静止状态为例，做一些分析。

2007 年马崩村的总人口为 2537 人，其中男性 1367 人，女性 1170 人，男女比例为 100∶85.6（以男性为 100），男女比例明显失调。具体到各村小组，情况略有差异。大多数村小组的男女性别比均明显失衡，其中毛拜村小组的情况最为严重，男女性别比高达 100∶43.8。据调查组向村委会干部了解，当地女性青年嫁到外省、外县的均不多，近年来出外打工的绝大多数是男性，所以女性流失的情况并不严重。麻栗坡县猛硐乡坝子村女性大量流失导致性别比失调的情况在马崩村并不突出。马崩村男女性别比失衡主要是由于传统的生男孩"传宗接代"的观念所致。

苗族传统社会是以男性为中心的，男性在社会家庭中占有主导地位，改革开放以来，妇女在家庭中的地位虽有提高，但家庭中主事、说了算的仍是男性。这在前面第二节已经有所提及。另外，从后面第七章所提到的女孩受教育情况亦能证明这一点。这些都表明，生养男孩、传宗接代的观念在马崩村苗族社会家庭中仍根深蒂固。像某些地方一样，在妇女妊娠阶段通过 B 超检查得知怀的是女婴，然后终止妊娠的做法，在马崩村还无法做到；由于距离董干镇卫生院较远，交通不便，因此很多妇女分娩都是在家里，如果出生的是男婴，则全家欢喜，如果出生的是女婴是否有可能丢弃，调查中村干部及村民均予以否认。因此，导致性别比失调的原因还需要进一步调查。

三　计划生育与相关问题

与全国全省基本同步，20 世纪 80 年代初开始，在中越边境的隆隆炮声中，麻栗坡县也开始推行计划生育政策，马崩村也不例外。麻栗坡县推行的计划生育政策与云南全省类似，农村户口家庭允许生两胎，对超生、超怀或间隔时间不到抢生的农户，则进行大额罚款，并采取其他强制手段进行处理，如强制堕胎、强制结扎等，而且随着时间的推移，政策越来越严格。2003 年以来，随着云南省"奖优免补"政策的推行，计划生育政策的执行趋于人性化，受到了较为普遍的欢迎，马崩村的个别农户受这一政策的鼓励，在生了一个孩子后，即放弃生第二胎的权利，自愿办了独生子女证，但数量并不多。据董干镇计生服务站工作人员以及马崩村计生宣传员介绍，到 2009 年年底，马崩村办理独生子女证的农户有 9 户。

所谓"奖优免补"政策，即云南省于 2003 年开始试点并逐步推行的一项鼓励农户家庭只生一个孩子的政策，即对农村户口的独生子女户进行奖、优、免、补。所谓奖，即对办了独生子女证的家庭一次性奖励 1000 元（后来有所增加）；所谓优，即独生子女中考和高考时加 20 分，优先录取；所谓免，即免除独生子女义务教育阶段的课本费、杂费、文具费和义务工、劳动积累工等，这一项后来又调整为给独生子女发放义务教育奖学金；所谓补，即独生子女父母年满 60 岁以后，政府每人每年给予 500 元生活补助，这一项后来又调整为独生子父母年满 60 岁后每人每年给予 600 元、独生女父母每人每年给予 700 元，独生子女死亡没有子女者每人每年给予 750 元。

虽然计划生育政策对于降低人口增长率取得了明显的成效，但计划生育政策是一把双刃剑，它也带来了很多社会问题，最主要的问题有：一是新生人口性别比失调加剧，使得越来越多的男性人口找不到结婚对象；二是加速了人口老龄化时代的到来，二三十年后，很有可能出现大量老龄人口无人赡养的困窘局面。

性别比失调加剧所造成的危害是人所共知的，那就是将有越来越多的男性人口找不到结婚对象而且问题难以解决。对于像马崩村这样的边疆山区少数民族贫困农村来说，还有一个雪上加霜的困境，那就是：由于性别失调是全国性的问题，内地和沿海发达地区也有大量找不到结婚对象的男性人口，他们对边疆贫困地区的女孩形成了一股强大的吸引力，边疆贫困地区的女孩较多地流往上述地区（或被拐卖或自愿流入），致使边疆贫困地区的男子成为这种全国性性别比例失调的受害者。而且随着时间的推移，这种情况在边疆地区会更加严重。

对于计划生育政策所造成的性别比失调及其危害，各级政府也有所认识并采取一些措施进行遏制，如禁止医疗部门使用超声设备和其他手段对胎儿进行性别鉴定、禁止溺弃女婴行为、开展"关爱女孩"行动、开展"男女平等"宣传、在"奖优免补"政策中向生女孩家庭倾斜等等，但从目前的现实情况来看，这些措施所产生的效果有限，并不能根本改变新生人口性别比失调加剧的局面。

在马崩村，计划生育政策带来的上述相关问题，其后果目前体现得还不是很明显。

第七章 马崩村的教育与医疗卫生

第一节 马崩村的教育事业

一 马崩村教育现状

马崩村国民教育有较早的历史。据马崩村小学王校长介绍，早在1926年，本地有志青年从西畴师范毕业后即在老马崩中村创建马崩小学，迄今已有80多年的历史。但是，由于马崩村地处中越边境，喀斯特地貌发育明显，村寨分布较为分散，对外交通不便，通信手段较为落后，目前经济社会还仍较落后。与省内、州内发达地区相比，国民教育的落后更为明显。下面，我们选取2007年末的状况作为一个分析断面，来了解一下马崩村国民教育的基本情况。为了能够对马崩村的国民教育整体情况有一个大概的了解，我们根据马崩村完小提供的《文山州基础教育综合统计表》，从中选择几个重要的数据。

第一，2007年马崩村有村完小一所，占地1731平方米，建筑面积666平方米，其中教学用房388平方米。下辖两个教学点：坪上、地棚（2009年，坪上教学点撤并到村完小）。有在校生236人，全是少数民族学生。其中马崩小学在校生 172 名。在校生中，女生 104 人，其中马崩小学 76 人。教职工 11 人，其中马崩小学 9 人，地棚、坪上一师一校点各一名。由于师资和生源的问题，地棚教学点实行隔年招生。

在教师中，4 人为中专文化程度（40 岁以上），其余为大专文化程度，有 2 名在读函授本科；在所有教师中，1 名是壮族，1 名是彝族，3 名是苗族，其余是汉族；2 名女教师（女教师中没有苗族），其余 9 名为男教师。

调查组在 2008 年造访马崩小学时，学校还有部分危房。2009 年，麻栗坡县对全县所有中小学危房进行了改造，马崩小学的危房因此得以排除。现在的马崩小学校舍建筑焕然一新，育人环境更加美观（见图 7 - 1）。

图 7 - 1　马崩小学教学楼（2010 年 1 月 30 日杨永福摄）

第二，2007 年年底，马崩村有人口 584 户 2537 人，人均受教育年限 4.3 年。

第三，2007 年年底，马崩村 7～12 周岁适龄儿童人口为 219 人，占总人口的 8.63%，当年适龄儿童入学率为 93%；年辍学率 1.79%，其中女童年辍学率 2.83%。

第四，2007 年年底，马崩村 13 周岁人口数为 35 人，初等教育完成率 100%；17 周岁人口数为 48 人，初等教育完成率 79.2%。其中地棚教学点片区的 17 周岁人口中初等教育完成率仅为 50%。

第五，2007 年年底，16～18 周岁人口数为 145 人，占总人口的比例为 5.72%；其中女孩 71 人。在 145 人中，当年在读高中人数仅为 10 人，高中阶段毛入学率仅为 6.9%。

综合以上数据，我们可以发现这样一些问题。

首先，马崩村全村受教育年限仅为 4.3 年，意味着很多村民仅仅读完小学阶段，相当部分村民小学都没有毕业，属于文盲半文盲。根据有关部门提供的数字①，2006 年，马崩村总人口 2554 人中，教育程度大致是：大专及以上 3 人，中学 134 人，小学 1410 人，未上学人数 1007 人；2007 年，马崩村总人口 2537 人中，受教育程度情况为：大专及以上 8 人，中学 133 人，小学 1408 人，未上学 988 人。在这两年的静态统计中，没有上过学的村民占总人口的比例分别为 39.4% 和 38.9%，在国家已经实施义务教育多年的今天，这是非常高的比例。另外，以马崩村党总支 20 世纪 70 年代出生的党员为例，也可以从一个侧面反映出村民的受教育程度（见表 7-1）。

---

① http：//www. ynszxc. gov. cn/szxc/villagePage/vreport. aspx？ departmentid =184032.

表 7-1 马崩村 20 世纪 70 年代出生党员基本情况
（截至 2006 年 11 月）

姓名	性别	民族	文化程度	出生年月	工作岗位	入党时间	转正时间	个人身份	行政职务	党内职务
顾才清	男	苗	小学	1974.8	上 寨	1996.5	1997.7	农民		
顾才召	男	苗	初中	1973.4	上 寨	1999.12	2000.12	农民		支书
陶兴福	男	苗	小学	1970.10	吴家寨	1996.7	1997.7	农民		
毕正发	男	彝	初中	1971.3	村委会	2003.7	2004.7	农民	文书	
王永金	男	苗	小学	1977.12	马崩上	2005.3	2006.3	农民		
顾忠廷	男	苗	小学	1971.5	小 弄	2005.3	2006.3	农民		
罗志祥	男	苗	小学	1972.2	下黑山	1996.7	1997.7	农民		
杨玉成	男	苗	小学	1971.5	上黑山	1996.5	1997.5	农民		支委
罗志成	男	苗	小学	1977.4	长 弄	2003.7	2004.7	农民		
王德文	男	苗	小学	1972.12	坪 上	1997.5	1998.7	农民		支委
王德刚	男	苗	小学	1972.8	下石板	2005.3		农民		
王明学	男	苗	小学	1971.3	上石板	1996.7	1998.7	农民		

资料来源：中共马崩村总支党员花名册。

在上述 12 人中，没有一个是高中学历，初中毕业者 2 人，小学毕业者 10 人，以学制小学 6 年、初中 3 年计算，平均受教育年限 6.5 年，高出全村平均受教育年限 2.2 年。作为应该带领全村发展经济社会的领头人，马崩村党员平均受教育程度如此之低，可以想见马崩村教育事业发展的现状如何了。

其次，马崩村小学教育阶段的适龄儿童入学率为 93%，年辍学率为 1.79%。意味着部分儿童没有进入学校接受国民教育。特别是女童的辍学率要高于男童，相对而言，女童失学的情况更为严重。在实际调查中，小学教师、村委会干部以及边防检查站的武警官兵，都向调查组介绍了他们所了解的女童失学、辍学的粗略情况。在马崩小学就读，对于适龄儿童的入学率来说，还算好的；进入初中阶段，需要到20多公里以外的董干镇上县第二中学，辍学率特别是女童的辍学率就更高了。据调查组在镇上中学了解，很多马崩村苗族女童初中没有毕业就辍学回家，然后结婚或外出打工。董干镇政府2007年年初下发的一份通知从一个侧面说明了这一问题的严重性。

关于强行收回义务教育阶段流失学生的意见①

董政发（2007）6号

各村委会、机关站（所）、中小学校：

为进一步巩固"两基"成果，确保2007年省、州、县人民政府对我镇"两基"复查达标，根据新颁布的《中华人民共和国义务教育法》和《中共麻栗坡县委办公室 麻栗坡县人民政府办公室关于加强控辍保学工作确保"两基"复查年审达标的通知》要求，结合当前我镇义务教育阶段（特别是初中）学生流失严重的实际，经镇党委、政府研究，现就加大收回义务教育阶段流失学生力度，确保在校学生不再流失，采取如下措施：

一、提高认识，加强领导，全力做好流失生的收回动员工作

各村党总支、村委会、机关站（所）及中小学校干部职工必须提高对"两基"巩固工作的再认识，经常深入农户家中广泛宣传《义务教育法》，必须最大力量提高群众送子女读书的积极性和主动性。各村委会要在2007年春节前

---

① http：//www. ynszxc. gov. cn/szxc/model/ShowDocument. aspx？Did = 985 & DepartmentId = 985&id = 1562886.

成立以村党总支书记为组长的收回流失生工作领导小组，配合各村中心工作组召开由各村民小组干部和全村党员参加的收回流失生动员宣传大会，讲清收回时限和要求。

二、健全机制，强化措施，确保流失生回校就读

为确保所有流失学生返校就读，无论是外出打工的、婚嫁的，还是本人厌学在家的，或是家庭困难的，均由镇人民政府通知家长限期送子女返校就读，特别是做好外出打工学生的动员和限制工作。

同时，继续实施机关站（所）、学校干部职工挂钩帮扶、承包贫困流失生制度，确保贫困学生进得来、留得住、学得好。各挂钩人员必须利用春节期间教育动员所挂钩的流失生，想方设法说服其返校就读不得外出务工。

三、依法治教，明确责任，强制收回流失学生

义务教育是国家对公民实施的带有一定强制性的一项基础教育，家长（监护人）不按规定送子女（被监护人）入学或复学的，由镇人民政府组织各中心工作组对其收取300元的"子女入学保证金"，并责令限期送子女到校就读。若流失生家长（监护人）于2007年3月10日前仍未将子女送返校就读或子女仍外出务工的，镇人民政府将组织教育执法队按照相关法律法规给予处罚。

各村委会、机关站（所），学校全体干部职工必须发扬吃苦耐劳、艰苦奋斗的精神，千方百计将本辖区内的未到校初中学生收回到校就读，确保省、州复查验收过关，否则，将追究单位主要领导和直接责任人的责任。若挂钩人员未将所承包的学生收回学校，造成全镇"普九"复查年审不达标的，不仅每人扣工资300元（由镇人民政府通知财政所或相关单位从本人工资中扣除），还要追究责任。

在这份通知中，规定了收回义务教育阶段流失学生的时限、举措、相关人员的责任，并使用了"强行"一词，反映了董干镇政府为完成省、州、县人民政府对该镇"两基"复查达标任务的急迫心情，更主要的是，反映出董干镇义务教育阶段学生辍学、流失现象的严重性。这里，虽然缺乏当年马崩村的数字，但结合调查组在镇中学、马崩村多侧面的访谈了解，仍能感受到马崩村义务教育阶段学生特别是女孩子辍学、流失问题的严重。

最后，马崩村高中阶段的入学率仅为6.9%，在2007年，16～18周岁还应该在读高中的145名青少年（其中女孩71人）中，仅有10人进入高中学习，占总数的6.9%。在已入学的10名学生中，没有一名是女生。据调查组了解，马崩村很多男孩子初中毕业以后就不再读书，而是外出打工。正像马崩上村村小组长家老人所说的：孩子能识几个字就行了，初中不一定要读毕业，16岁后出去打工，老板就开工资了。这种看法在马崩地区极为普遍。至于女孩子，很多都没有读完初中，更不用说读高中了。而在马崩村，16～18岁年龄段的女孩子多数已经结婚了。

二　马崩村教育事业落后的原因

马崩村教育事业的落后，是由马崩村的历史、现实以及经济社会落后等诸多原因所决定的。在这里，笔者主要分析村民关于国民教育的观念及其影响。在与村民的交谈中，大概了解到村民们关于国民教育的观念，近几年来虽有很大的变化，但是仍有较多局限，表现得较为狭隘。他们的教育观念受到了很多因素的影响，既有历史原因的惯性影响，也有现实因素的干扰。概括起来，主要有以下几个方面。

第一，历史的原因。一般认为，滇东南地区的苗族是辗转迁徙于明清之际，特别是清雍正时期改土归流、乾隆至嘉庆时期贵州苗民起义失败以后从贵州迁入的。由于居无定所，以及统治者的压迫和愚民政策，滇东南苗族没有能够享受到教育的权利。中华人民共和国成立以来，党和国家十分关心边疆民族地区的教育事业。但是，因为诸多现实的原因，如投入不足、教育资源分布不均以及与越南的关系长期处于紧张状态等，董干镇马崩一带的苗族群众受教育的机会很少。人们从国民教育中似乎也很少得到实惠和利益。几十年来，马崩地区的苗族依然过着日出而作、日落而息的生活，教育好像没有让这里的生活发生什么改变。这种状况造成了人们长期以来对教育不予重视。

第二，经济贫困的原因。贫困使得马崩村的苗族群众很难支付孩子接受教育的费用。改革开放以来，马崩的经济有过发展，但发展到一定阶段（基本解决温饱问题）后，便基本上处于停滞的状态。经济来源十分有限，而国家实施九年义务教育也就是近几年的事。马崩地区的孩子要上中学，得到距离 20 多公里以外的董干镇上麻栗坡县第二中学就读。现在，初中已经完全实现"三免一补"，但住宿费、生活费还得由家里负担。[①] 到了高中阶段，学费、书费、住宿费、生活费等则都要家里负担，一年费用都要一两千元。对于马崩这样贫困的地区的苗族家庭来说，这是

---

① 据笔者调查得知，从 2007 年起，国家对中小学寄宿制学生实行生活补助，2007 年秋季学期中学生每生每月 25 元，2008 年春季学期提高到 75 元。这对农村住校学生而言是一笔很大的资助，对缓解学生住校费用负担发挥了很大的积极作用。

很多家庭一年的纯收入。马崩上村村小组长的老人曾经在60年代到董干供销社工作过，在村里算得上是见过世面、思想较为开通的人。他的两个儿子在广东打工，一个孙子2007年年底参军在外。在他看来，马崩村民受教育低，没有读书成器的主要原因：一是穷。光靠种养殖只能解决基本的温饱问题；没有经济来源，就供不起孩子。以前没有全免费，现在虽然是到初中都是义务教育，全部免除学费、书费，但是到镇中学住校的生活费、住宿费也需要家长负担；到了高中，每年的学费、生活费、住宿费，对马崩苗家而言实在是一笔不小的费用。二是读大学费用太高，供一个大学生毕业，少则要五六万元，多则十几万元。以前，一个孩子中专毕业就能使家庭脱贫，现在，供一个大学生则要倾家荡产，毕业后还不一定能找到工作。因此，最现实的路径是：孩子能识几个字就行了，初中不一定要读毕业，16岁后出去打工，老板就开工资了。这种看法在马崩地区极为普遍。

第三，近年来大中专毕业生就业形势日趋严峻的影响。这几年来，我国的高等教育发展很快，每年的招生人数、毕业人数都有较大的增长。就业形势也相应紧张起来。从理论和实际来看，边疆民族地区普遍缺乏各类专业人才。但现实情况是，由于边疆民族地区的经济社会发展较为缓慢，能够提供的就业岗位相应就少，这就无法保证所有回到边疆民族地区的大中专毕业生都能够就业，找到工作。更为严重的是，绝大部分的毕业生都希望进入党政部门、事业单位。因为，在欠发达地区，只有在这些部门工作收入是稳定的。而事实上，这些部门不可能接收如此多的毕业生。这种因为发展程度不高以及结构性不平衡而导致的就业形势严峻的信息，已经传递到马崩村一般的民众中间。据马崩小学王校长介绍，平时学生缺课现象就较为严重，主要是一到农忙季节，就回家帮助大人干活，家长对此也已习惯。家长认为靠读书是没有出路的，现在大学生都找不到工作。试想，辛辛苦苦花了如此大的代价，孩子大学毕业了，可却找不到工作（不完全是自身的原因），这对非常讲究实实在在的利益的村民来说，是无法接受的。所以，在马崩地区，这几年能够读到大学阶段的年轻人极其少见。基本上是初中毕业后就回家，然后参加到外出务工的行列之中。

第四，外出务工潮流，即打工经济现实利益的影响。近年来，边疆地区农村剩余劳动力向内地城市流动已达到相当规模。在文山州部分县甚至将劳务输出作为政府的重要工作来抓，并成立了相应的组织管理机构。在董干镇，据镇政府统计，2007 年全镇有劳动力 25812 人，其中外出打工 9313 人（男 6191 人，女 3122 人）；省外务工 6482 人（男 4228 人，女 2254 人），省内务工 1973 人（男 1396 人，女 577 人），县内务工 858 人（男 567 人，女 291 人）。有序输出 700 人，占输出总数的 7.5%；帮带输出 6943 人，占输出总数的 74.6%；自发输出 1670 人，占输出总数的 17.9%。2007 年创劳务经济总收入 6533.84 万元，占全镇农村经济总收入的 84.17%，创劳务经济纯收入 4146.47 万元。其中高的纯收入为 1 万元左右。在我们走访的村寨里，建盖新砖瓦房的，绝大多数都是有家人在外面打工的。可以说，劳务经济不仅是董干镇农村经济收入的主要来源，也是村民家庭的主要经济来源。在马崩地区，亦是如此情形。这就使村民产生了这样的看法：只有外出打工才有收人，才有经济来源，读书与否无所谓。正像马崩上村村小组长家老人说的那样："孩子能识几个字就行了，初中不一定要读毕业，16 岁后出去打工，老板就开工资了。"笔者在董干镇上县第二中学采访学校老师时，他们也介绍说：受打工潮、大学生就业紧张等因素影响，部分初中毕业生不愿意就读高中，其中很大一部分毕业后很快就外出打工了。如果九年义务教育不是强制性教育的话，可能还会有更多的父母不会送孩子来读初中的。近年来，马崩地区外出打工的人数逐年增加（见表 7－2、表 7－3），2007 年人数在 336 人，2008 年增加到 436 人，占到了成人劳动力的相当比例。

表 7－2　2007 年马崩村各村小组外出务工人数统计

单位：人

马崩上	14	上黑山	14	花地坪	15
马崩中	15	下黑山	21	王兴寨	14
马崩下	12	长 弄	6	半 坡	10
龙关寨	10	毛 拜	18	下石板	5
吴家寨	10	小 弄	13	上石板	8
麻 弄	12	大火焰	27	坪 上	32
地 棚	8	上 寨	28	岩 脚	8
芭蕉托	19	金竹山	11	老 寨	6

资料来源：2007 年度马崩村委会农村统计表。

表 7－3　2008 年马崩村各村小组外出务工人数统计

单位：人

马崩上	18	上黑山	18	花地坪	19
马崩中	19	下黑山	25	王兴寨	18
马崩下	16	长 弄	10	半 坡	14

龙关寨	14	毛　拜	22	下石板	9
吴家寨	14	小　弄	17	上石板	12
麻　弄	16	大火焰	31	坪　上	40
地　棚	12	上　寨	32	岩　脚	12
芭蕉托	23	金竹山	15	老　寨	10

资料来源：2008 年度马崩村委会农村统计一套表。

第五，苗族早婚的观念和习俗也有着不能忽视的影响。历史上，由于保持家族必要的劳动力、保持部族一定人口基数的客观需要，苗族早婚曾经很普遍。新中国成立后特别是改革开放以来，随着婚姻法的宣传及实施，马崩地区苗族早婚现象有所缓解。但是，不可否认，历史时期形成的早婚观念和事实上的早婚习俗在马崩地区仍然根深蒂固。特别是女性早婚的现象较男性更为普遍，这似乎与男尊女卑观念和苗族以男子为中心的传统社会心理密切关联。家长往往认为，女孩的首要任务是操持家务，嫁出去是别家的人。即使是送去读书能造就成一个人才，也不过是自家出钱为别家做好事。因此，父母很不愿意把自己的女儿送去上学。早婚习俗依然盛行，还没得到很好的控制。女孩到十六七岁如果没有结婚，就要被人歧视，或受人闲话。为了能在十六七岁结婚，就只有尽早地谈恋爱。早婚早恋的习俗将苗族的一部分学龄儿童过早地卷进了生活，尤其是适龄女童。苗族女孩从七八岁起就开始学习绣花，到十七八岁时逐步地熟练起来。这期间，就决定了苗族女孩无更多时间学习，更无兴趣学文化。妇女们不但要在几岁时开始学习纺纱织布，挑花刺绣，还得为其婚后数十年光景准备服饰。这样，大量的学习时间就被手工活夺去了。① 据笔者在马崩地区粗略调查，很多女孩小学毕业两三年或初中尚未毕业就结婚了。在这样的习俗影响下，女孩极少读到高中，更不用说进入大学了。

　　还有一个具体的原因，使得马崩村很多家长和孩子对上学颇有微词，那就是学生家距离学校较远。由于马崩各自然村分布较为分散，所以上学距离一般都较远。如：原来马崩小学在老马崩中村，现在搬迁到村委会驻地后，从老马崩步行到学校有七八公里的山路，孩子走路至少需要一个半小时。坪上教学点没有撤并以前，对坪上、老寨等村子的孩子而言，较为方便，现在撤并以后，全部需要到村完小就读。这样，坪上、花地坪、半坡、上下石板、老寨、岩脚、老马崩、吴家寨、龙关寨等村小组的孩子上学

图 7 - 2　位于老马崩中村的马崩村小学旧址
（2009 年 2 月 14 日金军摄）

---

①　项正文：《略论苗族女童入学问题》，http：//www.hhzmxh. hh. cn/? viewnews - 328。

距离就拉远了。很多孩子每天早上 6 点就要起床，6 点多从家里往学校走。如果是冬天，天气寒冷，又起得早，孩子十分辛苦。笔者在老马崩村里调查时，认为 300 多近 400 人口的村子，是马崩地区最大的村寨了，却没有一个教学点，这是村民反映较为强烈的问题之一。

三　发展马崩村教育事业的思考

马崩地区教育事业发展较为落后的状况，在滇东南边疆不仅苗族地区，而且其他民族地区亦较为普遍地存在。此种状况，与我国改革开放以来内地省份基础教育的发展形成鲜明对比，与云南发达地区相比亦有很大差距。要促进边疆民族地区国民教育的发展，牵涉到诸多头绪。笔者在此提供几个角度，以加深思考。

第一，希望各级政府和社会各界提高对滇东南边疆苗族地区国民教育重要性的认识。教育是按照一定的目的和要求，对受教育者的德育、智育、体育诸方面施以影响的一种有计划的活动。教育是社会现象，是适应传授生产劳动和社会生活经验的需要而产生并伴随着社会的进步而发展起来的。教育是提高国民素质的根本途径，在社会主义中国现阶段，它更是促进人的全面发展的唯一方法。马克思曾指出："未来教育对所有已满一定年龄的儿童来说，就是生产劳动同智育和体育相结合，它不仅是提高社会生产的一种方法，而且是造就全面发展的人的惟一方法。"因此，从哲学意义上来说，教育活动的本质就是促进人的全面发展。换句话说，接受教育应该是边疆地区各族人民促进自我发展的一项权利。

在封建社会，统治者主要从培养人才和教化民风的角度在边疆民族地区举办教育。到清代，随着边疆与内地一体化程度的逐渐加深，统治者对云南边疆民族地区的教育更加重视："人才之兴，惟资教育；风俗之易，端赖诗书。盖师道立则善人多，士习端则民风厚。滇居边末，汉夷杂处。……而乡寒子弟犹苦无力延师，夷㑩乡愚或苦不知向学。教泽未广则士习难以变迁，化导未周则民风终于乔野。故边省义学视中土为尤急，而乡村义学视城市为尤急。"①统治者已经意识到教育对边疆稳定、边疆与内地联系紧密促进一体化加深的重要作用。社会发展到今日，教育的功能和作用亦进一步得到扩展。在今天的中国，边疆民族地区的国民教育除了具有为当地培养人才、提高国民素质乃至促进人的全面发展这些功能之外，还应该具有凝聚人心、激励和增强边民的自豪感和认同感从而爱国固边的深层次功能。从这个意义说，国民教育在边疆民族地区更具有特别的意义。因此，应该大力促进滇东南边疆苗族地区国民教育的发展。

第二，从国家和政府的角度应进一步加大投入，减轻边疆苗族人民接受教育的成本负担。众所周知，国民基础教育关乎一个国家、一个地区的未来发展和综合实力的提升。应该说，党和国家对边疆民族地区的教育发展十分重视，近年来，采取了一系列政策措施，如"三免一补"，切实减轻了边民的教育负担。但是，边疆与内地，在教育资源如教学设施、教师资源以及教师待遇等方面，存在着较大差距仍是不争的事实。在升学、就业环境等软环境建设上，更是不可同日而语。据有关部门调查，越南在边境地

①　陈宏谋：《本朝义学规条议》，（道光）《广南府志》卷四《艺文》。

区的教育政策措施优惠力度较大，对我方边民产生了一定的负面影响。一是越南政府推行的边境教育政策和措施，一定程度上正是满足了其边境地区社会稳定和守土固边的战略性需要，并对我方边民产生了一定的吸引力；二是双方的政策差异，在一定程度上弱化了我方边民的国家优越感和中华民族自豪感，导致其不平衡心理和失落感，使边民的爱国意识、国防意识、领土意识有所弱化，对我方边境社会安定十分不利。笔者在马崩地区调查期间，一定程度上亦感受到了上述差异带来的影响。因此，各级部门应加大投入，采取针对边境地区的特殊政策措施，切实减轻边疆苗族人民的受教育负担，并保障边疆苗族子弟学成归来后能够完全就业，为边疆地区的发展发挥积极作用。在师范院校有计划地培养苗族女教师，为转变轻视女童的观念、引导苗族女童树立自强观念发挥示范作用。

表 7 - 4　中越双方在边境地区教育政策措施比较

越方在边境地区的政策措施	我方在边境地区的政策措施
1. 小学三年级以下学生的书费、学习用具等费用均由国家承担，并按月发放	与内地同等享受"两免一补"政策（国发［2003］19 号）。无针对边境地区的政策
2. 小学四年级直至大学毕业，学生衣食住行费用由国家负担	边疆、内地均无此类政策
3. 考取内地高一级学校的学生，其往返车船费、途中食宿费等统一由国家支付	无针对边境地区的政策
4. 民族中小学和中等以上专业技术学校的学生，国家年补助生活费用600 元	民族中小学学生补助 350 元/年；中专学生补助 1500 元/年（云财教［2007］162 号、云政发［2007］166 号）。无针对边境地区的政策

越方在边境地区的政策措施	我方在边境地区的政策措施
5. 边境地区高考考生照顾分占总分的10%，成绩优秀者免试保送	边境县高考考生享受20分照顾分（云招考办发〔2007〕29号）；无免试保送政策
6. 边境地区教师月平均工资比内地同等教师高20%，三年后可无条件调回内地安排工作	边境县教师月平均工资比内地县（指文山州非边境县）同等教师高250元

资料来源：本表系根据麻栗坡县有关部门的调查材料所制。

第三，促使观念转变，激发滇东南边疆苗族同胞参与国民教育的热情。经过改革开放30年的实践和耳闻目睹，马崩地区村民对国民教育的观念有了很大的转变。比如在他们的《村规民约》中，就有这样的规定："每个家庭有义务保证其子女完成九年制义务教育，凡十六岁以下少年儿童未完成九年义务教育，辍学务农或经商的，村委会及村小组有权配合学校对家长进行批评教育，督促家长保障其完成学业。""鼓励村民为国家、社会培养有用人才。凡本村村民考取大专及其以上院校，因家庭经济确实困难而无法入学的，本组村民本着互帮互助的原则，自愿捐资助学，帮助其入学；村小组有集体基金的，可用集体基金给予适当奖励。"在笔者的田野调查过程中，许多村民对供孩子上学也表达了相当的愿望。但是，如前所述，由于种种原因，这种观念还处于较浅层次，且没有完全转化为实践行动。观念的转变需要很长的时间。笔者认为，更重要的原因是，像马崩村民一样，很多苗族同胞还没有切实感受到接受国民教育带来的好处和实惠。经济学中关于"理性人"的观点认为，市场经济体制下的人们的活动，具有趋利避害、追求最大化回报的特性。只有切实从接受国民教育活动中享受到利益和好处，包括马崩村民在内的边疆苗族同胞才有可能真正转变观念，激发出对国民教育的热情。而要做到这一点，端赖于各级政府和社会各界对边疆苗族地区国民教育的高度关注，增加教育资源投入，并在升学、就业等环节予以特殊政策倾斜。

四　几点具体建议

上面几点是调查组对发展包括马崩地区在内的边疆民族地区教育事业的粗略思考。具体到进一步发展马崩地区乃至滇东南苗族地区的教育事业，调查组提出几点具体建议供有关部门参考。

第一，有计划地选拔培养边疆苗族师资特别是苗族女教师，使其成为引领边疆苗族社会观念、意识转型的中坚力量。据调查组在马崩村小学以及麻栗坡县、文山州部分学校的调查和了解，苗族教师的数量相对来说是很少的，苗族女教师更是少之又少。这有很多历史的、现实的复杂原因，其中，苗族女教师太少，不能够在苗族社会、苗族女童中起到示范作用，是一个重要的原因。因此，要改变这种状况，地方政府有关部门应该把有计划地培养苗族教师特别是苗族女教师作为重要的任务。比如，在师范院校招生录取上面向滇东南苗族考生实行倾斜政策，在全省高考录取线基础上对苗族考生适当降分录取；还可以采取特殊政策，如在云南师范大学、文山学院专门设置苗族师资班，从各县中学苗族女生中选拔优秀者入学，以培养苗族女教师。

第二，在选拔培养和使用本土苗族人才方面采取倾斜政策。文山州"边三县"（指富宁、麻栗坡、马关）在录用应届大学生时，对本土苗族人才采取特殊政策。只要是国民教育系列毕业的大学生，都应该全部接收并安排相应的工作。只有培养出来的苗族毕业生都能够就业，有一份工作可做，才能让苗族同胞切实感受到读书、接受教育是有好处的，亦才会逐步改变像马崩地区这样的苗族村民对国民教育的看法。

第三，加大对像麻栗坡县马崩地区这样的边疆民族地区的教育投入，改善教育环境，提高教师待遇，使教师真正成为有吸引力的职业。

第四，坚持以人为本，从方便当地群众、方便孩子上学出发，进一步优化马崩地区的教学点布局。

第五，发展经济，改善交通，提升生活水平，使苗族群众能够担负起接受教育的成本。这是基础，但是，我们不能等马崩地区的经济发展了才发展教育。边疆民族地区是一种与内地不同的特殊地区，需要有特殊的政策，应该实施"社会优先发展战略"。

正像马崩村小学王校长所说的："现在的状况是，本土人才出不来，外地人才不愿来，即使来了也不稳定。以前是培养出一个中专生就富裕一家，现在是供一个大学生拖垮一家。建议对边疆地区民族教师、民族干部（懂民族语言）的培养、使用要有倾斜或特殊优惠政策。"

第二节　马崩村的医疗卫生

由于交通不便、家庭贫困等诸多原因，与其他偏远山区群众一样，很长时间里马崩村的苗族村民看病是很困难的，一是到县镇医院交通不便，二是看不起。很多村民生了病，一般都是扛着，能拖则拖，实在不行的话，就请魔公来叫魂，或是做法事，祈求神灵保佑。自从国家实行新型农村合作医疗保障机制以来，马崩村民看病难的问题有了较大的改观。

一 医疗机构概况

马崩村的医疗机构主要是马崩卫生室。马崩卫生室为两层砖混楼房，与马崩小学、马崩村委会坐落在一起。当笔者在 2007 年 8 月第一次到马崩时，还没有马崩卫生室。该卫生室于 2008～2009 年建成。卫生室面积约 200 平方米，设有诊断室、治疗室和观察室。马崩卫生室同时也是马崩村新型农村合作医疗的定点医疗机构，参加合作医疗的村民看病，只有到定点医疗机构就诊，相关费用才能按政策报销。

图 7-3 马崩村卫生室（2010 年 1 月 29 日杨永福摄）

　　马崩卫生室有两名乡村男医生。村委会主任顾玉洪是其中一位；另一位是上寨的顾才召，1973 年出生，初中文化，党员，是马崩党支部书记。乡村医生主要负责本村儿童的预防接种，平时乡村医生不在卫生室值班，所以很多村民想买药的话，一般逢马崩街天，来赶街时顺便买药。如果村民有个头疼脑热的，临时需要买药，就给医生打电话让他出诊，或是来卫生室看病。按规定，参加合作医疗的村民前来看病，门诊费用按规定比例给予现场报销。

　　据顾玉洪主任介绍，马崩卫生室的设施基本能满足村民一般小病的看病需要，大病则须到董干镇卫生院或麻栗坡县城甚至文山州城的医院就医。

二　农村合作医疗概况

　　自从国家在农村推行合作医疗以解决农民的看病难问题以来，身处边境地区的马崩村村民也逐渐认识到了新型农村合作医疗的好处，因而参加合作医疗的人逐年增多。据笔者在当地的调查，经过两年多来的实践，随着新型农村合作医疗保障机制的逐步完善，部分看病住院农民从中享得到实惠的亲身经历，使大多数村民对"新农合"的态度从怀疑转变到信任。参合率不断提高。据统计，2008 年，麻栗坡县共有 227605 人参加了"新农合"，占全县农业总人口 251766 人的 90.40%，比上年提高了 0.14%。各乡镇中参合率最低的董干镇也达到 80.97%，较上一年有较大增幅。马崩村的情况也较乐观，到 2008 年年底，全村参加农村合作医疗的共 2557 人，参合率 100%。

　　参加合作医疗的好处是很多的，这也是绝大多数农户都参加了合作医疗的主要原因。特别是费用较高的住院治疗，已经有一部分农户获得了报销部分费用的好处。

表7-5　马崩村参加新农合部分群众报销情况统计

单位：元

姓　名	性别	年龄	住院时间	住院治疗病症	金额	报销补助
陶再美	女	21	2008.3.9～12	上呼吸道感染	239	113.4
王廷良	男	72	2008.3.27～29	急性腰扭伤	406.57	263.59
马义秀	女	54	2008.3.22～26	慢性支气管炎急发	435.07	267.44
王伦梅	女	56	2008.4.3～13	慢性支气管炎急发	1201.59	820.11
王德清	女	42	2008.3.24～29	左咬肌间隙感染	532.73	351.91
李咪英	女	26	2008.3.26～4.6	左小腿皮肤裂伤	1133.03	772.12
王仁金	男	10	2008.4.18～21	急性扁桃腺炎	177.80	103.46
王德祥	男	30	2008.4.29～5.1	化脓性扁桃腺炎	264.93	164.46
杨　琼	女	3	2008.4.20～23	上呼吸道感染	167.32	96.12
王仁勇	男	24	2008.4.29～5.1	左膝关节化脓性关节炎	363.49	233.44

资料来源：此表数据由董干镇卫生院提供。

至于马崩村村民参加合作医疗的报销标准，主要按麻栗坡县的有关规定执行，如2008年补偿方案如下。

一、门诊补偿

（1）门诊不设起付线，村级处方值控制在25元（含25元）以内，县、乡两级处方值控制在35元（含35元）以内，每人每年报销封顶线为200元。（县妇幼保健院承担麻栗镇新农合工作，凡是麻栗镇的参合人员在县妇幼保健院就医，住院时享受乡级补偿报销标准，麻栗镇以外的参合人员在县妇幼保健院就医，享受县级补偿报销标准。）

（2）门诊报销比例：村级为35%，县、乡级为30%，对参合群众门诊就诊因病情乡级设备所限不能开展检查的，在县级定点医疗机构门诊的基本辅助检查费用给予25%减免补偿，参合人员就诊时在县、乡、村三级定点医疗机构均按比例进行现场补偿。超出处方值部分和县外发生的门诊费用一律不予报销。

二、住院费用补偿

1. 起付线：县内乡级定点医疗机构起付线为30元，县级定点医疗机构为100元；县外及县级以上医疗机构为300元；持《农村特困户救助证》、《农村残疾证》及享受低保的农民和农村独生子女及其父母四类参合人员，住院不设起付线；对参合农民在一年内患同一疾病连续转院治疗的，只计算其中最高级别医院一次起付线。

2. 补偿比例：县内乡镇级别为70%；县级为60%；县外为35%。

3. 封顶线：每人每年住院最高补偿为15000元。持《农村特困户救助证》、《低保户》、《农村残疾证》的农民和农村独生子女及其父母四类参合人员，每人每年住院最高补偿为18000元。

三、孕产妇住院分娩补偿

单胎顺产住院分娩实行一次性定额补偿。

1. 限价

各定点医疗机构对参加新型农村合作医疗的孕产妇单胎顺产分娩，严格按照省卫生厅限价要求执行：乡镇级单胎顺产住院分娩限价为400元，县级单胎顺产住院分娩限价600元（县妇幼保健院对麻栗镇各村委会辖区范围参加新型农村合作医疗孕产妇单胎顺产分娩执行乡级补偿报销及限价政策）。正常单胎住院分娩限价是指产妇住院分娩期间发生的一切直接费用，包括床位费、护理费、检查费、化验费、手术费、药品费、新生儿治疗费等。

2. 报销比例

（1）在县、乡两级定点医疗机构及县外非营利性医疗机构单胎顺产分娩的每例补偿400元。

（2）剖腹产手术及难产按照住院费用补偿报销比例执行。

（3）不住院分娩的不予补偿。

（资料来源：董干镇卫生院、马崩村卫生室）

三 农村合作医疗存在的问题

虽然新型农村合作医疗对于解决农民看病难有很大帮助，但仍存在一些问题，需要进一步解决、完善。就调查组初步了解的情况来看，问题主要有以下一些。

一是报销程序较为复杂，村民一般很难弄清楚。在董干镇卫生院和马崩卫生室，调查组看到麻栗坡县2008年的"补偿方案"（见前述引文），我们研究了一下相关补偿标准和程序，结果是很难一下子弄清楚。可以想象，识字不多甚至是文盲的村民要弄清这些标准和程序是非常困难的，看病报销时很难弄清要到哪个医院看、要保留哪些单据、要走哪些程序。

二是马崩村民虽然参加了"新农合"，但是由于居住分散，交通不便，村民要到马崩卫生室、镇卫生院很不方便，因此一般是小病不会来医疗机构就诊，能拖就拖，或者逢马崩街天才来看病、买药。很多时候，就可能是小病拖成大病、大病拖成重病。部分村民觉得交费参加了"新农合"，但因为上述原因不能享受优惠，产生不平衡心理，所以有意见。

三是村级卫生员待遇低，没有积极性。据马崩村卫生室兼职医生顾玉洪介绍，他们从事医疗卫生事业的收入主要有两部分：一是工资收入，每月 180 元（经麻栗坡县卫生局核准，财政拨款）；二是看病收入。两项合在一起，收入情况较好时，一个月可以有五六百元的收入，但这种情况不常有，更多时候仅有二三百元。因此，卫生员的工作积极性不高是很正常的。

第八章　马崩村民的国家认同

　　在 20 世纪早期以前，苗族（包括其下自称各异的各支系）在中国特别是汉语流行的地区经常被侮辱性地称为"苗子"。"苗子"，更准确地说，是流行于中国西南地区民间的一种侮辱性的称呼——"苗"。它可能来源于汉人对苗人的称呼。刚开始时，作为一个普通的族群称谓，或许并不包含侮辱性的成分。随着时间的推移，在那个时代，某些汉人对于苗人的褊狭认识（认为苗人野蛮、落后）在以汉人为主体并且汉人起着主导性作用的社会中得以广泛传播。于是，"苗"的含义逐渐演变为"野蛮"。"苗子"就是"野蛮人"。除了在这种情况下"苗"字用作名词之外，它还被形容词化，意为"野蛮的"、"粗野的"、"不讲理的"、"不开化的"。除此之外，汉语西南土语中还形成了一些与"苗"字组合而成的俚语方言，均含有贬义。这种侮称以及形容词化的演变主要流行于贵州、云南、湖南、广西、四川、重庆等地区。这些地区均有苗族分布。虽然新中国成立 60 年来一直贯彻平等团结的民族政策，做了许多的纠正和宣传工作，但是，直至今日，在贵州、云南、湖南、广西、四川、重庆等地的汉语中，仍然有上述用法。政府只是禁止了在官方场合和书报刊上用"苗子"称呼"苗族"，但是国家很难强制性地改变口头语言在民间的使用。比如在笔者家乡文山县德厚地区，笔者小时候就经常听到街上的汉族居民这样称呼来赶街的苗族同胞，至今仍有部分汉族居民如此称呼。

与被称为"苗子"略有差异，在 20 世纪早期以前汉语的书面语中，苗族一般被称为"猫"、"猫蛮"、"苗蛮"、"蛮"。虽然有学者考证，这些可能是根据苗族的自称音译的，但是，从其用字选择和"反犬旁"的使用，以及相关文献正文中对具体内容的描述，可以很容易地发现其中处处充斥着歧视性、侮辱性的态度和概念。这些书面语言与口头用语的合谋，打造了旧时代汉语语言体系中民族歧视与民族不平等关系的枷锁。它使得每一个自认为是"苗"族的人、被称为是"苗"族的人，似乎与生俱来地背负着一种"野蛮性"、"落后性"。他们只要进入汉语主流社会，就得背负着这些贬义名称。20 世纪初，中国开始进入民族觉醒的时代。一些进步文人更多地使用"苗民"、"苗人"、"苗族"来称呼这个群体，他们在努力消除文字中的贬义性。中华民国政府曾于 1940 年发布训令并转发《改正西南少数民族命名表》，要求使用者对汉字中带"犭"、"虫"旁等侮辱性的族名作出相应的更改。① 由于汉语"苗"字在本义上并无贬义，"苗"族在中国文献中的悠久历史，加之 20 世纪上半叶汉语文使用上的一些变化，所以，1949 年新成立的中华人民共和国政府确定把"苗"作为这个群体的正式称谓时，并没有遇到强烈的反对声音，各地区"苗族"包括文山地区的苗族各支系，大多接受了这个名字。但是，苗族三

---

① 参见芮逸夫《西南少数民族虫兽偏旁命名考略》及该文之附录《国民政府令行政院渝文字第 855 号训令》，载芮逸夫著《中国民族及其文化论稿》（论文集），台湾大学人类学系 1972 年出版。

大支系中，西部自称"Hmong"的苗族（滇东南地区的苗族就属于这一支系），还是有些不喜欢"苗"这个称谓。由于中国民族学家、语言学家、历史学家与政治家的同心协力，Hmong 人也基本知道"苗族"是他们在中国的法定族称。20 世纪 50 年代以来，由于中国政府的民族团结政策和民族工作的良性作用，"苗"字的贬义性使用逐渐弱化和减少。现在，绝大多数民族身份被确定为"苗族"的人，不再感到这是"野蛮"的代名词、是贬义性的称呼。

麻栗坡县边境地区的各族人民，他们世代居住于此，历来就担负着守土固边的重任。从 19 世纪 80 年代反抗法国殖民者入侵的苗族英雄项从周，到 20 世纪 80 年代自卫反击战中涌现出来的大批参战模范，他们为国家领土完整、边疆稳定作出了重大的牺牲。马崩村的苗族同胞也不例外。虽然他们有许多的亲戚、朋友在边界的那一边，平时来往密切，但是，在中越边境战争导致两国关系恶化的那段时期里，马崩村民怀着朴素的爱国感情，积极支持、配合当地驻军，为守卫祖国每一寸土地而奉献着。

1984 年 9 月 12 日，越军约 100 人偷袭马崩民兵哨所，被坚守的民兵击退，毙敌 2 名。同年 9 月 15 日，昆明军区授予马崩苗族彝族武装民兵连"边寨民兵英雄连"称号。现在的村委会主任顾玉洪、市场管理员杨德祥就参加了当年的这场战斗。在这一年里，在麻栗坡县人民武装部的支持帮助下，马崩一线苗族民兵一边参加生产，一边坚守岗位，多次打退入境小股越军的偷袭。同时，马崩村民以国家利益为重，在自身生活极为困难的情况下，还积极支援当地边防驻军 18 头生猪，以解决驻军训练作战所需给养。1987 年 8 月 26 日，马崩乡大火焰村苗族民兵顾永良、王德仁、杨昌荣 3

图 8 – 1 建于 20 世纪 80 年代的马崩哨所
(2008 年 2 月 19 日李和摄)

人，在金竹林我方境内一侧击毙入境越军 2 人、打伤 1 人，缴获冲锋枪 2 支和部分物资。不久，文山军分区、文山州人民政府在董干召开表彰大会，宣布为顾永良记一等功，王德仁、杨昌荣记二等功，民兵班记集体三等功。同时，给予马崩乡民兵连指导员王德金等 11 位民兵通报嘉奖。①

　　在调查过程中，我们深深地感受到，从董干到马崩的苗族边民们虽然因为经济落后，交通不便，科技、教育、卫生、广播电视等各项社会事业发展滞后，整体生活水平仍处于国家标准贫困线以下，但是他们的国家认同感和向心力并没有因此而消失。一般的村民都知道边界两边是不

① 麻栗坡县民族事务委员会编《麻栗坡县民族志·大事记》，云南民族出版社，2001，第 47 页。

同的国家，即边界这边是中国，边界那边是越南，也知道两个国家曾经打过仗。调查组曾经询问当时马崩哨所战斗的情景，顾玉洪、杨德祥在回忆起二十多年前的那场战斗时，他们脸上依然泛起自豪的神情。

然而，由于历史与现实诸多因素的影响，马崩村民们在面对国家认同时，也流露出很多困惑和无奈。历史上苗族所受到的很多不公平的待遇或歧视，仍然投射在马崩村民的潜意识中，现实中由于边缘化造成的落后与贫困在加深着这种集体记忆。苗族极少与他族通婚、实行族内婚就是这种族群记忆的强化剂；即便是与越南妇女通婚，也是先看对方是否是苗族。至于是中国的苗族还是越南的苗族，据调查组在下黑山村访谈得知，村民在大多数情况下很少考虑或不予考虑。

中越关系恢复正常化以来，双方都实行了边境开放政策。随着双方关系的日趋缓和，边界两边的边民又重新走动起来，特别是马崩边民互市点的开辟和定期集市，其辐射影响在不断加强，每个街天都有大量的越南边民前来赶街购物；越方一侧的集市也有我方边民前往赶街。在这种长期的日常的交往中，部分边民的国家观念被弱化是有可能的。

改革开放 30 年，我国经济社会取得了巨大的成就，中国现代化进程不断推进。马崩村民作为中华人民共和国的一员，有权利与内地人民一起享受改革开放带来的富裕充实的生活。然而，马崩村现实的贫困却又是令人担忧的。在马崩村民看来，以内地城市代表的是与他们现实生活格格不入的另外一种世界。更加令人担忧的，是中越双方的边境政策的差距，已经让包括马崩村民在内的边境群众产生了相当大的失落感。

图8-2 董（干）马（崩）公路延伸至此与越方通道
对接（2009年2月13日金军摄）

据麻栗坡等县的有关部门调查了解，越南实行革新开放后对边疆少数民族地区和口岸实施了一系列特殊的扶持政策。下面是我国有关边疆民族的政策以及有关部门所了解到的越方边境政策列表对比的情况（表8-1中涉及的政策实行情况以2007年年底的态势为准）。

表8-1 中越双方边境政策对比情况

政策分类	越方政策	我方政策
一、经济扶持		
（一）种植业	1. 实行谁种谁有政策，免费提供树苗，每户农户扶持200～300元造林费，种活一棵杉树奖励1元、一棵果树奖励2元	符合条件的，与内地同等享受国家退耕还林政策（国发〔2002〕10号）无针对边境地区的政策
	2. 每年无偿提供农户5～10公斤优良种子和2包尿素	符合条件的边三县种粮户可享受生产资料补贴（财建密电〔2007〕1号）

政策分类	越方政策	我方政策
一、经济扶持		
（二）养殖业	3. 对养母猪的农户，每年给予每头母猪补贴 1000 元，到满双月每窝再收回 1 头小猪	与内地同等享受国家能繁母猪补贴政策（国发［2007］22 号） 无针对边境地区的政策
	4. 鼓励农户发展养牛，农户在一年内养 3~5 头，且每头售价达 4000 元的，奖励 1000 元；发展养羊的农户，一年内发展小羊 18~20 只的奖励 500 元	无针对边境地区的政策
	5. 无偿扶持边境贫困山区无耕牛户 1000 元购买耕牛	无针对边境地区的政策
	6. 对各种畜禽免疫注射均不收取费用，因疫苗反应死亡的以市场价为标准补偿一半	对禽流感、W 病、猪蓝耳病疫苗注射实行免费，其他常规防疫仍收取费用（云财农［2004］13 号）；因疫苗反应死亡的，大牛按 800 元、小牛按 600 元补偿，猪的补偿在市场价的一半以下（地方自定政策） 无针对边境地区的政策
（三）信贷扶持	7. 群众可根据需要向银行贷款，最高可贷 5000 元，5 年内还清本金的不收利息，如 5 年内还不清本金的，之后每月按 3.6‰的利率收取利息	文山州 2001 年起开始推广实施农村小额信贷。评为信用村的，与内地同等享受小额信贷扶持（云南省联社［2005］329 号） 无针对边境地区的政策
	8. 给予边境地区每户农户发放 500~1000 元的 3~6 年无息贷款发展种养业	

续表

政策分类	越方政策	我方政策
二、基础设施建设		
（一）公路建设	9. 通村（相当于我方村民小组）公路国家每年安排500～600元/公里维修费	无针对边境地区的政策
（二）水利建设	10. 散居的群众迁移实行集中居住，由国家全额承担主水管、主水池的投资，群众负责部分投工投劳。主水池至各户群众的分水管和分项水工程，则由国家全额出资，且不需群众投工投劳。对不能聚居的采取建设20～50立方米小水窖（池）解决饮水难问题，由国家提供建设材料及相关费用2500～3000元，或无偿安装小型抽水机	文山州在实施"三项工程大会战"过程中，在缺水地区建一口30立方米的小水窖，需投资3000元左右，国家补助800～1000元，群众自筹1000～2000元 无针对边境地区的政策
三、社会事业		
（一）教育	11. 小学三年级以下学生的书费、学习用具等费用均由国家承担，并按月发放	与内地同等享受"两免一补"政策（国发〔2003〕19号） 无针对边境地区的政策
	12. 小学四年级直至大学毕业，学生衣食住行费用由国家负担。	
	13. 考取内地高一级学校的学生，其往返车船费、途中食宿费等统一由国家支付	无针对边境地区的政策
	14. 民族中小学和中等以上专业技术学校的学生，国家年补助生活费用600元	民族中小学学生补助350元/年；中专学生补助1500元/年（云财教〔2007〕162号、云政发〔2007〕166号） 无针对边境地区的政策

政策分类	越方政策	我方政策
三、社会事业		
（一）教育	15. 边境地区高考考生照顾分占总分的 10%，成绩优秀者免试保送	边境县高考考生享受 20 分照顾分（云招考办发〔2007〕29 号）无免试保送政策
	16. 边境地区教师月平均工资比内地同等教师高 20%，三年后可无条件调回内地安排工作	边境县教师月平均工资比内地县同等教师高 250 元
（二）科技	17. 政府无偿提供劳动力科技培训经费，每开展 20 人以上的劳务培训班，即可获得 350 元培训补助，并购买学习用具、书本发给学员。同时，在农村经济和农业生产管理编制上，每社（相当于我方乡镇）设 1 名农管员	无针对边境地区的政策
（三）卫生	18. 边民在医疗保障上人人享受基本医疗卫生保健政策，小病不收费，免费拿药、输液治疗	实施新型农村合作医疗，与内地同等享受相关政策（国办发〔2003〕3 号）无针对边境地区的政策
	19. 实行合作医疗制度，年户均缴纳参合经费 5 元。大病住院个人承担 20%、国家承担 80%，不设封顶线	
	20. 国家公务员住院看病费用全免，小病自购药或打针报销 80%	享受城镇职工医疗保险（国发〔1998〕44 号）无针对边境地区的政策

续表

政策分类	越方政策	我方政策
三、社会事业		
（三）卫生	21. 学生享受免费就医	参加新型农村合作医疗的，与内地同等享受相关政策（国办发［2003］3号）无针对边境地区的政策
（三）卫生	22. 每村新建卫生室，面积约80平方米，配备常用的检查设备及诊疗仪器。村医工资待遇纳入政府预算，每人每月发给工资450元左右，粮食由各社免费提供	村委会设有卫生室，边境县卫生业务用房每村补助5万元（省级财政承担）村医待遇50～200元/月（州县财政解决）
（四）文化	23. 在边境沿线村（社）免费安装"211"站和地面卫星接收站及中波发射台	地方通过项目争取实施"村村通广播电视"工程，农户需要承担部分资金无针对边境地区的政策
（四）文化	24. 边民凭票每买一台电视机给予优惠50%，并赠送边境群众每户一台收音机	无针对边境地区的政策
四、扶贫济困		
（一）扶贫	25. 扶持每户边民3000～5000元将茅草房改造为铁皮房或石棉瓦房	无针对边境地区的政策
（一）扶贫	26. 对未通电的地区每户每月补偿1公斤煤油，有条件的安装小型发电机解决照明问题	无针对边境地区的政策
（一）扶贫	27. 鼓励群众炸石造地、地改田和农田灌溉沟渠建设，国家按炸石造地每亩200元、地改田每亩300元的标准补助群众，并给予人每天3～5元出工补贴	无针对边境地区的政策

续表

政策分类		越方政策	我方政策
四、扶贫济困			
（一）扶贫		28. 电费按每度 0.25 元的标准收取。内地 100 度以下为 0.3 元/度，100 度以上为 0.6 元/度	生活用电标准为 0.51 元/度（一些未实施农网改造地区费用更高）。为内地的 1.25 倍
（二）救济、抚恤		29. 对缺粮少粮户及特困户每月发放 20 公斤救济粮和 50～70 元的生活补助	对缺粮少粮户视情况每户每年给予 500～1000 斤救济粮，特困户视情况给予临时性生活补助（省下拨资金）无针对边境地区的政策
		30. 对因战伤残人员按等级差别给予不同的补助，最高标准为每人每年补助 9000 元，一般的每人每年补助 800 元	对因战伤残人员最高的每人每年补助 5160 元；最低的每人每年补助 360 元（云民优〔2007〕16 号）
五、守土固边		31. 自 2004 年以来扩大边境地区征兵比例，边境贫困县招募的兵员占当地人口数的比例高达 1%	边境贫困地区兵员学历条件适当降低，征兵比例与内地无差异
		32. 鼓励群众迁往边境地区居住以守护边境，由政府给予每户 1000～1500 元的建房补助和 3000 元的安家费	无针对边境地区的政策
		33. 村长（相当于我方村民小组长）待遇每月 90 元，副村长每月 60～70 元，治安员 120 元	麻栗坡县村小组长每月 30 元，副组长每月 15 元；富宁县村小组长每月 18 元，副组长每月 16 元；马关县村小组长、副组长每月均为 15 元（各县自筹解决，国家无针对边境地区的特殊政策）

政策分类	越方政策	我方政策
六、对外开放		
（一）投资政策	34. 企业投资获利后，在当地进行再投资的，可返还投资者50%的企业所得税；如果投资者再追加投资的，可以返还投资者100%的企业所得税	无针对边境地区的政策
	35. 在河江、老街省贷款用于养畜、养禽、养蜂、水产养殖及新建茶叶加工厂的投资项目，可在本省各商贸银行办理贷款业务并免交手续费，在贷款后24个月内可得到比现有利率低50%的优惠	无针对边境地区的政策
（二）口岸建设	36. 批准清水河口岸（我方麻栗坡天保口岸对面）进一步扩大对外开放，允许第三国人员、货物出入境	天保口岸尚未允许第三国人员、货物出入境
	37. 边境口岸每年关税收入在2500万元以内的，全部留给当地用于口岸基础设施建设；关税收入在2500万元以上的，50%留给当地；关税收入过低的经济区，国家另行给予补贴	无针对边境地区的政策
	38. 增加口岸常住人口，逐步从内地和山区迁移农户到清水口岸附近居住，使其常住人口增至1万人以上，并将清水社升格为副县级镇	无鼓励口岸人口迁移政策

215

政策分类	越方政策	我方政策
	六、对外开放	
（二）口岸建设	39. 给予在口岸投资发展5年以内的客商租用土地全部免租金。给予投资发展在5~10年的客商租用土地免税50%	无相关政策
	40. 给予在口岸经商的客户及项目投资者1~5年免缴个人和企业所得税	无相关政策
	41. 对在口岸投资加工、生产和组装出口的产品，实行增值税全免	无相关政策

资料来源：根据麻栗坡县有关部门提供的材料整理。

从表8-1可看出，一是越方对边境地区的扶持政策配套性强、覆盖面大，共分六大类41项，内容涉及边境地区基础设施建设、生产扶持、扶贫济困、对外开放及经济社会发展等方面，对于发展边境经济、提高边民收入、稳定民心产生了积极的作用。二是我方边境政策与越方相比存在差距。仅就当前掌握的越方的这41项政策中，我方仅有边境县教师待遇（指的是补贴）略高于内地（指的是文山州其他非边境县）、边境县考生享受20分照顾分两项政策国家采取了倾斜政策，其他方面尚无针对边境地区的特殊优惠政策。

中越双方边境政策差异对我方产生了较大的影响。从积极的一面看，当前越方边境地区物资相对匮乏，边民所需的各种生活日常用品、生产工具等，大多通过与我方开展的互市贸易中获取。越方对其边境一线群众实行的各项扶持政策，有利于促进双边互市贸易的发展。同时，越方对外开放方面的政策，有利于双边经贸往来以及我方进一步提升沿边开放水平。但是，消极的影响必须引起各级各部门的高度重视。一是，越南政府推行的边境政策，一定程度上满足了其边境地区社会稳定和守土固边的战略性需要。虽然中越关系已经恢复正常，但边境领土争议区域仍存在。越南政府鼓励内地居民迁往边境沿线居住，不排除其造成既成事实，在勘界工作中达到多占多划的目的。目前越方边民"过耕、过牧、过猎、过伐、过居"现象较为突出，争议事件很难解决，不利于维护我方边境稳定。二是双方的政策差异，一定程度上弱化了我方边民的国家优越感和民族自豪感，导致其不平衡心理和失落感，边民的爱国意识、国防意识、领土意识有所弱化，对我方边境社会安定十分不利。三是容易为一些境外媒体所利用，制造虚假负面新闻舆论，如有文章以我方边民迁徙为题材进行了不实报道和炒作，严重损害了我国对外形象。

针对以上情况，近年来，云南省、州、县、乡（镇）各级政府都采取了积极的应对措施，比如加大边境地区基础设施建设力度、启动千里边防文化长廊建设工程、三项扶贫工程（即沼气池、小水窖建设和茅草房改造）建设、新农村建设、新型农村合作医疗体制、农村低保工程等等，并注意从观念、意识层面对边民加强教育。如董干镇政府就通过各种措施强化边民的"五种意识"①。

---

① 董干镇综合办公室：《董干信息》第 97 期，2007 年 8 月 17 日，ht-tp：//www. ynszxc. gov. cn/szxc/model/ShowDocument. aspx？Did = 985＆DepartmentId = 985＆id = 1567097。

一是国防意识。广泛宣传，全面普及国防教育，让边境村民树立有国才有家的意识，知道只有国家强大，才能为边境经济的发展注入源源不断的动力。

二是文明意识。督促边民要自觉遵守有关国与国之间的约定，不违反、不破坏。对越方公民合法入境，在没有发现对方有危害国家安全的迹象时，要以礼相待，自觉维护国家形象，促进两国边民友好交往。

三是竞争意识。两国边民山水相连、文化相通，但分别属于各自的国度，在经济发展的各个方面有着十分相似的条件，况且在国家大力实施西部大开发的今天，作为边境村民，不能在发展经济、文化等方面落后，要努力为国争光。

四是保密意识。让边境村民意识到就是在祖国繁荣昌盛的今天，一些不怀好意的国外敌对分子依然在利用各种手段，想方设法窃取国内情况，一些重要情报的泄露，轻者将使国家国际交往处于被动，重者将严重危害国家安全。

五是学习意识。边境村民，与国外边民交往密切，对境外边民生产生活了解较多，董干镇在引导边民努力发展自身的前提下，要求边民取人之长、补己之短，对对方边民好的东西要加强学习，以促进当地经济更快更好地发展。

但是，由于财力有限，边疆民族地区贫困面大、贫困程度深，前述各级地方政府实施的各项建设工程只是改变了部分有限的点（村寨）的面貌，总体上边疆民族地区仍是落后的。而边民的国家观念的强固也不是单单靠宣传就能做得到的。它需要深深刻印在边民的内心深处，而这又需要边民在享受到切实的丰富的物质和精神生活的基础上才能做到，换句话说，要让马崩村民感觉到作为中华人民

共和国公民的自豪感。改革开放以来，中国的现代化建设
取得了举世瞩目的巨大成就，面临着极好的历史机遇，但
"三农"问题告诉我们，中国的现代化历程仍面临着许多困
难。导致中国现代化历程非常艰难的原因固然复杂，但长
期推行导致城乡分隔的二元体制（最主要的就是户籍制及
与户籍制挂钩的各种权利和保障体系）无疑是根本原因。
从历史的经验来看，如果中国不想再次错过现代化的机遇、
不想再重复历史上曾经反复出现的社会大动荡局面，坚决
破除城乡二元体制、让所有愿意的人参与到现代化进程中
来并分享现代化所带来的各种机会和成果，已经成为迫在
眉睫的任务。只有如此，马崩村民们才有可能、有机会去
追求他们向往的生活，中国的边疆也才能强固。因为，需
要无数的马崩村民们去守土固边。

附　录

马崩村村民自治章程

（2005 年 4 月 8 日村民会议通过修订）

第一章　总则

第一条　为充分发扬民主，严格依法自治，调动村民建设社会主义新农村的积极性，促进本村物质文明、政治文明和精神文明建设，依据《中华人民共和国宪法》、《中华人民共和国村民委员会组织法》（以下简称《组织法》）和《云南省实施〈中华人民共和国村民委员会组织法〉办法》、《云南省农村工作守则》等有关法律、法规和政策，联系本村实际，特制定本章程。

第二条　本村实行村民自治，在当地现行政策和国家法律法规规定的范围内，在村党总支部的领导下，由村民委员会（以下简称村委会）依法办理本村的公共事务和公益事业。

第三条　本章程是本村村民组织和全体村民的行为规范，在章程面前人人平等，必须严格遵守。

第四条　本章程由村委会具体组织实施，村民会议和村民代表会议监督执行。

第二章　村民组织

第一节　村民会议和村民代表会议

　　第五条　村民会议由本村 18 周岁以上的村民组成，是全村的最高决策机构，村民会议设立村民代表会议。村民代表会议由各村民小组根据人口多少推选若干村民代表组……。村民代表必须是热爱党，热爱社会主义，具有一定的……悟和参政议政能力，作风正派，办事公道，敢于坚……则、主持正义，在各项工作中起模范带头作用，在群……威望的村民。

……每届任期三年，可以连选连任，必要时可以

……会议和村民代表会议由村委会负责召集……年至少召开一次（可分小组或片区进……年召开一次，必要时可随时召开。有……议时，应召开村民会议。有三分之……应召开村民代表会议。

……职权：

……补选村民委员会成员。

……治章程、村规民约。

……发展规划。

……工作报告和财务收支情

……济等各项工作

……村民委员会不适当

的决定。

（七）讨论决定兴办公益事业向村民筹资筹劳的具体方案。

（八）讨论并决定《组织法》第十九条规定的涉及村民利益的事项。

召开村民会议，应当有本村 18 周岁以上村民的过半数参加，或者有本村三分之二以上的户的代表参加，村民会议所作决定应当经到会村民的过半数通过方能有效。

第八条 村民会议的职权，除第七条第（一）、（二）、（六）项之外，其余可由村民代表会议代行。

当有二分之一以上的村民对村民代表会议的决议持不同意见并有其他提议时，应召开村民会议重新讨论表决。

村民代表会议的决定，由全体村民代表的过半数通过方能有效。

第二节　村民委员会

第九条　村委会是在国家法律法规规定范围内，自我管理、自我教育、自我服务的群众性自治组织，（镇）人民政府的指导和村党总支部的领导，代表全处理对内对外各项事务。依照国家法律法规和有关按照职责和本村各种规章制度及村规民约管理本村

第十条　村委会的职责：

（一）教育、组织村民认真贯彻执行党的路政策，自觉遵守国家的法律、法规。

（二）执行村民会议和村民代表会议的决定议负责并报告工作。

（三）带领村民积极完成本村的行政、经

任务。

（四）维护和保障村民的合法权益，教育引导村民履行公民义务。

（五）组织村民发展经济，做好本村村民小组生产的服务协调工作，积极发展本村集体经济，促进集体经济积累。

（六）办理本村公益事业，调解民间纠纷，维护社会治安，保持农村稳定。向上级政府反映村民意见、建议和要求。

（七）发展文化教育，普及科技知识，提高村民的致富本领。促进组与组之间的互助、团结，带领群众开展社会主义精神文明建设。

（八）管理和使用好本村集体所有的土地和其他财产，教育村民爱护公共财产，合理利用和开发自然资源，保护和改善生态环境。

（九）做好优抚优恤、救灾救济、五保供养等项社会保障工作。破除农村封建迷信活动，开展移风易俗教育。

（十）做好计划生育工作，控制人口增长，提高人口素质。

（十一）法律、法规规定的其他职责。

第十一条　村委会的主要工作制度：

（一）学习制度。每月至少集中学习一次，由村党总支部统一组织，主要学习国家法律、法规和各级党委、政府有关政策、文件，不断提高理论水平和法律、政策水平。

（二）会议制度。村委会每月至少召开一次村民委员会会议、半年一次总结汇报会、年终一次总结会。根据工作需要，也可随时召开村民委员会会议。

（三）建立任期目标、年度计划和分工负责及考核制度，定期进行总结检查。

（四）村务公开制度。村务公开的主要内容包括：上级党委、政府有关政策规定，本村重要公共事务，村干部的分工和职责情况，财务收支，集体企业和财产的承包以及租赁，集体基建项目投资的招投标，计划生育，救灾救济，优抚政策等有关村民关心的重大问题。一般的村务事项和财务收支情况至少每半年公布一次，涉及农民利益的重大问题以及群众关心的事项要及时公布。村务公开可采取建立村务公开栏、广播电视、召开村民会议或村民代表会议等方式进行。

第十二条 村委会下设人民调解、治安保卫、文教卫生、计划生育等工作委员会。

（一）人民调解委员会主要职责是：进行法制宣传教育；协助政府和司法行政部门做好矛盾纠纷排查工作；调解民间纠纷；对违反村规民约的事项进行调处。

（二）治安保卫委员会的主要职责是：发动和依靠群众维护好本村社会治安秩序，协助政府和公安机关做好治安保卫工作。

（三）文教卫生委员会的主要职责是：科教兴村，普及科学技术、卫生健康等知识，不断提高村民素质，搞好环境卫生和防疫工作。

（四）计划生育委员会的主要职责是：贯彻执行党和国家的计划生育法律、法规和政策，切实做好计划生育工作。

第三节　村民小组

第十三条 村民小组是开展群众性自治活动的基层组织，是村委会联系村民的桥梁和纽带。

第十四条　本村划分为 25 个村民小组，每个小组设组长 1 人，副组长 1 人，统计员 1 人，由本组村民民主推举产生，报村委会备案。

第十五条　村民小组长必须由年满 18 周岁以上，热爱集体、遵纪守法、热心为村民服务、受群众信赖的村民担任。

第十六条　村民小组的职责：

（一）宣传和贯彻党的路线、方针、政策和国家的法律法规。

（二）负责组织全组村民的活动，及时向村委会汇报工作。

（三）管理属于本组的土地、山林、企业及其它资产。

（四）接受村委会的任务和要求，组织本组村民积极推进物质文明、政治文明和精神文明建设，并对各项村务进行监督并提出建议。

（五）及时向村委会反映本组村民意见、要求和建议。

第四节　村委会与本村各组织的关系

第十七条　村委会受本村党总支部的领导，村党总支部应发挥领导核心作用，加强对共青团、妇联、民兵、老协等群团组织的领导，支持村委会的工作，保障村民依法开展自治活动并行使民主权利。村委会应当自觉尊重并接受党总支部的领导。村民小组中的党组织也应发挥其相应的作用。

第十八条　村委会应加强对村民小组的领导，积极支持其开展工作。村委会根据本村实际，可以授权各村民小组长管理本小组辖区内的土地财产和处理集体事务。其授权委托的内容、事项、范围和要求，应制作授权委托书。

第十九条　村委会应积极支持共青团、妇联、民兵、老协等群团组织依法按照各自的职责开展工作，村级群团组织也应积极支持配合村委会的工作。

第二十条　村委会应当支持和组织村民依法发展各种形式的合作经济和其他经济，承担本村生产的服务和协调工作。多渠道发展村级集体经济，尊重集体经济组织和其他经济组织依法独立进行经营活动的自主权，保障他们的合法权益。同时，这些经济组织及其拥有者也应服从村委会的统一管理，按时足额上缴有关费用。

第三章　村民

第二十一条　凡是具有本村常住户口的，是本村村民。村民行使权利和履行义务，坚持权利义务相一致的原则。

第二十二条　村民的权利：

（一）凡年满 18 周岁的村民有选举权和被选举权（依法被剥夺政治权利的除外）。

（二）有了解村、组应公开的事务之权利。

（三）有监督村、组干部执行本章程和实现其任期目标的权利。

（四）对村委会、村民小组的工作有提出批评、意见、建议的权利。

（五）有参加村民会议和村委会、村民小组组织的活动的权利。

（六）有接受有关教育培训的权利。

（七）生产劳动经营中，有按有关规定请求村、组帮助的权利。

（八）表现突出、对集体有贡献的，有获得奖励、表彰的权利。

（九）当人身、财产权利及其他权利受到侵害时，有请求村、组给予维护的权利。有依照有关信访工作规定向上级反映意见的权利。

（十）按有关制度的规定，有取得集体收益、医疗及其他福利待遇的权利。

第二十三条 村民的义务：

（一）爱党爱国爱集体，积极参加村组的集体活动，爱护集体财产，维护集体的利益和声誉。

（二）自觉遵守国家法律法规及村规民约，维护公共安全，注意防火防盗，不参加违法活动。

（三）勤劳致富，积极从事诚实正当的生产劳动及经营活动。

（四）保护生态环境，实行计划生育。

（五）重视科教，努力学习，不断提高自身素质，积极参加健康有益的活动。

（六）移风易俗，不搞封建迷信，不参加非法宗教及邪教组织，破除陈规陋习。

（七）团结邻里，家庭和睦，敬老爱幼，互相帮助。

（八）履行义务，赡养老人，抚养儿童，自觉服兵役。

（九）爱护公共卫生，搞好家庭卫生。

第四章　村务管理

第一节　农业生产管理

第二十四条 坚决贯彻执行党的农村政策，稳定以家庭承包经营为基础、统分结合的双层经营体制。稳定土地承包期延长 30 年不变的政策，保障农民生产经营自主权。全体村民要珍惜、保护和合理利用耕地，提高农业生产效益。村委会应及时组织好产前、产中、产后的服务工作。

第二十五条　维持各村民小组集体土地的界线不变。如因生产和建设需要调整用地，须经村民小组同意，并相应给予适当的经济补偿。

第二十六条　村委会和村民小组所留机动田（地）实行公开招标承包经营，承包户必须按合同按时足额上交承包费，否则，集体可以随时收回。

第二节　企业管理

第二十七条　村委会和村民小组拥有的集体企业，一律实行公开招标承包经营或租赁经营。承包户必须爱护集体财产，按时足额上交承包费，并努力防治环境污染。村民有权监督集体企业财产的运用情况，防止破坏性生产现象的发生。

第二十八条　村委会和村民小组应认真做好集体企业资产的清产核资、保值增值工作，防止集体资产流失。

第二十九条　村委会和村民小组拥有的集体企业，无论由谁负责经营，在用工方面，同等条件下应优先照顾本村村民。

第三节　土地管理

第三十条　土地属于国家、集体所有，严格执行有关土地管理法律法规，严肃查处乱占乱建等破坏耕地的行为，村民建房必须通过村民小组会议讨论同意，才能上报审批。

第三十一条　以下地点严禁建房：

（一）对村间道路有影响的；

（二）权属有争议的；

（三）国家建设规划内的；

（四）影响国家电信、电力、道路等设施的。

第三十二条　严禁毁林开荒，被列入退耕还林、农田保护、水土保持、涵养林、水源林区域内的土地禁止破坏性开发。

第三十三条　村民之间转包责任田地，须双方协商一致并报村民小组同意。鼓励村民向农业生产的集约化、规范化、产业化方向发展。

第四节　山林管理

第三十四条　现有山林要严格保护，不得任意砍伐。积极推广液化灶、沼气等。房屋建筑提倡砖混结构。

第三十五条　护林防火人人有责，村、组每年应签订护林防火责任书，严格木材采伐审批制度，严禁变相采伐。

第三十六条　村、组要积极组织村民植树造林，完成每年的造林任务。

第五节　财务管理

第三十七条　村委会、村民小组必须遵守《中华人民共和国会计法》，制定相应的财务管理细则，严格按章办事。健全账簿，按规定设置科目，会计要按月结算，编制报表，做到账据、账款、账目、账实、账物五相符。

第三十八条　现金与存款要分账管理，出纳未经主管领导批准不得私自借出现金。任何人不得以村、组集体名义为单位或个人提供贷款或贷款担保。

第三十九条 严格财务报批制度，坚持主任一支笔审批；重大开支由村民会议或村民代表会议讨论决定。

第四十条 严格控制非生产性开支，不符合财务制度的开支，财务人员有权拒付。

第四十一条 财务事项发生时，经手人必须取得有效原始凭证，并严格实行"三章制"，即要有对方签章、经手人签章、批准人签章，如果不齐全，财务人员有权不予报销。

第四十二条 村委会和村民小组每年向村民公布财务收支情况2次（7月1次，次年1月1次），重大收支情况及时公布。

第四十三条 坚持村农经站统一管理村民小组所有财务资金的原则，加强财务资金的监督控制。遵守国家的财经纪律，用活资金，严格村民支付资金的审批权。

第四十四条 村委会和村民小组建立集体财务登记制度，每年清理公布一次，该报损的要及时报损，新增加的要及时登记，借出的要按时收回，做到有专人管理、专人负责。

第六节 社会治安管理

第四十五条 全体村民应严格遵守国家法律法规，积极协助政法机关维护本村正常的生产生活和社会秩序，努力化解社会矛盾。

第四十六条 坚持社会治安综合治理目标责任制，层层明确目标任务，群防群治，维护地方平安，及时兑现奖励措施。

第四十七条　惩恶扬善，大力表彰奖励见义勇为的先进分子。

第四十八条　治保委员会负责管理本村的社会治安工作，共青团、民兵、老年体协等参与社会治安综合治理，巩固治安整体联动防范机制，开展治安巡逻经常化。

第七节　公益事业管理

第四十九条　坚持办好学校，努力提高人口素质，对考取大专及其以上院校的村民，村委会给予每人不低于200元的奖励；建设公共娱乐休闲设施，丰富和活跃村民文化生活，逐步改善老年人和残疾人的生活状况。村民应积极支持兴办村级公益事业。

第五十条　村庄道路，供水供电设施，村委会及村民小组的公房，分别由村委会和涉及的村民小组负责建设维修，费用合理协商承担。村民都有义务维护公共设施的安全。

第五章　民主管理和监督

第五十一条　涉及村民利益的事项，由村党总支部、村民委员会、村集体经济组织、十分之一以上村民或五分之一以上村民代表联名提出议案，由村党总支部召集村党总支部和村委会联席会议研究，提出具体意见，然后由村委会召集村民会议或村民代表会议讨论决定，由村党总支部、村委会组织实施。

第五十二条　村委会和村民小组要坚持决策民主和办事公开的原则，要将决策和公开的内容、程序作出明确的规定，张榜公布，并按照规定严格执行。

第五十三条　村民会议和村民代表会议作出的决定，村委会和村民小组必须坚决执行，不得随意变通。原决定需要变更的，必须召开村民会议或村民代表会议讨论决定。

第五十四条　村委会和村民小组执行村民会议或村民代表会议的决定，履行职责的情况，每半年向村民会议或村民代表会议报告一次，并接受村民的评议。

第五十五条　村委会和村民小组都要设立村务公开栏，定期向村民公开应公开的事项。

第五十六条　对于村民针对民主管理过程中提出的批评、意见和建议，村委会和村民小组应当认真研究、及时整改。

第五十七条　村民反映意见和要求应当坚持实事求是、合法有序的原则。村委会和村民小组对提意见的村民不得以任何形式打击报复。

第六章　附则

第五十八条　就执行本章程以及依据本章程制定的村规民约过程中发生的村民与村民、村民与集体的纠纷，由村人民调解委员会依据法律、法规和本章程、村规民约的规定先行调解。对于调解达成的协议，当事人双方应自觉履行。不愿意调解、调解不成或对调解达成的协议事后持有异议以及拒不执行达成的协议的，当事人一方可以依据法律法规向人民法院起诉。

第五十九条　本章程经村民会议讨论通过后自公布之日起生效执行，如有修改，须经村民会议讨论决定。

第六十条　本章程由村委会负责解释。

村规民约

（2005 年 4 月 8 日村民会议通过）

　　为切实保障村民的合法权益，维护农村社会稳定，创造和谐有序的生产、生活环境，促进物质文明、政治文明、精神文明的协调发展，按照自我管理、自我教育、自我服务、自我约束的原则，经本村村民会议讨论通过，特作如下规定。

　　一、社会治安

　　第一条　每个村民都要学法、知法、守法，自觉维护法律的权威和尊严，同一切违法犯罪行为作斗争。

　　第二条　村民之间应团结友爱，和睦相处，不打架斗殴，不酗酒滋事，严禁侮辱、诽谤他人，严禁造谣惑众、拨弄是非。

　　第三条　自觉维护社会秩序和公共安全，不干扰国家机关正常办公秩序，不阻碍公务人员执行公务。

　　第四条　严禁偷盗、敲诈、哄抢国家、集体、个人财物，严禁赌博，严禁替罪犯藏匿赃物。

　　第五条　严禁非法生产、运输、储存和买卖爆炸物品；生产、销售烟花、爆竹，须经公安机关批准；捡拾枪支弹药、爆炸危险物品后，要及时上缴公安机关或村治保会。

　　第六条　爱护公共财产，不得损坏水利、交通、供电、生产等公共设施，不得在村民居住区安装噪声大的机器设备。

　　第七条　不得在公路上打场晒粮、挖沟开渠、堆积粪土、摆摊设点，不得以任何理由妨碍交通秩序，不得违反规定搭乘货车。

第八条　不制作、出售、传播淫秽物品，不调戏妇女，自觉遵守社会公德。

第九条　严禁非法限制他人人身自由，非法入侵他人住宅，不准隐匿、毁弃、私拆他人邮件；严禁参加非法宗教及邪教组织和活动。

第十条　严禁私自砍伐国家、集体或他人的林木，不准在村附近或田边路旁乱挖、乱倒，严禁损坏庄稼、瓜果及其他农作物，严禁牲畜吃庄稼。

第十一条　严格用水、用电管理，未经批准，不准私自安装用水用电设施，要切实爱护水电设施，节约用水用电，严禁偷水偷电。

第十二条　认真遵守户口管理规定，出生、死亡要及时申报或注销；外来人员需要在本村短期居住的，应向村治保会汇报，办理临时居住手续。

二、村风民俗

第十三条　提倡社会主义精神文明，移风易俗，反对封建迷信及其他不文明行为，树立良好的社会风尚。

第十四条　喜事新办，不铺张浪费；丧事从简，不搞陈规旧俗，村民去世，提倡火化。

第十五条　不听、不看、不传播淫秽和反动的书刊、音像制品。

第十六条　建立正常的人际关系，不搞宗派和宗教活动。

第十七条　搞好公共卫生，保持村容整洁，不随地倒垃圾、秽物；修房盖屋剩下的垃圾碎片要及时清理，柴草、粪土按指定地点堆放。

第十八条　服从村镇建房规划，不扩占，不超高，搬迁拆迁不提过分要求；拆旧翻新，需经村委会批准，不准擅自动工。

三、邻里关系

第十九条　村民之间要相互尊重、相互理解、相互帮助，建立良好的邻里关系。

第二十条　在生产生活、经营劳作、借款贷款、社会交往过程中，应遵循平等、自愿、互利的原则，自觉服从村委会安排，不争水、争电、争农具，不随意更换、移动地界标志；发扬风格，小事不斤斤计较。

第二十一条　依法使用宅基地，老宅基地要尊重历史状况，新宅基地按村、乡（镇）规划执行，不得损害整体规划和四邻利益。

第二十二条　村民饲养的动物、家畜造成他人损害的，动物饲养人和管理人员负经济赔偿责任（由于受害人过错或第三人过错导致的除外）；无行为能力或限制行为能力的人给他人造成损害的，由监护人按有关监护制度规定承担经济赔偿责任。

四、婚姻家庭

第二十三条　全体村民要遵循婚姻自由、男女平等、一夫一妻、尊老爱幼的原则，遵守家庭美德，建立团结和睦的婚姻家庭关系。

第二十四条　婚姻自由，婚姻大事由本人做主，反对他人包办干涉，不借婚姻索取财物。结婚必须依法登记，严禁非法涉外婚姻和边民非法通婚。

第二十五条　自觉做到计划生育，提倡晚婚晚育，鼓励和提倡一对夫妇只生一个孩子。

第二十六条　夫妻在家庭中的地位平等，反对男尊女卑，反对家庭暴力，不准打骂配偶，夫妻双方和睦相处，共同承担生产、家务劳动，共同管理家庭财产。

第二十七条　不准遗弃、虐待老人。对丧失劳动能力无固定收入的老年人，其子女必须共同尽赡养义务，保证老人每人每年有 380 斤口粮，360 元零花钱，2 套新衣服；生病就医，生活服务，由子女承担费用。

第二十八条　父母（含继父母、养父母，下同）承担未成年或无生活能力子女的抚养教育。不准遗弃、虐待病残儿、继子女和收养的子女。

第二十九条　对合法的遗产，男女有平等的继承权。

五、文化教育

第三十条　村民应当按时参加村小组、村委会组织的各种科技文化知识学习及会议，村民小组应当做好考勤记录；无故不参加的，除提出批评教育外，缺一次出义务工两个（主要用于维修公共设施）；如果三次无故不参加的，村调委会或调解小组按违约处理。

第三十一条　每个家庭有义务保证其子女完成九年制义务教育，凡 16 岁以下少年儿童未完成九年义务教育，辍学务农或经商的，村委会及村小组有权配合学校对家长进行批评教育，督促家长保障其完成学业。

第三十二条　鼓励村民为国家、社会培养有用人才。凡本村村民考取大专及以上院校，因家庭经济确实困难而无法入学的，本组村民本着互帮互助的原则，自愿捐资助学，帮助其入学；村小组有集体基金的，可用集体基金给予适当奖励。

六、土地山林

第三十三条 土地属国家、集体所有。村民所承包的责任田地，未经有关部门批准，不得作为非农业生产及建房使用，违者责令其复耕。如不执行者，申请土地执法部门处理。由此造成的一切责任由当事人承担。

第三十四条 村民建房须本人提出申请经村小组同意，交村委会上报乡（镇）土地管理所审批后方可按规划建盖。严禁少批多建或不批就建，如有违反，责令其自行拆除并恢复土地原状。

第三十五条 村民因发展种植、养殖业而需要租用集体土地的，须经村民小组同意，交村委会及土地管理部门审批后按合同规定的地点和用途使用，不准将合同用地进行非法出租和转手倒卖，违者，村小组有权报请村委会终止合同，收回土地使用权，不作任何补偿。

第三十六条 农户未经村民小组及村委会批准同意，不得私自乱开垦集体土地。私自开荒、开发使用土地内的果树、作物，国家征用时其补偿费归集体，村内公益事业使用时不作任何补偿。已经开发开荒的，应无偿退还给村民小组。

第三十七条 树立护林防火人人有责的观念。村民在家及野外用火，引发的火灾损失由当事人负责赔偿，情节严重者交司法机关依法处理。其他按《森林法》有关规定处理。

七、执行规定

第三十八条 本《村规民约》由村民委员会组织实施，并由村委会授权村调解委员会负责调处因违反《村规民约》而发生的纠纷。

第三十九条 人民调解委员会调解因违反《村规民约》出现的纠纷，按照平等自愿、依法调解和尊重当事人诉讼权利的原则进行。

第四十条 村民对村调解委员会主持下达成的调解协议应当自觉履行。

第四十一条 违反本《村规民约》的，给予过错人批评教育，并视情节轻重，收取过错人 20 元至 200 元的违约金；造成损失的，由有过错的一方按照市场价或者重置价赔偿损失。

村民因违反《村规民约》而缴纳的违约金由村委会收取，全部用于村内的公益事业。

第四十二条 本《村规民约》经村民会议讨论通过于 2005 年 4 月 8 日开始实施执行，涉及的条款由村委会负责解释。未尽事项由村民会议另行讨论决定。

马崩村民委员会工作制度

一、学习制度。每星期五下午为学习日，由党总支（支部）统一组织，集中学习党和农村的各项方针、政策、国家的法律、法规，农业科学技术，经济管理知识。

二、会议制度。每周召开一次办公会，每月一次汇报会，每季度一次村民代表会，半年一次总结会和一至二次村民大会，年终一次工作总结报告会和干部民主评议会。

三、建立村干部任期目标、年度目标和分工负责制度。每半年总结检查，年终考核计酬，并向全体村民公开。

四、财务管理制度。每季度检查一次、每半年审计一次，并向全体村民公开。

马崩村村民委员会会议制度

一、村委会每 7 天召开一次办公会议，主要总结过去 7 天村委会工作，研究布置下一步工作任务。

二、每季度召开一次工作会议，通报本季度工作，研究下季度工作任务。

三、每半年召开一次汇报会，村委会成员通报各自分管工作情况，同时研究布置下半年工作任务。

四、年终召开一次汇报总结会，认真总结村委会本年度的工作成绩、经验、不足和教训，制定下一年度的工作计划。

五、如工作需要可以随时召开，每次会议做好记录，归档备查。

马崩村村民小组工作制度

1. 会议制度。每月召开一次村民会议，传达上级指示精神，了解各项工作。可以随时召开。

2. 培训制度。由镇政府组织每年一次培训，学习村委会基本知识，村民小组长职责、条例、任务等。

3. 岗位责任制度。村民小组长应及时完成各项年度计划，包括贯彻上级指示、思想工作、遵纪守法、公共福利、计划生育、创建文明家庭等系列指标，由村民监督执行。

4. 记录制度。对小组工作和制度建设要记录。

5. 误工补贴制度。根据本小组经济状况，要落实小组长的误工补贴。

6. 奖惩制度。结合村委会年度总结，发动群众评选先进村民小组和先进小组长，由村委会进行奖励。

7. 组织整顿制度。村民小组长在村委会换届选举时，由村民直接选举产生，并经常进行整顿，建立职责，完善制度，达到有牌子、有报到、有经费、有报酬。

村民代表会议制度和议事规则

一、村民代表由村民直接选举产生，每届任期三年。村民代表要有一定政治觉悟和参政议政能力，坚持原则，热爱集体，关心群众，办事公道。

二、村民代表会议每季度召开一次，由村民委员会主持。村民代表、村党支部成员、村民委员会成员、村民小组长和驻村的乡镇人大代表参加，上述参加会议人员都有表决权。

三、议事内容：凡涉及村民利益的重要事项，如村提留的收缴和使用，村干部享受误工补贴的人数和标准，村集体经济所得收益的使用，村办公益事业需要村民负担的事项，土地承包、宅基地使用和集体经济目标承包的方案等。

四、议事原则：村民代表在议事过程中，实行少数服从多数的原则。所议的内容及作出的决定不得与党的方针、政策和国家的法律、法规相抵触。

村务公开制度

一、政务公开范围

重大方针、政策，农村适用法律、法规，党委、政府的指示、决定，发展规划，工作思路，主要措施，年度计划、指标，任务分解，公益事业，农民负担，扶贫攻坚，农建项目任务，物资分配，土地批租，"四荒"转让，宅基地审批，自然资源、固定资产承包、租赁、拍卖，基建项目投资、发包，计生指标、计划外生育处罚，社会救济的对象、条件、金额，干部的任期目标、执行情况，社会治安处罚，其他重大事项。

二、财务公开范围

集体资产，财产收支使用，各种提留标准、用途，完成情况，专项资金管理、使用，承包、租赁，罚没金额、用途，支农救灾物资的发放对象、发放数量，村干部的报酬、待遇，其它财务收支。

村委会干部廉政制度

一、不准以权谋私，坚持公道办事；

二、不准借用、挪用公款公物；

三、不准截留化肥、柴油、农药等生产资料供应指标；

四、不准在集体调工、提留、集体经营项目承包、宅基地审批、超生罚款收缴等方面偏亲厚友；

五、不准利用集体企业、房屋等设施假公济私；

六、不准利用集体公款吃喝，铺张浪费；

七、不准在出差期间超标准食宿或游山玩水。

团总支工作制度和职责

一、贯彻执行党的路线政策和上级团组织的指示和决议。

二、组织团员和青年学习马列主义、毛泽东思想、邓小平理论和"三个代表"重要思想，学习党的路线、方针和政策，学习科学、文化和业务知识。

三、围绕党政中心工作，开展各种适合青年特点的活动，充分发挥团员模范作用。团结、带领青年积极投身于改革开放和现代化建设。

四、加强对团员青年的教育和管理，认真做好各项团务工作，切实抓好团的自身建设。

五、深入青年，关心青年，密切联系青年。

六、努力完成党组织和上级团组织交给的各项任务。

治保委员会工作制度和职责

一、积极开展法制宣传教育，教育群众遵纪守法，遵守社会公德。增强法制观念，树立良好的社会道德风尚。

二、发动和组织村民做好防盗、防特、防火、防灾和防治安事故的工作，参加制定村规民约，并监督执行，落实安全岗位责任制。

三、配合公安部门组织群众搞好治安联防，维护社会秩序，保卫本村安全，维护国家、集体利益和村民的合法权益，劝阻和制止违犯治安管理法规的行为。

四、对有违法犯罪行为的人进行帮助教育，尤其要做好失足青少年的挽救工作。

五、发现刑事犯罪活动及时报告，对于通缉在案、越狱逃跑、正在实施犯罪和犯罪后被发觉的犯罪嫌疑人，应立即报告或扭送公安机关；发现民间纠纷有可能违反社会治安管理规定时，及时向有关单位或组织报告，并协助做好教育疏导工作。

六、发现案件后，保护现场，及时报案，协助公安部门侦破。

七、协助公安部门依照法律对被管制、假释、缓刑、监外执行和被剥夺政治权利的罪犯以及被监视居住的人进行监督、考察和教育。

八、向公安部门反映群众对治安保卫工作的要求，并对公安部门的工作提出建议，及时向村委会汇报工作情况。

九、协助公安部门做好其它有关社会治安工作。

调解委员会工作制度和职责

一、向村民进行有关政策、法律和道德风尚的宣传教育，预防和减少纠纷的发生。

二、积极调解婚姻、家庭赡养、抚养与房屋、债务、继承赔偿纠纷以及山林、水利、土地纠纷。

三、调解打架、斗殴、小偷小摸、损害名誉、轻微伤害、干涉婚姻自由等纠纷。做到及时处理，不使纠纷升级。一般纠纷，在村内调解解决，对于性质严重、情节复杂、影响面大、调委会无力解决的纠纷和其它违法活动应及时报告公安机关。

四、在工作中周密调查、研究、分析产生各类纠纷的根源和规律，主动及时地进行防范，做好疏导和宣传教育工作，把工作做在纠纷产生之前。

五、涉及外地、外单位的民事纠纷要积极主动协商解决。

六、积极开展创建文明村活动，配合有关部门搞好评比、评优，发挥"五好家庭"、"好媳妇"、"好青年"、"好家长"等典型的表率作用，树立良好的村风民风。

七、及时向村委会汇报工作。

科技文化卫生委员会工作制度和职责

一、积极发展科学教育，不断提高村民的科学文化素质。

做好学校建设工作，使学校建设达到标准化，同时解决教学中遇到的问题，不断提高教育质量。

三、活跃农村文化生活，积极开展村民喜闻乐见的文化活动，办好村图书室、俱乐部。

四、搞好群众的防病治病工作，并抓好灭鼠工作。

五、开展爱国卫生运动，搞好村庄卫生管理，解决脏乱差的现象，搞好美化、绿化，创造一个整洁优美的村容村貌。

六、搞好计划生育工作，做到无计划外生育，无非婚生育，无大月份引产，无外逃户，无不落实节育措施者，办好育龄妇女基础知识教育学校。

七、积极办好广播，使广播入户率达到上级规定要求。

八、按时参加上级召开的会议，并及时向村委会汇报工作。

计划生育协会工作制度

一、每月召开一次协会秘书长会议，分析计生协会开展活动情况并布置下一步工作。

二、每年召开一至两次常务理事会，调研协会方面的工作，并抓好一至两个示范点。

三、每年对常务理事、会员组织一次学习培训，把学习培训落到实处。

四、参与年度人口与计划生育责任目标完成情况的监督检查，协助搞好计划生育工作。

五、带领广大群众脱贫致富，奔小康之路，使广大群众能够掌握一至两门科学技术。

六、抓好协会示范点活动，并带领协会小组发展会员，使每个会员联系一至两户计划生育户，重点帮助他们学习科学技术。

主要参考文献

1. 文山壮族苗族自治州民族宗教事务委员会编《文山州地方志丛书·文山壮族苗族自治州民族志》，云南民族出版社，2005。

2. 文山壮族苗族自治州地方志编纂委员会编纂《文山壮族苗族自治州志》（共六卷），云南人民出版社，2000。

3. 麻栗坡县民族事务委员会编纂《麻栗坡县民族志》，云南民族出版社，2001。

4. 云南省麻栗坡县地方志编纂委员会编纂《中华人民共和国地方志丛书·麻栗坡县志》，云南民族出版社，2000。

5. 周建新著《和平跨居论——中国南方与大陆东南亚跨国民族"和平跨居"模式研究》，民族出版社，2008。

6. 宋恩常：《云南民族民俗和宗教调查》，云南民族出版社，1985。

7. 文山州苗学会编《文山苗族民间文学集（诗歌卷）》，云南民族出版社，2006。

8. 徐中起：《越南法研究》，云南大学出版社，1997。

9. 项正文：《略论苗族女童入学问题》，http://www.hhzmxh.hh.cn/？viewnews-328。

后 记

当笔者在写这篇后记的时候，心里并没有想象中的轻松感，相反，调查实施以来就存留于内心的沉重感反而加重了些许。

2007年8月，云南大学西南边疆少数民族研究中心的方铁教授来到文山师专，邀约文山师专的部分教师一起从事"当代中国边疆·民族地区典型百村调查·云南部分"课题的研究工作。从那时起，马崩村调查组与其他调查组一起，对确定的村寨进行了较为深入的调查。在近三年的时间里，马崩调查组先后查阅相关文献资料，参加相关田野调查知识的基本培训，并几次深入马崩地区各自然村及农户家里调查访谈。在掌握了基本的材料后，撰写了本调查报告。

在几次到马崩村调查以及撰写调查报告的时间里，马崩村艰苦的自然环境以及马崩村民豁达、乐观的心态都给调查组留下了深刻的印象。中国的改革开放已经走过了30年，内地很多中心城市已经达到了相当的现代化程度。但是，位于祖国西南边境的不起眼的小村寨马崩村仍然处于前现代社会，只有村民家里的电视和少量的移动电话才能让人感觉到些许的现代气息。像马崩村这样的边疆民族地区如何才能与内地一起分享改革带来的成果，过上富裕文明的生活，从而稳定强固祖国边疆，一直是调查组所思考的问题。而马崩村委会干部以及其他村民对幸福生活道路的探索与追求，也深深地触动着调查组成员的心灵。如果这部调查报告的面世能够引起大山之外的世界对马崩村有些许的关注，也就达到调查的目的了。

这次调查得以完成，首先要感谢中共马崩村党总支书记、村委会主任顾玉洪。我们每一次前往调查，都由他替我们安排和组织好相关人员，他还为我们提供了大量信息，并带我们参与了对宅基地纠纷的调解活动，使课题组成员对农村基层工作的性质、特点以及作用有了切身体会。正是他的大力帮助和支持，这次调查才得以顺利进行。

马崩村委会副主任王仁兴、市场管理员杨德祥、计生宣传员杨盛碧、文书毕正发等同志都花了很多时间和精力多次陪同调查组前往各自然村，对我们的调查提供支持和帮助。马崩小学校长王光荣和调查直接涉及的马崩上村、马崩中村、下黑山等自然村的多位村干部在百忙中抽出时间协助我们进行调查。

麻栗坡县民宗局、计生委、教育局及董干镇政府等部门也对我们的调查提供了许多帮助。时任中共董干镇委员会书记的骆厚文、董干镇人大主席胡刚波以及董干镇政府副镇长沈文富、沈丽等为调查组提供了诸多方便；麻栗坡县第二中学教师王正飞、皮登红等也参与了部分调查。

在后一次的调查过程中，文山学院政史系 2007 级历史班的熊柱石同学和 2008 级历史班的杨友光同学陪伴我们走村串户，访谈并抄录、整理资料，做苗语翻译，为调查的完成做了很多工作。

调查中涉及的马崩各自然村村民也对调查活动给予了

积极配合和支持。

云南大学西南边疆少数民族研究中心的博士生导师方铁教授，不仅信任地把调研任务交给我们，而且还几次亲临文山，与文山调研组成员一起研究调查材料，商定调查范围和调查路径，并深入马崩村实地了解调查村寨的基本情况，给予我们极大的鼓励。

中国社会科学院中国边疆史地研究中心的翟国强博士、孙宏年博士以及其他诸位师友，虽远在祖国首都，但心系文山调研工作，经常以电话、短信、邮件等方式询问调研工作的进展，对调研组无疑是莫大的精神安慰和支持。

社会科学文献出版社的编辑老师，对本书的出版付出了诸多心血。

正是得力于上述各方面的支持和帮助，本调查报告才得以完成并付梓出版，谨在此一并表示最衷心的感谢！

2010 年除夕之夜
杨永福于文山学院补拙斋

图书在版编目(CIP)数据

开放视野下的边境苗寨:云南麻栗坡县董干镇马崩村调查报告/
杨永福,田景春,黄梅著.—北京:社会科学文献出版社,2012.4
(当代中国边疆·民族地区典型百村调查/厉声主编.
云南卷. 第2辑)
ISBN 978 - 7 - 5097 - 3040 - 9

Ⅰ.①开… Ⅱ.①杨… ②田… ③黄… Ⅲ.①农村调查—调查
报告—麻栗坡县 Ⅳ.①D668

中国版本图书馆 CIP 数据核字 (2011) 第 271484 号

当代中国边疆·民族地区典型百村调查:云南卷 (第二辑)
开放视野下的边境苗寨
　　——云南麻栗坡县董干镇马崩村调查报告

著　　者／杨永福　田景春　黄　梅

出 版 人／谢寿光
出 版 者／社会科学文献出版社
地　　址／北京市西城区北三环中路甲 29 号院 3 号楼华龙大厦
邮政编码／100029

责任部门／人文分社　(010) 59367215　　责任编辑／孙以年　韩莹莹
电子信箱／renwen@ ssap. cn　　　　　　责任校对／单远举
项目统筹／宋月华　范 迎　　　　　　　　责任印制／岳　阳
总 经 销／社会科学文献出版社发行部　(010) 59367081　59367089
读者服务／读者服务中心　(010) 59367028

印　　装／北京季蜂印刷有限公司
开　　本／889mm×1194mm　1/32　　本册印张／8.625
版　　次／2012 年 4 月第 1 版　　　　　本册彩插／0.125
印　　次／2012 年 4 月第 1 次印刷　　　本册字数／189 千字
书　　号／ISBN 978 - 7 - 5097 - 3040 - 9
定　　价／196.00 元 (共 4 册)